Arsène Lupin

18

Victor de la Brigade mondaine

아르센 뤼팽 전집 18

사교계단속반 형사 빅토르

1판 1쇄 펴냄 2016년 2월 5일
1판 3쇄 펴냄 2021년 4월 13일

지은이 모리스 르블랑
옮긴이 바른번역
감수 장경현, 나혁진
펴낸이 하진석
펴낸곳 코너스톤
주소 서울시 마포구 독막로 3길 51
전화 02-518-3919
ISBN 979-11-85546-81-0 04860

아르센 뤼팽
전집

18

A r s è n e   L u p i n

사고계단속반
형사 빅토르

모리스 르블랑 지음   바른번역 옮김
장경현, 나혁진 감수

코너스톤
Cornerstone

일러두기

1901년 파리 경찰청은 '세속수사반' 또는 '사교계단속반'이라고 번역할 수 있
는 풍속 단속 수사반a Brigade Mondaine을 창설한다. 이 수사반의 주요 임무는
당시에 법적으로 허용되던 유곽의 풍속을 단속하는 것이었지만, 수사 과정에서
수사관은 업소를 드나드는 고객들, 특히 사회 주요 인사들의 사생활에 대한 조
사를 공식적, 비공식적으로 벌였다. 사교계단속반은 1946년 유곽이 법으로 금
지되면서 그 역할이 줄어들었고, 1975년 스캔들에 휩쓸려 폐지된 후 '마약 및
매춘조직수사대'라는 이름으로 새로 만들어졌다. 이 부서는 1989년에 '마약수
사대'와 '매춘조직수사대'로 나뉜다.

이 작품에서 빅토르 형사가 사교계단속반 소속이라는 점은, 부서의 성격상 어
느 정도 행동의 자유가 보장되면서 사법경찰 수사국장과 직접 연락을 취할 수
있는 위치이기 때문인 것으로 보인다.

차례

\

사교계단속반 형사 빅토르는 국방부 채권 절도 사건과 레스코 영감과 엘리즈 마송 살해 사건, 아르센 뤼팽을 상대로 벌인 집요한 싸움 덕분에 큰 명성을 얻었지만, 이 시기 이전에는 자기 일이 취미 활동인 듯 '마음 내킬 때나' 하는 약삭빠르고 교활하며 까다롭고 견디기 힘든 성미의 늙은 형사일 뿐이었다. 언론에서는 이 형사의 특이한 수사 방식과 지나치다 싶을 만큼 기발한 행태를 수없이 보도하곤 했다. 이러한 일부 항의 내용을 전해 듣고서 파리 시 경찰청장이 동요하는 기색을 보이자, 자기 부하 직원을 한결같이 지지해온 사법경찰 수사국장 고티에가 경찰청장에게 다음과 같은 기밀 의견서를 전했다.

본명이 빅토르 오탱인 빅토르 형사는 40년 전 툴루즈에서 사망한 프랑스 검사의 아들로서 생애 일부를 식민지에서 보냈습니다. 훌륭한 경찰공무원으로 극도로 민감하고 위험한 임무를 수행해왔지만, 빅토르가 유혹한 여자들의 남편들, 혹은 그가 자기 딸과 야반도주했다는 아버지들의 고소 때문에 여러 차례 경질되었습니다. 빅토르 형사가 경찰 고위직으로 승진할 수 없었던 것도 바로 이런 추문 때문이었지요.
나이가 들어 한결 차분해진 데다 상당한 유산까지 물려받은 후, 취미 삼아 할 일을 찾던 빅토르 오탱을 마다가스카르에 살던 제 사촌이 저한테 추천했습니다. 사촌은 그 사람을 상당히 높이 평가하고 있었지요. 사실, 나이가 많고 지나치게 독립적인 구석이 있는 데다 성격이 까다롭긴 해도, 신중하고 야심이라고는 없으며 자기 이름을 알리느라 급급하지도 않은 귀중한 조력자로서, 본인은 그 사람의 업무 능력을 높이 평가하는 바입니다.

솔직히, 이 의견서가 작성될 무렵 빅토르의 명성은 자기 상관과 동료들 사이에만 알려져 있었다. 그러다가 그 비범하고도 가공할 인물 아르센 뤼팽이 별안간 등장해 빅토르 형사와 맞서면서, 오리무중이던 국방부 채권 사건의 진정한 의미가 드러나고 그 사건이 각별한 흥미를 불러일으키게 되고 나서야, 비로소 빅토르 형사의 존재가 전면에 드러나게 되었다. 말하자면, 이런 상황에서 천재적인 적과 맞서면서 이 늙은 형사가 본래 지니고 있던 놀라운 장점이 갑작스레 최고조로 발휘되었다고나 할까.

빅토르 형사는 사건 초반에는 그늘 속에서, 나중에는 만천하가 보는 앞에서, 음험하고 격렬하며 가차 없이 증오에 찬 싸움을 벌여나갔다. 급기야 사건이 예기치 못한 극적인 결말을 맞게 되자, 뤼팽의 명성이 한층 더 드높아졌음은 물론, 사교계단속반 형사 빅토르의 이름 역시 전 세계적으로 유명해지게 되었다.

1
흰 족제비가 달려간다, 달려가…[1]

1

사교계단속반 형사 빅토르가 일요일 오후, 발타자르 극장에 들어선 것은 순전히 우연이었다. 미행을 하다가 상대를 놓치고 보니 오후 4시, 사람들로 북적이는 클리시 대로였다. 일단 장터 축제의 혼잡을 피하려고 카페 테라스에 앉아서 석간신문을 훑어보는데, 문득 이런 짧은 기사가 눈에 들어왔다.

몇 년간 침묵을 지키던 유명한 절도범 아르센 뤼팽이 최근 자주 구설수에 오르고 있다. 이런 가운데, 뤼팽이 지난주 수요일 동부 지방의 어느 도시에서 목격되었다고 한다. 이에 따라 파리에서 형사들이 파견되었으나, 뤼팽은 다시 한 번 경찰의 포

---

[1] 프랑스의 오래된 놀이인 '고리 찾기'를 하면서 부르는 노래의 후렴구. '고리 찾기'는 사람들이 빙 둘러앉아 끈을 이용해 손에서 손으로 고리를 전달하다가 노래가 끝나면 술래가 누구 손에 고리가 있는지 알아맞히는 놀이다 – 옮긴이

위망을 빠져나간 듯하다.

"나쁜 자식!"

빅토르가 중얼거렸다. 악당들을 개인적인 원수처럼 여기고
그들에 대해서는 예의 따위 갖추지 않고 가차 없는 말을 퍼붓
는 뻣뻣한 경찰의 태도였다.

그렇게 상당히 불쾌해진 기분으로 빅토르는 피신하듯 극장
을 방문했다. 낮 시간 두 번째 프로그램으로 평판이 매우 좋은
탐정물을 상연하고 있었다. 그의 자리는 2층에 있는 측면 발코
니 좌석이었다. 막간 휴식 시간이 끝나갈 무렵, 빅토르는 자기
결정에 화를 내며 투덜대고 있었다. 대체 뭘 하겠다고 여기에
온 거지? 극장에서 나가려고 자리에서 일어서는데, 맞은편 칸
막이 좌석, 그러니까 빅토르가 있는 곳에서 몇 미터 떨어진 곳
에 황갈색이 도는 적색 머리칼에 창백한 얼굴을 한 미모의 여
인이 혼자 앉아 있는 것이 눈에 띄었다. 튀는 행동이나 자세로
주의를 끌려는 의도가 전혀 없음에도 불구하고 남들의 시선을
한 몸에 받는 근사한 여인이었다.

빅토르는 자리에 눌러앉았다. 불이 다시 꺼지기 전의, 순식
간에 형사는 그 황갈색 빛깔이 도는 머릿결과 맑은 금속성 눈
빛을 머릿속에 똑똑히 새겨 넣었다. 터무니없는 돌발 사건으로
가득한 영화는 지루하기 짝이 없었으나 개의치 않고 끝까지 참
았다.

자기가 여자의 마음을 사로잡을 수 있는 나이라고 믿는 건
아니었다. 정말이지 그건 아니었다. 빅토르는 자신이 모질고

상냥한 구석이라고는 없는 얼굴을 하고 있으며, 피부는 거칠고, 관자놀이는 희끗희끗하다는 사실을 너무도 잘 알고 있었으니까. 한마디로 허리가 지나치게 꽉 끼고 기성복 냄새가 풀풀 나는 옷을 입고서 우아한 인상을 주려고 애쓰는, 오십 줄은 넘겼을 무뚝뚝하고 괴팍한 퇴역 기병대 부관처럼 보이는 자기 모습을 말이다. 하지만 빅토르에게 있어서 여자의 미모란, 아무리 보아도 질리지 않으면서 동시에 자기 인생 최고의 감정을 되살리게 해주는 것이었다. 더구나 자기 직업을 좋아했던 빅토르는 어떤 여인의 모습을 볼 때면 그 뒤에 감추어진 신비롭거나 비극적인, 또는 무한히 단순한 그 어떤 면모를 파악하려는 욕망이 타오르곤 했다.

다시 극장의 불이 켜졌다. 환한 가운데 그 여자가 일어섰는데, 키가 훤칠하고 상당히 품위가 있으며 옷차림이 근사하다는 사실을 알 수 있었다. 이걸 보자 빅토르는 더욱 자극을 받았다. 보고 싶고, 알고 싶었다. 그래서 이 여자를 따라가 보기로 했다. 호기심 때문이기도 했고 직업적으로 흥미가 동했기 때문이기도 했다. 그런데 빅토르가 여자에게 다가가려는 순간, 발코니 아래쪽에서 한데로 움직이던 관람객 사이에 소동이 일어났다. 사람들이 떠밀리며 소리치는 사이에서 어떤 남자가 이렇게 고함을 질러댔다.

"도둑이야! 저 여자 잡아요! 나한테서 뭘 훔쳐 갔소!"

우아한 여자가 1층 관람석 위로 몸을 기울였다. 빅토르도 내려다보았다. 아래쪽 중앙 통로에서 작고 뚱뚱한 한 젊은 남자가 오만상을 한 채 손발을 허우적대며, 자기 주위에 바짝 붙어서 있는 사람들을 가르며 앞으로 나가려고 안간힘을 쓰고 있었다. 그 남자가 손가락질하며 따라잡으려는 사람은 상당히 멀리 있음이 틀림없었다. 빅토르도, 그 어떤 관람객도 달려가며 도망치는 여자를 보지 못했기 때문이다. 그래도 남자는 헐떡이고 고래고래 소리를 지르고 까치발을 하면서, 팔꿈치와 어깨를 휘두르며 앞으로 나아가고 있었다.

"저기요…! 저기…! 저 여자가 문을 나가요… 검은 머리… 검은색 옷에… 챙 없는 모자요….."

남자는 문제의 여자를 가려낼 만한 인상착의를 제대로 말하지 못하고 숨을 헐떡이고 있었다. 그는 마침내 대단한 기세로 사람들을 밀어내 길을 트는 데 성공했고, 출입구 쪽 복도에 활짝 열린 커다란 문까지 한달음에 뛰어갔다.

한편, 지체 없이 발코니 층에서 내려온 빅토르도 그 출입구 쪽 문 앞에서 그 남자를 따라잡았다. 빅토르의 귀에 또다시 남자가 외치는 소리가 들렸다.

"도둑이요! 저 여자 잡아요!"

밖에서는 장터 축제의 악단들이 온통 시끄럽게 음악을 연주하고 있었고, 막 드리워지기 시작한 저녁 그림자가 흩날리는 먼지에서 발산되는 빛을 받고 반짝였다. 젊은 남자는 도망치는 여자를 놓쳤는지 2~3초 동안 보도 위에 멈춰 서서 오른쪽, 왼쪽, 앞쪽을 두리번거렸다. 그러더니 갑자기 여자를 찾아낸 듯, 클리시 광장을 향해 자동차와 전차 한가운데로 몸을 날려 달리기 시작했다.

젊은 남자는 더 이상 소리를 지르지 않았으며, 수백 명쯤 되어 보이는 행인들 사이에서 자기 물건을 훔쳐 간 여자를 다시 잡아내기라도 할 듯 이따금 껑충 몸을 날리며 무척 빨리 달려갔다. 그런데 이 젊은이는 극장에서부터 누군가가 자기 옆에 바짝 붙어 함께 달려가고 있다는 느낌에, 거기에 힘을 얻은 듯 더욱 속력을 냈다.

어떤 목소리가 청년에게 말을 걸었다.

"그 여자가 아직도 보여요…? 대체 어떻게 그 여자를 볼 수 있는 거요?"

청년은 숨이 차 헐떡이며 중얼거렸다.

"아뇨… 이젠 안 보입니다. 하지만 분명 이 길로 갔을 겁니다…."

젊은 남자는 사람들이 뜸한 길로 들어섰다. 다른 행인들보다 더 빠른 속도로 걷는 여자가 있다면 눈에 띄지 않을 리가 없었다.

교차로에 이르자 청년이 지시했다.

"오른쪽 길로 가세요… 나는, 이 길로 가죠. 길 끝에서 만납시다…. 키가 작고 갈색 머리에 검정 옷을 입은 여잡니다…."

하지만 청년은 자기가 택한 길로 들어서서 스무 발짝도 채 못 가, 숨이 차서 멈춰 서더니 비틀거리며 벽을 짚었다. 그제야 젊은 남자는 같이 뛰던 남자가 지시에 따르지 않고 옆에 서서 친절하게 자기 몸을 부축해주고 있다는 사실을 깨달았다.

청년이 화를 내며 물었다.

"어째서! 어째서! 아직 여기 계시는 겁니까? 제가 가보라고 하지 않았습니까…."

상대방이 대답했다.

"그랬지요. 하지만 보아하니 클리시 광장에서부터 아무렇게나 달려가는 것 같더군요. 잘 생각해야지요. 이런 일에는 익숙한 편이거든요. 가끔은, 움직이지 않고도 더 빨리 가는 방법이 있지요."

청년은 살갑게 구는 이 인물을 빤히 쳐다보았다. 나이가 많은 것 같은데, 이렇게 뛰어왔는데도 이상하리만치 숨 한 번 헐떡이지 않고 있었다.

"아! 이런 일에 익숙하시다고요…?"

청년이 음울한 표정으로 대꾸했다.

"그렇소, 경찰이거든요… 빅토르 형사라고 하오…."

청년은 멍하니 빅토르에게 시선을 고정시키며 따라 말했다.

"경찰이시라고요…? 경찰을 만난 건 난생처음이로군요."

경찰을 보아서 기분이 좋다는 걸까, 아니면 불쾌하다는 걸까? 젊은 남자는 빅토르에게 손을 내밀며 감사를 표했다.

"안녕히 가십시오…. 정말 신세가 많았습니다…."

청년은 벌써 멀어져 가고 있었다. 빅토르가 그를 붙들었다.

"아니, 그 여자는…? 도둑은 어쩌고요…?"

"별로 중요한 건 아닙니다… 다시 마주치겠지요…."

"내가 도움이 될 수 있을 거요. 관련된 정보라도 좀 주시지요."

"정보요? 뭐에 대해서요? 제가 착각한 겁니다."

청년은 더욱 빨리 걷기 시작했다. 형사도 속도를 내어 더욱 바짝 달라붙었다. 두 사람은 더 이상 말을 나누지 않았다. 청년은 이젠 아예 무턱대고 걷기 시작했는데, 도둑을 잡는 게 아니라 다른 목적이 있어서 서두르는 것 같았다.

"여기로 들어가지요."

빅토르가 젊은이를 팔로 감싸 이끈 곳은 '경찰서'라고 적힌 붉은 전등이 달린 건물 1층이었다.

"여기로? 아니, 뭐하게요?"

"얘기 좀 해야 할 텐데, 길 한복판에서는 곤란하지 않습니까."

"정신이 어떻게 되셨습니까! 나 좀 가만히 내버려 두십쇼…!"

청년이 항의했다.

"난 정신이 어떻게 된 게 아니오. 그리고 선생을 가만히 내버려두지는 못하겠군요."

빅토르가 응수했다. 극장에서 본 예쁜 여자를 두고 자기가 꾸민 계획을 포기한 것이 분통이 터져 더욱 집요하게 구는 것이었다.

청년은 저항하느라 주먹을 한 대 휘둘렀다가 도리어 두 대를 얻어맞더니 결국 순순히 꼬리를 내렸다. 그리고 제복을 입은 경찰이 스무 명가량 모여 있는 경찰서 안으로 떠밀려 들어갔다.

빅토르가 들어서며 말했다.

"사교계단속반 빅토르라고 합니다. 이 남자한테 몇 가지 좀 물어볼 게 있습니다. 폐가 되지는 않겠지요, 반장님?"

경찰 사회 내에서 유명한 빅토르라는 이름을 듣고 이내 사람들이 호기심에 웅성거렸다. 즉시 다가온 반장에게 빅토르는 간단히 상황을 설명했다. 끌려온 젊은이는 의자 위로 무너지듯 주저앉았다.

빅토르가 내뱉듯 말했다.

"지쳤나 보군, 응? 그러게 왜 그렇게 미친 사람처럼 뛴 거요? 그 도둑이라는 여자, 애초부터 놓친 게 맞지요? 그렇다면 어째서 그렇게 달린 거요?"

청년은 부루퉁하게 대꾸했다.

"아니, 대체 그게 당신하고 무슨 상관입니까? 내가 누굴 쫓아 뛰어가든 그건 내 권리잖습니까?"

"공공장소에서 그런 식으로 소동을 일으킬 권리는 없소. 기차 안에서 심각한 이유 없이 경보를 울리면 안 되는 거나 마찬가지요…."

"나는 아무한테도 폐를 끼치지 않았습니다."

"폐를 끼치지 않다니, 바로 나한테 끼치지 않았소. 아주 중요한 흔적을 추적하려던 참이었는데. 그랬다가 이 꼴이 됐잖소, 젠장! 신분증 좀 봅시다…."

"없습니다."

오래 걸리지 않았다. 빅토르는 거친 태도로 재빨리 청년의 웃옷을 뒤져 지갑을 꺼내 살펴보더니 이렇게 중얼거렸다.

"알퐁스 오디그랑, 이게 당신 이름이오? 알퐁스 오디그랑… 반장님, 이 이름 아십니까?"

반장이 충고했다.

"전화를 해보시면 어떨까요…."

빅토르는 전화기를 들고 파리 경찰청을 연결해달라고 부탁한 후, 잠시 기다렸다가 말을 시작했다.

"여보세요…. 사법경찰 부탁합니다…. 여보세요, 르페뷔르. 당신이오? 여기 사교계단속반 빅토르요. 이봐요, 르페뷔르. 지금 여기 오디그랑이라는 사람이랑 같이 있는데 좀 수상한 것 같아 그럽니다. 이 이름 들어본 적 있소? 네? 뭐라고요? 그래, 맞아요, 알퐁스 오디그랑…. 여보세요…. 스트라스부르에서 온 전보요? 좀 읽어주시겠소…. 완벽하군… 완벽해…. 네, 키 작고 통통하고, 늘어진 콧수염… 그래요…. 지금 그쪽에 누가 근무 중이죠? 에두앵 경감님? 그럼 경감님께 이 얘기를 전하면서 데쥐르생가 경찰서로 와서 이 사람 좀 데려가라고 해주시오. 고맙소."

빅토르는 전화를 끊은 후 오디그랑에게 몸을 돌리며 말했다.

"고약한 사건이로군! 자네, 동부 중앙은행 직원이면서 국방부 채권 아홉 장이 도난당한 지난 목요일에 행방을 감췄군. 90만 프랑이면 꽤 큰 건인데! 아까 극장에서 날치기를 당한 게 바로 그 채권이겠군. 누구지? 그 도둑이 누구야?"

오디그랑은 반박할 힘도 없이 울면서 멍청하게 털어놓았다.

"그저께 만난 여잡니다. 지하철에서…. 어제 같이 점심을 하고 저녁을 먹었죠. 내가 주머니에다 노란 봉투를 감추는 걸 그 여자가 두 번 봤어요. 그리고 오늘 극장에서 내내 나한테 기대어 입을 맞추더니만…."

"그 봉투에 채권이 들어 있었나?"

"네."

"그 여자 이름은?"

"에르네스틴이요."

"에르네스틴, 성姓은 뭐지?"

"몰라요."

"그 여자한테 가족은 있나?"

"모릅니다."

"직업은?"

"타이피스트요."

"어디에서 일하지?"

"화학제품 매장에서요."

"그게 어디 있지?"

"몰라요. 마들렌 성당 근처에서 만나곤 했습니다."

젊은이가 어찌나 흐느껴 우는지, 무슨 말을 하는지 알아들을 수 없을 지경이었다. 더 이상 알아낼 게 없었던 빅토르는 자리에서 일어나 반장과 논의하여 만전을 기하도록 조치한 후, 저녁 식사를 하러 집으로 돌아갔다.

빅토르에게 이제 오디그랑은 더 이상 중요하지 않았다. 심지어 이 일을 처리하느라 극장의 여인을 놓친 것이 억울하다는 생각마저 들었다. 얼마나 아름답고 신비로운 여인이었는지! 어째서 하필 그때 얼간이 오디그랑, 그 작자가 멋도 모르고 그 여자와 자기 사이에 끼어든 것일까? 빅토르가 미지의 아름다운 여인들을 얼마나 높이 평가하고 그 삶의 비밀을 캐내는 데 얼마나 열심인데.

2

빅토르는 테른 구역에 위치한 작고 아늑한 거처에서 늙은 하인과 함께 살았다. 재산도 상당했고, 매우 독립적인 성격에 여행을 즐기는 빅토르는 경찰청 안에서도 상당히 자유롭게 활동했다. 경찰청에서는 빅토르를 상당히 높이 평가하는 동시에 기인奇人으로 여겼고, 일상적인 규율에 얽매인 직원이라기보다는 가끔 협력하는 인물로 취급했다. 빅토르가 어떤 사건에 싫증이 나면 세상에 무슨 일이 있어도, 아무리 명령을 내리고 협박을 해도, 빅토르로 하여금 그 사건을 계속 진행하게 시킬 수 없었다. 한편 어떤 사건에 구미가 당겼다 하면, 사건을 도맡아서 끝까지 해결한 후 자신의 보호자 격인 사법경찰 수사국장에게 보고하곤 했다. 그러고 나면 또 한동안 자취를 감추는 것이었다.

사건 다음 날인 월요일, 빅토르는 신문에서 에두앵 경감이 전하는 체포 경위에 온갖 세부 사항이 낱낱이 적힌 것을 보고 경악했다. 빅토르에게 있어서 좋은 경찰이란 입이 무거워야 했기 때문이다. 신문을 집어 던지고 다른 일을 하려고 하는데 문득, 아르센 뤼팽이 동부 지역의 한 도시를 거쳐 갔으며 그 도시는 다름 아닌 스트라스부르라는 사실이 적힌 기사가 눈에 들어왔다. 국방부 채권이 스트라스부르에서 도난당하지 않았던가! 분명, 단순한 우연이겠지. 그 명칭이 오디그랑하고 아르센 뤼팽을 연관 지을 만한 그 어떤 점도 없었으니. 하지만, 그래도 그렇지….

빅토르는 곧장 연감을 뒤졌고, 오후에 화학제품 판매점에 대한 조사를 벌이느라 마들렌 성당 인근을 뒤졌다. 5시가 되어서야 몽 타보르가에 위치한 한 화학제품 판매조합에서 에르네스틴이라는 여자가 타이피스트로 근무한다는 사실을 알아냈다.

빅토르는 그 회사 책임자에게 전화를 걸었고 즉시 회사로 와도 좋다는 답변을 들었다. 빅토르는 황급히 조합으로 찾아갔다.

사무실은 얄팍한 칸막이로 나뉜 비좁은 방들로 이루어져 있었다. 조합장의 사무실로 안내된 빅토르는 다짜고짜 강한 항의에 부딪쳤다.

"에르네스틴 페이예가 도둑이라니요! 오늘 아침에 신문마다 떠들던 그 절도범이 에르네스틴이라고요? 말도 안 됩니다, 형사님. 에르네스틴의 부모님은 무척 점잖으신 분이에요. 그 아가씨는 부모님 댁에서 살면서⋯."

"그 아가씨께 몇 가지 물어봐도 될까요?"

"정 그러셔야 한다면⋯."

조합장은 벨을 눌러 사환을 불렀다.

"에르네스틴 양을 불러다 주게."

가냘픈 여인이 사무실로 들어섰다. 조심스러운 태도에 예쁘장한 용모를 한 아가씨로, 무언가 나쁜 일이 일어날 것을 예견한 사람처럼 굳은 얼굴로 짐짓 고집스러운 태도를 취해 보이고 있었다.

그러나 빅토르가 험상궂은 표정으로 전날 함께 극장에 간 남자한테서 빼앗은 노란 봉투를 어떻게 했느냐고 묻자, 완고하던 표정이 순식간에 허물어졌다. 여자는 오디그랑과 마찬가지로, 아무런 저항도 하지 않고 힘없이 의자 위로 주저앉더니 울면서

더듬더듬 말했다.

"그 사람이 거짓말한 거예요… 노란 봉투가 땅에 떨어져 있는 게 보였어요…. 그래서 그걸 주운 거고요. 오늘 아침에 신문을 읽으면서 그 사람이 나를 도둑으로 몰고 있다는 걸 알았어요…."

빅토르가 손을 내밀었다.

"봉투는요? 지금 갖고 있습니까?"

"아뇨. 그 사람을 어디로 가야 만날 수 있을지 몰랐어요. 봉투는 저기, 사무실 타자기 옆에 있어요."

"거기로 갑시다."

빅토르가 말했다.

여자가 앞장섰다. 에르네스틴이 일하는 자리는 격자 칸막이와 병풍으로 둘러쳐진 한구석이었다. 여자는 탁자 구석에 놓여 있던 편지 뭉치를 들어보고 깜짝 놀라는 듯했다. 그러더니 황급히 서류들을 들척였다.

"없어요. 봉투가 여기 없어요!"

어안이 벙벙한 듯 여자가 말했다.

빅토르가 주변으로 몰려드는 십여 명의 직원들에게 명령했다.

"아무도 움직이지 마십시오. 조합장님, 제가 전화 드렸을 때 사무실에 혼자 계셨나요?"

"그랬을지도… 아니, 아닙니다… 회계원하고 함께 있었어요. 샤생 부인이란 분이죠."

"그러면 그분이 저희 대화 일부를 듣고 상황을 알아챌 수 있었겠군요. 통화하면서 조합장님께서 두 번이나 저를 형사라고 불렀고 에르네스틴 양의 이름을 언급했습니다. 아마 다른 사람들과 마찬가지로 샤생 부인도 신문을 읽고 에르네스틴 양이 용의자로 지목받고 있다는 사실을 알고 있었을 겁니다. 샤생 부인이 여기 있습니까?"

직원 한 사람이 대답했다.

"그분은 항상 6시 기차를 타러 6시가 되기 20분 전에 사무실을 떠납니다. 생 클루(생 클루를 비롯해 빅토르가 수사를 위해 찾아다니는 곳은 모두 파리 시의 서쪽 근교에 위치한 곳이다 - 옮긴이)에 살거든요."

"에르네스틴 양이 조합장님 사무실로 불려 왔을 때 그 부인이 이미 떠나고 없었나요?"

"그때는 아직 안 떠났어요."

빅토르가 에르네스틴에게 물었다.

"그럼 그 부인이 떠나는 걸 봤나요, 아가씨?"

에르네스틴이 대답했다.

"네. 그때 모자를 쓰고 있었죠. 그분하고 이야기를 나누고 있었어요."

"그럼 바로 그때, 조합장님께 호출을 받고서 봉투를 이 서류더미 아래로 집어넣은 겁니까?"

"네. 그때까지는 제 블라우스 안에 가지고 있었어요."

"그럼 샤생 부인이 아가씨가 그러는 걸 보았을 테고요?"

"네, 그럴 거예요."

빅토르는 자기 시계를 꺼내 흘깃 본 후 샤생 부인의 인상착의를 물었다. 적갈색 머리에 통통한 40대 부인으로 청사과색 스웨터를 입고 있었다고 했다. 잠시 후 빅토르는 화학제품 판매조합을 나섰다.

건물 아래쪽에서 빅토르는 에두앵 경감과 마주쳤다. 전날 알퐁스 오디그랑을 데려갔던 경감은 당황하며 외쳤다.

"벌써 여기 와 있는 거요, 빅토르? 오디그랑의 애인을 만났습니까…? 그러니까 에르네스틴 양을요…?"

"네, 다 잘 되어가고 있습니다."

빅토르는 더 이상 지체하지 않고 택시를 잡아타, 기차 시간인 6시에 딱 맞춰 역에 도착했다. 바로 열차에 올라 쓱 훑어본 후, 빅토르는 자기가 탄 열차 칸에 청사과색 스웨터를 입은 여자가 없다는 사실을 확인했다.

마침 기차가 움직이기 시작했다.

빅토르 주변에 있는 승객들은 모두 석간신문을 읽고 있었다. 가까이 앉은 두 사람이 노란 봉투와 채권 사건에 대해 이야기를 나누고 있었는데, 그 이야기를 들으며 빅토르는 이 사건의 세세한 사항까지 얼마나 속속들이 알려져 있는지 가늠할 수 있었다.

15분 후 기차는 생 클루에 도착했다. 빅토르는 즉시 생 클루 역장과 이야기를 나눈 후, 승객용 출구를 감시하게 했다.

열차에는 승객들이 많이 타고 있었다. 회색 외투 사이로 청사과색 스웨터를 입고 있는 적갈색 머리의 여자가 표를 내보이며 출구를 지나가려 하자, 빅토르가 아주 낮은 목소리로 말을 건넸다.

"부인, 좀 따라와 주시겠습니까…. 경찰입니다…."

여자는 깜짝 놀라며 몇 마디를 웅얼거리더니, 형사와 역장을 따라 역장실로 들어갔다.

빅토르가 말했다.

"부인께서는 화학제품 판매조합에서 근무하고 있지요. 그리고 타이피스트 에르네스틴 양이 타자기 옆에 뒀던 노란 봉투를 무심코 가져갔고요…."

여자가 몹시 침착하게 말했다.

"제가요? 잘못 알고 계시는 거예요, 형사님."

"그렇다면 할 수 없이…."

"저를 뒤져봐야 한다고요? 안 될 거 없지요. 그렇게 하세요."

여자가 너무 자신 있는 태도를 보였기 때문에 빅토르는 망설여졌다. 하지만, 만약 결백하다면 애초에 몸수색을 거절하지 않았을까?

빅토르는 샤생 부인을 여자 역무원과 함께 옆방으로 보냈다.

그리고 여자에게서는 노란 봉투가 나오지 않았으며 국방부 채권도 나오지 않았다.

빅토르는 당황하지 않았다.

"주소를 알려주시지요."

빅토르가 엄한 어조로 요구했다.

또 다른 기차가 파리에서 도착했다. 에두앵 경감이 황급히 기차에서 내렸고 이내 빅토르와 마주쳤다. 빅토르는 차분하게, 일사천리로 설명했다.

"샤생이라는 여인에겐 봉투를 확실한 곳으로 빼돌릴 시간적 여유가 있었습니다. 경찰청이 어제저녁에 기자들 앞에서 그렇게 떠들어대지만 않았으면, 거액이 담긴 노란 봉투가 존재한다는 사실이 대중에게 알려지지 않았을 테고, 샤생 여인이 그걸 훔칠 생각조차 못했을 겁니다. 그랬으면 이 몸이 에르네스틴의 블라우스에 얌전히 있는 봉투를 찾아냈을 테고요. 공공연히 사건을 떠들면서 경찰 노릇을 하니 이런 꼴이 나는 겁니다."

에두앵이 반박하려 했지만 빅토르가 딱 잘라 말했다.

"요약해보죠. 오디그랑, 에르네스틴, 샤생… 사라진 거액이 스물네 시간 만에 아마추어 세 사람의 손을 거쳐간 겁니다…. 이제 네 번째 도둑을 찾아야겠군요."

마침 파리로 떠나는 기차가 있었다. 빅토르는 어리둥절해 있는 상관 에두앵 경감을 플랫폼에 내버려 둔 채 기차에 올라탔다.

3

화요일 아침 일찍부터 빅토르는 예의 그 꽉 끼는 웃옷을 입고 옛 기병대 같은 모습으로, 자동차를 몰고 다니면서(빅토르의 자동차는 수수한 4인승 카브리올레 형식의 자동차다) 생 클루에서 꼼꼼히 조사를 벌였다(카브리올레는 지붕을 따로 떼어내거나 접을 수 있도록 만든 자동차 형식 - 옮긴이).

빅토르의 추론은 이랬다. 샤생 부인은 전날 월요일 6시 20분 전부터 6시 15분까지 노란 봉투를 갖고 있었는데, 그렇게 중요한 물건을 아무 데다 놔뒀을 리는 없다. 따라서 논리적으로 보았을 때 봉투를 누군가에게 넘겼을 것이었다. 파리에서 생 클루로 가는 동안 그 누군가를 어디에서 만날 수 있었겠는가? 같은 열차 칸에 탔던 사람들, 특히 여자가 신뢰하는 사람을 중심으로 조사를 벌여야 했다.

별 소용없는 일이었으나 어쨌건 빅토르는 샤생 부인을 찾아 갔다. 여자는 퐁투아즈(파리 시의 북서쪽으로 25킬로미터쯤 떨어진 도시 – 옮긴이)에서 철물상을 하는 남편에게 이혼소송을 건 1년 전부터 자기 어머니의 집에서 살고 있었다. 모녀는 주변 사람들로부터 평판이 매우 좋았으며, 아주 가깝게 왕래하는 사람들이라고는 오랜 친구 세 명밖에 없었는데, 이들 중에서 전날 파리에 간 사람은 아무도 없었다. 한편, 샤생 부인의 무뚝뚝하기 짝이 없는 외모로 보아 따로 만나는 남자가 있으리라고 보기는 어려웠다.

수요일이 되어도 빅토르의 조사에는 별다른 진전이 없었다. 빅토르는 초조해졌다. 네 번째 도둑은 앞선 세 사람의 예를 보고 충분히 신중을 기한 것이 틀림없었다.

목요일에 빅토르는 생 클루와 인접한 도시인 가르슈의 작은 카페 '카페 데 스포르'를 기점으로 인근 도시인 빌 다브레와 마른 라 코케트, 세브르를 누비고 다녔다.

그런 후, 생 클루에서 보크레송으로 가는 대로변, 가르슈 역을 마주 보고 있는 '카페 데 스포르'로 되돌아와 저녁 식사를 했다.

그런데 저녁 9시에 뜻밖에도 에두앵 경감이 찾아오자 빅토르는 살짝 놀랐다. 경감은 다짜고짜 따졌다.

"아니, 아침부터 당신을 찾느라 이 지역을 얼마나 헤매고 다녔는지 모르오. 국장님께서 지금 당신 때문에 얼마나 화가 나셨는지 아시오? 살아 있으면 연락을 해야 할 것 아니오. 전화는 됐다 뭐에 쓸 거요? 그래, 수사는 어떻게 되어가는 거요? 뭘 좀 알아낸 거요?"

빅토르가 슬그머니 웅얼거렸다.

"경감님은요?"

"아무것도 알아내지 못했소."

빅토르는 음료를 두 잔 시켰고, 퀴라소(오렌지 껍질을 넣어 만든 술. 서인도제도의 퀴라소 섬에서 생산된다 – 옮긴이) 잔을 천천히 홀짝거리며 말했다.

"샤생 부인에게 애인이 있습니다."

에두앵이 흠칫 놀랐다.

"당신 미쳤소? 그 여자 얼굴로 무슨!"

"모녀는 매주 일요일에 멀리까지 산책을 갑니다. 지난 4월 끝에서 두 번째 일요일, 모녀가 포스 르포즈 숲에서 한 남자랑 같이 가는 것을 목격한 사람이 있습니다. 그리고 그다음 일요일, 그러니까 지금으로부터 2주 전, 이들 세 사람이 보크레송 근처 나무 아래에서 간식을 즐기는 모습을 목격한 사람이 있고요. 같이 있던 남자는 레스코라는 인물인데 가르슈 조금 위쪽, 생 퀴퀴파 숲에서 멀지 않은 곳에 위치한 **라 비코크**('누추한 집'이라는 뜻 – 옮긴이)라는 별장에서 살고 있습니다. 울타리 너머로 그 사람이 그 집 정원에 있는 걸 볼 수 있었지요. 55세. 마른 체격. 회색 염소수염입니다."

"정보치고는 좀 빈약하군."

"이웃 중 한 사람인 바이양 씨가 가르슈 역의 역무원인데 보다 정확한 정보를 알려줄 수 있을 겁니다. 오늘 저녁에는 친척 병문안을 가는 아내를 베르사유로 데려다주러 떠났지요. 지금 그 사람을 기다리는 중입니다."

빅토르는 좀처럼 터놓고 말하는 성미가 아니었기에, 두 사람은 몇 시간 동안 말없이 기다렸다. 빅토르는 심지어 잠이 들기까지 했다. 에두앵은 안절부절못하며 담배를 피워댔다.

자정하고도 30분이 지난 시각, 마침내 역무원이 돌아왔다. 질문을 받은 역무원은 곧바로 외쳤다.

"레스코 영감이야 잘 알죠! 고작 100미터 떨어져 사는 사이인 걸요. 무뚝뚝하고 자기 정원 손질하는 것밖에 모르는 양반이죠. 가끔 저녁 늦게 별장으로 부인 하나가 슬그머니 찾아오는데 길어야 한 시간 내지 두 시간 정도 머물다 가지요. 그 양반, 절대로 외출하는 법이 없어요. 일요일에 산책 갈 때랑 일주일에 한 번 파리에 갈 때 빼놓고요."

"그게 무슨 요일이죠?"

"보통 월요일이죠."

"그렇다면, 지난 월요일에는…?"

"파리에 갔었죠, 기억납니다. 돌아왔을 때 표를 받은 게 저니까요."

"그게 몇 시였습니까?"

"항상 같은 기차지요. 가르슈에 저녁 6시 19분에 도착하는 기차요."

잠시 침묵이 흘렀다. 두 경찰이 눈길을 주고받았다. 에두앵이 물었다.

"그 후로 그 사람을 봤습니까?"

"저는 못 봤고 제 집사람이 봤지요. 아내가 빵을 배달하는 일을 하거든요. 집사람이 말하길, 지난 화요일하고 수요일 저녁에, 그러니까 그날 저는 근무를 하고 있었는데…."

"부인께서 뭐라고 하셨죠…?"

"**라 비코크** 주변에서 누가 서성거리더라고 하더군요. 레스코 영감한테 늙은 개가 한 마리 있는데 자기 집 안에서 내내 으르렁거렸다지요. 집사람이 챙 모자… 회색 챙 모자를 쓴 남자 그림자를 똑똑히 봤다고 했어요."

"부인께선 그자가 누군지 알아보셨습니까?"

"네, 그러니까 누군지 알겠다고…."

"부인께서는 지금 베르사유에 계시죠?"

"내일까지요."

진술을 끝낸 바이양은 자리를 떴다. 1~2분이 흐른 후 경감이 결론을 내렸다.

"내일 날이 밝자마자 레스코 영감을 만나러 갑시다. 안 그러면 네 번째 도둑을 또 놓치고 말 거요."

"그럼 그때까지는…."

"그 별장이나 한번 돌아봅시다."

두 사람은 고원으로 가파르게 이어지는 인적 드문 길을 묵묵히 걸어 올라, 작은 건물들이 줄줄이 늘어선 도로를 따라갔다. 청명한 하늘에서 별빛이 내리비쳤다. 밤은 뜨뜻하고 고요했다.

빅토르가 말했다.

"여깁니다."

먼저 산울타리가 보였고, 곧이어 위에 철책이 달린 낮은 울타리가 나왔다. 울타리 너머 잔디밭 뒤쪽으로 2층 저택이 보였다. 2층엔 창문 세 개가 나란히 나 있었다.

"빛이 새어 나오는 것 같습니다."

빅토르가 속삭였다.

"그렇군, 2층, 가운데 창문이군. 커튼이 잘 안 닫힌 것 같소."

이때 더 강렬한 다른 빛이 오른쪽 창문에서 켜졌다가 꺼지더니, 다시 켜졌다.

빅토르가 말했다.

"이상하군. 우리들이 와 있는데도 개가 짖지를 않습니다. 저기 아주 가까이에 개집은 보이는데."

"누가 때려눕힌 모양이오."

"누가요?"

"어제랑 그제 이 근처를 배회하던 놈 말이오."

"그렇다면, 오늘 밤에 일을 저지를지 모르겠군요⋯. 정원을 한 바퀴 돌아보죠⋯ 뒤쪽으로 길이 하나 나 있으니⋯."

"쉿, 무슨 소리가⋯!"

빅토르가 귀를 기울였다.

"그래⋯ 누가 안에서 비명을 지르는군요."

그러더니 별안간, 좀 더 작긴 했으나 또 다른 외침이 똑똑히 들렸고, 뒤이어 총성이 울렸다. 불이 켜진 층에서 나는 것이 틀림없었다. 뒤이어 다시 무언가 외치는 소리가 들렸다.

빅토르는 출입구의 철책 문을 어깨로 있는 힘껏 밀어붙여 넘어뜨렸다. 두 남자는 잔디밭을 가로지른 후 창문 발코니를 넘어 안으로 들어갔다. 창문은 살짝 밀자 그냥 열렸다. 빅토르는 손에 전등을 들고 2층으로 성큼성큼 올라갔다.

2층 층계참에 두 개의 문이 보였다. 빅토르가 맞은편에 보이는 문을 열고 전등을 비추니, 한 사람이 널브러져 경련을 일으키는 모습이 보였다.

그리고 또 다른 남자가 옆방으로 달아나고 있었다. 빅토르는 그 뒤를 쫓아갔고 에두앵 경감은 층계참의 다른 문을 지키고 서 있었다. 결국 달아나던 남자와 경감은 심하게 부딪쳤다. 그런데 옆방으로 뛰어든 빅토르의 눈에, 한 여자가 건물 후면으로 난 창문을 막 넘어 나가는 것이 보였다. 사다리를 타고 내려가는 모양이었다. 빅토르는 그 여자를 향해 전등을 비췄다. **발타자르 극장에서 봤던 적갈색 머리의 여자였다.** 여자를 따라 창문을 넘어가려는 순간, 경감이 부르는 소리가 들려 빅토르는 멈칫했다. 순간 두 번째 총성, 뒤이어 신음 소리가 들려왔다….

빅토르는 층계참으로 돌아와 쓰러지는 에두앵을 부축했다. 총을 쏜 남자는 벌써 1층으로 내려가고 없었다.

경감이 신음했다….

"저자를 따라잡으시오. 난 괜찮소… 어깨에 맞았으니…."

"괜찮다면 이것 좀 놓으십시오."

빅토르는 화를 내며 상관을 떼어내려 했지만 아무 소용이 없었다.

경감이 넘어지지 않으려고 빅토르에게 기를 쓰고 매달려 있었던 것이다. 빅토르는 첫 번째 방에 있는 소파까지 경감을 끌고 가 적당히 눕혔다. 두 도망자를 따라잡기는 이미 글렀다고 판단해 쫓아갈 생각은 포기한 채 바닥에 쓰러져 있는 남자 앞에 무릎을 꿇었다. 레스코 영감이었다. 그는 이제 꿈쩍도 하지 않았다.

빅토르가 재빨리 살펴본 후 말했다.

"죽었습니다. 확실합니다, 죽었어요."

에두앵이 중얼거렸다.

"일이 더럽게 돌아가는군! 그럼 노란 봉투는…? 그자를 뒤져 보시오."

이미 빅토르는 레스코 영감의 몸을 뒤지고 있었다.

"노란 봉투가 하나 있지만 구겨지고 텅 비어 있습니다. 레스코 영감이 국방부 채권을 봉투에서 꺼내 따로 보관해두었던 모양입니다. 어차피 전부 넘겨야 했을 테니까요."

"봉투엔 아무것도 적혀 있지 않소?"

"없어요. 그저 상표만 투명한 글자로 적혀 있을 뿐입니다. 구소 제지, 스트라스부르…."

빅토르는 경감의 상처를 돌봐주며 이렇게 결론지었다.

"그렇군요! 스트라스부르…. 바로 거기 은행에서 첫 번째 절도가 벌어졌지 않습니까. 이제 이 사람이 다섯 번째 도둑이군요…. 이번에는 대담하기 짝이 없는 놈입니다. 빌어먹을! 제1, 제2, 제3, 제4의 도둑이 어설프게 일을 벌였다면 이번 제5의 도둑은 만만치 않겠군요."

그리고 빅토르는 자기가 얼핏 본 그 미모의 여인을 떠올렸다. 그 여자가 살인에 연루되다니, 대체 거기에서 뭘 하고 있었던 것일까? 이 사건에서 그 여자의 역할은 무엇일까?

2
회색 챙 모자

1

소리를 듣고 잠에서 깬 가르슈 역의 역무원 바이양과 두 이웃이 달려왔다. 그중 한 사람의 집에 전화기가 있었기에, 빅토르는 생 클루 경찰서에 신고해달라고 부탁했다. 다른 이웃은 달려가서 의사를 데려왔다. 하지만 도착한 의사는 레스코 영감이 심장부에 총알을 한 방 맞아 사망했다는 사실을 확인해주었을 뿐이었다. 상처가 그리 심각하지 않았던 에두앵은 곧장 파리로 이송되었다.

생 클루 경찰서장이 경찰들을 데리고 도착할 때까지 빅토르는 사건 현장이 훼손되지 않도록 철저히 지키고 있다가 서장에게 상황을 설명했다. 두 사람은 날이 밝을 때까지 기다렸다가 범인들이 남긴 흔적을 조사하는 것이 낫겠다는 결정을 내렸고, 빅토르는 파리의 자기 집으로 돌아갔다.

아침 9시가 되자마자 빅토르는 수사의 진전 상황을 알아보려고 현장으로 향했다. **라 비코크** 주변에는 호기심 어린 구경꾼들이 몰려들었고 순경들이 이들을 현장에 다가오지 못하게 막고 있었다. 정원과 별장 안으로 들어가 보니 다른 형사와 군경들이 바쁘게 움직이고 있었다. 베르사유 검찰이 파견된다는 소식이 전해졌으나 파리 검찰 측에서 반대해, 결국 예심은 파리 검찰 측이 맡게 되었다.

생 클루 경찰서장과 나눈 대화 및 직접 조사한 내용을 바탕으로 빅토르는 몇 가지 확신에 이르렀으나… 대체로 부정적인 내용이었다. 결국, 사건은 여전히 오리무중이었던 것이다.

일단 1층으로 달아난 남자나 창문으로 달아난 여자에 대해 그 어떤 정보도 없었다.

여자가 울타리 어느 부분으로 넘어갔는지는 찾아냈다. 울타리를 빠져나가 도로와 나란히 나 있는 샛길로 달아난 것이었다. 또 2층에서 아래쪽으로 사다리를 세워뒀던 흔적도 발견했다. 하지만 철제로 되어 있고, 휴대용 접이식이었음이 분명한 사다리 자체는 도무지 찾을 수 없었다. 그리고 두 공범이 어떻게 다시 합류해 그 지역을 벗어났는지도 알아낼 도리가 없었다. 기껏 알아낸 사실이라고는, 현장에서 300미터 정도 떨어진 라 셀 생 클루 종마 사육장 옆에 자동차 한 대가 자정부터 주차되어 있다가 새벽 1시 15분쯤 떠났다는 사실 뿐이었다. 자동차는 센 강을 따라, 부지발을 경유해 파리로 돌아갔을 것이다.

레스코 영감의 개는 개집에서 독살된 채 발견되었다.

정원의 자갈 바닥 위에는 아무런 흔적도 없었다.

시신과 에두앵 경감의 어깨에서 빼낸 총알은 7.65밀리미터 구경 브라우닝 권총이었다. 그런데 문제는 이 총이 어디로 갔는지 알 수 없다는 것이다. 이런 사소한 사실을 제외하고는 아무것도 없었다. 더구나 기자와 사진사들이 몰려들기 시작하자 빅토르는 지체하지 않고 자리를 떴다.

빅토르는 여러 사람들과 함께 일하는 것을 끔찍하게 여겼고, 그의 표현에 따르자면 '협상된 추측'에 시간을 허비하는 것이라며 질색했다. 오로지 사건의 심리적 측면, 깊은 성찰과 지성을 요하는 요소만이 빅토르의 관심사였다. 그래서 나머지 절차, 즉 교섭이나 검증, 추적, 미행 같은 것들은 마지못해 할 뿐이라, 남들이 보기에 빅토르는 항상 자기 멋대로 혼자 행동에 나서는 인물이었다.

빅토르는 가르슈 역의 역무원 바이양의 집으로 찾아갔다. 베르사유에서 돌아온 바이양의 아내는, 자기는 아무것도 모르며 최근 며칠 동안 저녁나절에 **라 비코크** 주위를 배회하던 사람이 누구인지 알아보지 못했다고 주장할 뿐이었다. 하지만 다시 근무하러 나온 바이양이 기차역에서 빅토르를 따라잡았고 두 사람은 함께 '카페 데 스포르'로 들어갔다.

술 한 잔에 혀가 풀린 바이양이 말을 꺼냈다.

"아시다시피 게르트뤼드(집사람 이름입니다), 게르트뤼드는 빵을 배달하는 일을 하니까 사람들 집으로 들어간단 말이지요. 그런데 입을 함부로 나불대면 그게 나중에 집사람한테 되돌아오거든요. 하지만 저는 다릅니다. 철도청 직원으로서, 공무원으로서, 사법 당국을 도와야지요."

"그래서요?"

바이양이 목소리를 낮추며 말했다.

"그래서 말입니다. 일단, 집사람이 나한테 말했던 회색 챙 모자요, 그걸 제가 오늘 아침에 우리 집 담벼락 구석에 있는 쓰레기 두는 곳을 청소하면서, 쐐기풀 밑에서 주웠습니다. 놈이 그날 밤 도망치면서 실수로 우리 집 울타리 밑에 떨어뜨린 거겠지요."

"그리고요?"

"그리고 게르트뤼드 말로는, 화요일 저녁에 본 그 남자, 그러니까 회색 챙 모자를 쓴 자가 말입니다, 자기가 매일 빵을 배달해주는 남자가 확실하다는 겁니다… 그것도 지체 높은 신사라고요."

"그 사람 이름은 뭡니까?"

"막심 도트레 남작입니다. 자, 왼쪽으로 몸을 수그려보세요… 저기 건물 보이시죠…? 생 클루 방면으로 가는 도로에 딱하나 있는 임대용 저택인데… 여기서 거리가 대충 500미터 정도 될 겁니다…. 거기 5층에서 자기 부인이랑 늙은 하녀랑 같이 살지요. 아주 좋은 사람들이에요. 좀 거만한 게 흠일 수는 있겠지만, 너무 괜찮은 사람들이라 집사람이 잘못 본 게 아닌가 싶습니다."

"그 사람, 금리 수입으로 생활합니까?"

"아이고, 아니죠! 샹파뉴산 포도주 사업을 합니다. 매일 파리로 가지요."

"그렇게 갔다가 몇 시에 돌아옵니까?"

"6시 기차로요. 여기에는 6시 19분에 도착하지요."

"지난주 월요일에도 그 기차로 돌아왔나요?"

"확실합니다. 어제는 어땠는지 모르지만. 집사람을 데려다주느라 제가 떠나고 없었으니까요."

빅토르는 침묵했다. 상황은 이렇게 상상해볼 수 있었다. '월요일, 파리에서 6시 기차를 탄 샤생 부인은 레스코 영감 가까이에 앉았다. 이혼소송 중이었으므로 어머니와 함께 있을 때가 아니면 애인한테 말을 거는 것을 자제하는 편이었다. 그날, 월요일. 샤생 부인은 충동적으로 노란 봉투를 훔친 상태였다. 말하는 것처럼 보이지 않게 주의하면서 아주 작은 목소리로 애인한테 맡길 물건이 있다고 속삭이며 슬그머니 봉투를 넘긴다. 어쩌면 봉투를 미리 돌돌 말아 묶어두었을 수도 있다. 그런데 이 행동을 같은 칸에 있던 도트레 남작이 눈치챘다. 남작은 신문을 읽었다… 노란 봉투… 그렇다면 이게 혹시 그…? 생 클루에서 샤생 부인이 내린다. 레스코 영감은 가르슈까지 간다. 막심 도트레도 같은 역에 내려 영감이 사는 집을 알아낸 후, 화요일과 수요일에 **라 비코크** 주변을 배회한다. 그리고 목요일에 행동에 나선다…'

빅토르는 바이양과 헤어진 후 그가 가르쳐준 건물로 향하며 생각했다.

'딱 하나 걸리는 게 있군. 이 모든 일들이 너무 순탄하게, 너무도 빠르게 연결된단 말이지. 진실은 절대 이런 식으로 착착 맞아떨어지지 않아. 이렇게 단순하고 자연스러울 수는 없단 말이지.'

2

빅토르는 5층으로 올라가 초인종을 눌렀다. 백발에 안경을 쓴 나이 든 하녀가 문을 열었고, 방문객의 이름을 묻지도 않고 응접실로 안내했다.

빅토르가 간단히 말했다.

"제 명함을 전해주십시오."

식당으로도 이용하는 응접실에는 의자 몇 개와 탁자 하나, 찬장 하나, 그리고 조그만 원탁 하나뿐이었는데 모두 초라했으나 깨끗이 닦여 반들반들했다. 종교화 몇 점이 벽에 걸려 있었고, 벽난로 위에는 책 몇 권과 전도용 소책자가 놓여 있었다. 창문으로는 생 클루 공원의 아름다운 경치가 보였다.

놀란 표정의 부인 한 사람이 나타났다. 아직 젊은 여인으로 얼굴에 붉은 반점이 나 있고 분은 바르지 않았다. 머리 모양은 아주 정교했고 가슴이 풍만했는데, 조금 촌스러운 분위기였으며 빛바랜 가운을 걸치고 있었다. 그래도 전체적인 느낌이 괜찮을 수 있었으나, 의식적으로 거만한 표정을 지어 보이며 자기 딴에는 남작부인으로서 당연하다는 듯 뻣뻣하게 고개를 쳐들고 있어서 불쾌한 인상을 주었다.

여자는 꼿꼿하게 서서 냉담한 목소리로 무뚝뚝하게 물었다.

"무슨 일이시죠?"

"도트레 남작과 이야기를 나누고 싶습니다. 월요일 저녁에 기차 안에서 벌어진 일과 관련된 겁니다."

"신문에 났던 그 노란 봉투 도난 사건에 대한 일이겠지요?"

"네. 그 도난 사건으로 인해 간밤에 가르슈에서 살인 사건이 벌어졌습니다. 피해자는 레스코 씨라는 사람이지요."

여자는 전혀 동요하지 않고 말했다.

"레스코 씨라고요? 전혀 모르는 사람이군요…. 용의자라도 있어서 이러시는 건가요?"

"지금까지요? 전혀 없습니다. 하지만 월요일에 파리에서 가르슈까지 가는 6시 기차를 탄 승객들을 상대로 조사를 벌이고 있지요. 도트레 남작님처럼 말입니다…."

"남편이 형사님께 직접 답변해드릴 거예요. 그런데 그이는 지금 파리에 있어요."

여자는 빅토르가 돌아가리라 생각하며 기다리고 있었다. 하지만 빅토르는 말을 이었다.

"남작님께서는 저녁 식사 후에 종종 외출하시나요?"

"드물게요."

"하지만 화요일하고 수요일에는…."

"그러네요. 그 이틀 동안은 머리가 아프다며 산책을 나갔지요."

"그럼 어제, 목요일 저녁은요?"

"어제저녁에는 일 때문에 파리에 머물러 있었어요."

"남편분께선 파리 어디에서 주무셨습니까?"

"아뇨, 집으로 돌아왔는걸요."

"몇 시였지요?"

"저는 자고 있었어요. 남편이 돌아오고 조금 후에 11시 종이 치는 소리를 들었어요."

"11시요? 그러니까 살인이 벌어지기 두 시간 전이로군요. 그게 확실한가요?"

이제껏 뻣뻣하게 예의를 차리며 기계적으로 대꾸하던 남작부인은 문득 무슨 일이 벌어지고 있는지를 직감하고 '사교계 단속반 형사 빅토르'라고 적힌 명함을 힐끔 쳐다보았다. 하지만 여전히 정확한 상황은 파악하지 못한 채 쌀쌀맞게 답했다.

"사실이니까 그렇다고 말하는 거 아니겠어요."

"그럼 그때, 남편분과 이야기를 나누셨나요?"

"물론이죠."

"그럼 부인께서는 완전히 잠에서 깨어나 계셨던 거로군요?"

여자는 수줍은 듯 얼굴을 붉히며 아무런 대꾸도 하지 않았다. 빅토르가 다시 물었다.

"도트레 남작님께서는 오늘 아침 몇 시에 나가셨습니까?"

"현관문이 닫힐 때 눈을 떠봤더니 괘종시계가 6시 10분을 가리키고 있더군요."

"부인께 인사를 하고 떠나셨나요?"

이 질문에 여자는 짜증을 냈다.

"취조라도 하시는 건가요?"

"저희 조사란 것이 어떤 때에는 이렇게 꼬치꼬치 질문을 할 수밖에 없습니다. 마지막으로 한 가지만…."

빅토르는 주머니에서 회색 챙 모자를 꺼냈다.

"이게 도트레 남작님의 모자인가요?"

여자가 모자를 살펴보며 대답했다.

"네. 그이의 오래된 모자인데 몇 년째 쓴 적이 없어요. 그래서 제가 서랍 안쪽에 넣어놨지요."

자기 남편의 혐의를 굳히는 대답을 이토록 무심하고도 솔직하게 하다니! 이런 솔직한 태도로 보아 결국 이 여자가 중요한 점에 대해 거짓말하지 않았다고 보는 것이 옳지 않겠는가?

빅토르는 폐를 끼친 데 대해 사과한 후, 오후 끝 무렵에 다시 찾아오겠다며 물러났다.

마침 관리실에 있던 관리인 여자에게 몇 가지를 물어본 빅토르는 도트레 남작부인의 대답이 맞다는 사실을 확인했다. 남작이 밤 11시쯤 대문을 열어달라고 벨을 울렸고 아침 6시쯤 건물을 나가려고 관리실 문을 두드렸다는 것이다. 밤중에는 아무도 들어오거나 나가지 않았다. 임대용 아파트가 세 개뿐이고 도트레 남작을 제외한 다른 세입자들은 저녁에 외출하는 법이 없었으므로 확인하는 것은 어려운 일이 아니었다.

"당신 말고 다른 사람이 건물 안쪽에서 문을 열 수 있나요?"

"그건 못 하죠. 관리실로 들어와야 하는데 저는 항상 문을 열쇠로 잠그고 빗장을 걸어놓거든요."

"도트레 남작부인께서 가끔 아침에 나가십니까?"

"절대 안 나가세요. 안나, 그러니까 하녀 할머니가 장을 보거든요. 저기, 마침 할머니가 하인용 계단으로 내려오네요."

"건물 안에 전화가 있습니까?"

"아니오."

빅토르는 건물을 나섰다. 서로 모순되는 생각들 때문에 어리둥절했다. 남작에 대한 혐의가 아무리 짙어도, 여러 정황으로 보아 남작이 범죄 현장에 존재하지 않았다는 사실을 부인할 수 없었다. 범행이 벌어지던 순간, 남작은 자기 아내와 함께 있었던 것이다.

역으로 돌아와 점심을 먹은 후, 빅토르의 머릿속에 이런 질문이 떠올랐다.

'승객이 거의 없었으면 분명 도트레 남작이 눈에 띄었을 텐데, 남작이 오늘 아침 일찍 기차를 타고 떠났을까?'

즉시 확인해본 바, 사람들의 대답은 확실했고 한결같았다. 즉, '아니다'였다.

그렇다면 남작은 어떻게 가르슈를 떠났을까?

빅토르는 오후 내내 인근 가게며 약국, 관공서, 우체국을 돌아다니며 도트레 남작 부부에 대한 정보를 모았다. 이를 통해 빅토르는 사람들이 남작 부부에 대해 그다지 호감을 갖지 않고 있음을 알 수 있었고, 자연스레 남작 부부가 사는 집의 주인인 귀스타브 제롬을 찾아가게 되었다. 시의회 의원이자 목재와 석탄 도매상인 제롬과 남작 부부 사이의 불화는 이 지방에서 아주 유명한 화젯거리였던 것이다.

제롬 부부는, 남작 부부의 집과 마찬가지로 고원에 위치한 자기네 소유의 아름다운 별장에 살고 있었다. 집으로 들어서자마자 넉넉하고 부유한 티가 났다. 그런데 다툼이 일어 소란스러운 분위기가 느껴졌다. 초인종을 눌러도 아무런 답이 없자 빅토르는 그냥 현관 입구로 들어섰는데, 이때 2층에서 다투는 소리가 들려오더니, 문을 쾅 닫는 소리, 난처해하는 유들유들한 남자 목소리와 분노에 차서 새된 소리를 질러대는 여자 목소리가 들려왔다.

"주정뱅이 자식! 그래, 당신! 시의회 의원 귀스타브 제롬은 주정뱅이야! 어젯밤에 파리에서 도대체 뭘 했어?"

"잘 알잖아, 여보, 드발하고 사업차 저녁 먹은 거."

"보나마나, 여자들하고 같이 있었겠지. 당신이 말하는 그 드발, 내가 잘 알아, 방탕한 자식인 거 말이야! 저녁 먹고 나서 폴리베르제르(파리에 있는 유명한 뮤직홀 – 옮긴이)로 갔지, 응? 벌거벗은 여자들이다, 응? 춤이다, 샴페인이다 하고?"

"앙리에트, 당신 미쳤어! 계속 말하잖아, 내가 드발을 자동차로 쉬레슨(생 클루의 북쪽에 인접한 시 – 옮긴이)까지 데려다줬다고."

"몇 시에?"

"글쎄, 그것까지는 잘 모르….""

"당연하지, 고주망태였을 테니. 새벽 3시나 4시쯤이었겠지. 내가 잠든 틈에 몰래 들어온 거잖아….""

말다툼은 몸싸움으로 번졌고, 제롬은 아내에게 쫓겨 허겁지겁 달려와 계단을 우당탕 내려왔다가 현관에서 기다리고 있는 손님과 덜컥 마주쳤다. 빅토르는 바로 사과했다.

"벨을 눌렀는데…. 아무런 답이 없으셔서 그냥 들어왔습니다….""

귀스타브 제롬은 마흔 살 정도의 풍채가 좋고 얼굴이 발그레한 남자였다. 남자는 이내 너털웃음을 터뜨렸다.

"들으셨나요? 부부 싸움을 좀 했습니다…. 별일은 아니지요… 앙리에트만큼 좋은 아내는 없을 겁니다…. 어쨌거나, 서재로 들어오시지요…. 그런데 누구신지…?"

"빅토르 형사라고 합니다, 사교계단속반 소속이죠."

"아! 그 불쌍한 레스코 영감 일인가요?"

빅토르가 잘라 말했다.

"그보다는 선생님 건물에 세 들어 사는 도트레 남작에 대해 몇 가지 좀 여쭙고 싶어서 왔습니다…. 그분과 선생님 사이가 어떻지요?"

"아주 나쁜 사이죠. 지금 그 사람들한테 임대하고 있는 아파트에 제가 아내와 10년 동안 살았었는데, 말도 마십시오. 고소를 하질 않나, 트집을 잡아 집행관을 불러들이질 않나… 그것도 별것 아닌 일을 갖고 말입니다. 가령 그 집 보조 열쇠를 이미 넘겨줬는데 그걸 못 받았다는 겁니다! 한마디로, 말도 안 되는 소리들이죠."

제롬이 웃으며 말했다.

"그러다 결국 주먹다짐까지 갔고요."

"이미 알고 계셨군요? 정말이지, 맞습니다. 주먹다짐이었죠. 남작부인이 날린 주먹에 제가 코를 정통으로 얻어맞았지요… 물론 부인께서 후회하고 있겠지만요."

제롬 부인이 소리쳤다.

"그 여자가 무슨 후회를 해! 교회에나 죽치고 앉아 있는 못돼먹은 그 고약한 여자가…! 남작으로 말할 것 같으면 말이죠, 형사님, 덜떨어진 데다 쫄딱 망해서 세도 못 내는 주제에! 무슨 짓이든 못 할 게 없는 사람이에요."

제롬 부인은 사랑스럽고 호감이 가는 예쁘장한 얼굴을 하고 있었으나, 걸걸한 목소리는 화를 내고 욕설을 쏟아내기에 안성

맞춤이었다.

"하긴, 남편이란 작자를 보면 그 여자가 왜 그러는지도 알 만합니다. 아주 형편없는 사람이죠. 그르노블에서 파산했고, 리옹에서는 더러운 일에 연루됐었고, 사기다 부정 매매다 경력이 아주 화려하거든요…."

빅토르는 더 이상 질문하지 않았다. 집을 나서는데 등 뒤로 다시 말다툼이 벌어지며 여자가 날카롭게 우짖는 소리가 들렸다.

"당신 어디에 있었어…? 대체 뭘 했냐고…? 닥쳐, 비열한 거짓말쟁이!"

날이 저물 무렵, 빅토르는 '카페 데 스포르'에 앉아 석간신문을 훑었다. 별다른 소식은 없었다. 그런데 조금 후, 가르슈에 사는 남녀 한 쌍이 빅토르를 보러 왔다. 그들은 파리에서 오는 길이었는데, 도트레 남작이 파리 북부역 근처에서 어떤 젊은 여자와 함께 택시에 타고 있는 것을 똑똑히 보았다고 주장했다. 운전사 옆 좌석에는 여행 가방이 두 개 놓여 있었다고 했다. 확실한 사실일까? 이런 종류의 증언이 얼마나 신빙성이 없는지 빅토르는 누구보다 잘 알고 있었다.

형사는 생각에 잠겼다.

'어쨌거나, 경우는 두 가지다. 하나는 남작이 국방부 채권을 들고 벨기에로 달아났다는 것… 레스코 영감의 집 창문에서 내가 다시 본 그 미녀와 동일 인물일 수도 있는 어떤 여자와 함께. 아니면, 저 사람들이 잘못 본 것이고, 남작은 평소 타는 기차를 타고 이제 곧 여기로 도착할 것이다. 후자의 경우라면 아무리

정황이 분명해 보여도 남작한테 혐의를 둘 수는 없는 노릇이지.'

역의 승객용 출구 쪽에서 빅토르는 바이양과 다시 마주쳤다.

열차가 도착한다는 안내 방송이 나왔다. 이내 열차가 모퉁이를 돌아 들어오는 것이 보였다. 승객이 서른 명 정도 내렸다.

바이양이 팔꿈치로 빅토르를 찌르며 속삭였다.

"저기 오는 저 사람… 짙은 회색 외투에… 펠트 모자… 저 사람이 남작이에요."

3

빅토르가 처음 받은 인상은 나쁘지 않았다. 남작의 태도에서는 일말의 동요하는 기색도 찾아볼 수 없었다. 표정은 안정되고 평온해 보여서, 고작 열여덟 시간 전에 살인을 저지른 후 어떻게 해야 할지 불안해하며 앞으로 닥칠 일을 두려워하는 사람으로는 보이지 않았다. 그저 자기 평소 습관대로 일상적인 일을 해나가는 신사로 보였다. 남작은 역무원 바이양에게 고개를 끄덕여 인사한 후 자기 집이 있는 오른쪽으로 갔다. 접어 든 석간신문으로 지나가는 길에 있는 철책을 무심히 두드리고 있었다.

조금 거리를 두고 그 뒤를 따라가던 빅토르는 걸음을 빨리해서 남작과 거의 동시에 건물 앞에 도착했다. 5층 층계참에서 남작이 열쇠를 꺼내 들자 빅토르가 말을 걸었다.

"도트레 남작님이시지요?"

"무슨 일이십니까?"

"몇 분만 이야기 좀 나누시죠…. 사교계단속반 형사 빅토르입니다."

충격, 당혹감에 이어 힘겹게 자제하는 기색이 역력히 느껴졌다. 남작의 턱 근육이 긴장했다.

순간적인 반응이었다. 하지만 정직하기 그지없는 사람들도 경찰이 불시에 찾아오면 자연스럽게 그런 반응을 보일 수 있었다.

도트레 남작부인은 식당 창가에서 수를 놓고 있다가 빅토르를 보더니 벌떡 일어섰다.

"잠깐 자리를 비켜주겠소, 가브리엘?"

아내에게 입을 맞춘 후 남작이 말했다.

빅토르가 입을 열었다.

"오늘 아침에 이미 부인을 뵐 기회가 있었으니, 계시는 게 더 좋을 것 같습니다."

"아!"

남작은 간단히 대꾸했다. 별로 놀라는 것 같지도 않았다. 그리고 자기 신문을 가리켜 보이며 말했다.

"조사하시는 사건에 대해 읽으면서 지금 막 형사님 이름을 봤습니다. 제가 6시 기차를 자주 타는 정기권 이용자라서 물어볼 게 있으신 모양이지요? 일단 곧바로 말씀드리자면, 지난 월요일에 누구랑 같은 칸에 탔는지 기억나지 않고, 수상한 일이나 노란 봉투 같은 건 전혀 못 봤습니다."

도트레 부인이 날이 선 목소리로 끼어들었다.

"형사님께서는 더 많은 걸 알고 싶어 하세요, 막심. 가르슈 고원에서 살인 사건이 벌어지던 날 밤에 당신이 어디에 있었는지 알고 싶어 하시죠."

남작이 흠칫 놀랐다.

"그게 무슨 말이오?"

빅토르가 회색 챙 모자를 내보였다.

"이게 범인이 쓰고 있던 모자인데, 범인이 이걸 그 옆집 담장 안쪽으로 던졌습니다. 오늘 아침, 도트레 부인께서 이 모자가 남작님 모자라고 확인해주셨습니다."

도트레가 정정했다.

"그보다는, 제 모자였었다고 해야겠지요. 모자는 현관홀 벽장에 들어 있었어요. 맞지, 가브리엘?"

남작이 아내에게 물었다.

"네, 2주 전쯤에 제가 거기 넣어두었어요."

"그런데 그걸 내가 일주일 전에 좀먹은 낡은 목도리하고 같이 쓰레기통에 버렸습니다. 부랑자가 거기에서 주운 거겠죠. 또 다른 건 뭐죠, 형사님?"

"화요일 저녁하고 수요일 저녁, 남작님께서 외출하셨던 시각에 이 모자를 쓴 남자가 **라 비코크** 근처에서 서성이는 걸 본 사람이 있습니다."

"머리가 아파서 산책을 나갔던 건데, 그쪽으론 안 갔습니다."

"그럼 어디로 가셨죠?"

"생 클루 대로로 갔지요."

"누구와 마주치셨습니까?"

"그랬겠지요. 한데 별로 주의 깊게 보지는 않았습니다."

"그럼 어제, 목요일 저녁에는 몇 시에 돌아오셨지요?"

"11시요. 파리에서 저녁을 먹었죠. 집사람은 자고 있었고요."

"부인 말씀에 따르면, 이야기를 나누셨다더군요."

"그랬나, 가브리엘? 기억 안 나는데."

여자가 남편에게 다가서며 말했다.

"네, 그랬잖아요. 기억해봐요… 나한테 입을 맞췄다고 말해도 부끄러울 건 없잖아요. 하지만 어쨌거나, 이분한테 더 이상 대답하지 말아요. 이 모든 게 전부 말도 안 돼요, 어리석기 짝이 없는 일이라고요!"

여자의 얼굴이 굳어졌고, 빨간 반점이 잔뜩 나 있는 두 뺨은 더욱 빨개졌다.

남작이 말했다.

"형사님께서는 자기 임무를 수행하시는 것뿐이오, 가브리엘. 내가 돕지 않을 이유가 없지. 오늘 아침에 내가 몇 시에 떠났는지 말씀드려야 합니까? 대략 6시쯤이었습니다."

"기차를 타셨나요?"

"그렇습니다."

"하지만 역 직원 중에서 남작님을 본 사람이 아무도 없는데요."

"도착해보니 기차를 막 놓쳤더군요. 그런 경우, 보통 25분 거리인 세브르 역까지 가서 기차를 탑니다. 내 정기권으로 거기서도 기차를 탈 수 있거든요."

"그 역 직원들도 남작님을 알고 있나요?"

"여기보다는 잘 모르겠지요. 거기가 승객도 더 많고요. 내가 탄 칸에는 나 혼자였습니다."

남작은 주저하지 않고 곧바로 답변했다. 답변은 확실했고 논리적으로 반박의 여지가 없었기에, 적어도 지금으로서는 사실이라고 받아들일 수밖에 없었다.

"내일 저와 함께 파리로 가주실 수 있겠습니까? 남작님께서 어제저녁 함께 식사를 한 사람과 오늘 만났던 사람을 만나보고 싶습니다."

빅토르가 이 말을 마치자마자 가브리엘 도트레가 분노로 온통 일그러진 얼굴을 하고 빅토르에게 바짝 다가섰다. 제롬이 얻어맞았던 그 주먹질이 떠올라 빅토르는 웃음이 날 뻔했다. 그만큼 여자의 모습이 우스꽝스러웠던 것이다. 하지만 여자는 자제했다. 그리고 성화聖畵가 걸려 있는 벽 쪽으로 팔을 뻗으며 말했다.

"제 영혼의 구원을 두고 맹세해요…"

하지만 이토록 허술한 공격을 두고 맹세까지 하는 것이 적절하지 않다는 생각이 들었는지 성호를 그으며 몇 마디를 중얼거린 후, 남편에게 다정하고도 처연하게 입을 맞추고 자리를 떴다.

두 남자는 서로를 마주 보고 서 있었다. 남작은 말이 없었다. 차분하고 평온해 보이던 그 잘생긴 얼굴이 자연스러운 것이 아니라는 사실을 알아채고 빅토르는 깜짝 놀랐다. 양 볼에는 붉은 연지가 발려 있었는데 여자들이 으레 바르는, 자색이 들어간 연지였다. 또 거무스레한 눈가와 처진 입꼬리에서는 엄청나게 피로한 기색이 느껴졌다. 이렇게 갑작스레 모습이 변하다니! 더구나 시시각각 변화가 심해지는 듯했다.

남작이 심각하게 말했다.

"잘못 짚으신 겁니다, 형사님. 하지만 억울하게도 형사님이 진행하시는 수사가 제 은밀한 사생활과 연관되어 있기 때문에, 정말 고통스럽지만 밝힐 수밖에 없겠군요. 저는 아내에게 우정과 존경을 느끼고 있지만, 몇 달 전부터 파리에서 아내 말고 다른 여자를 만나고 있습니다. 바로 그 아가씨와 어제저녁에 함께 식사를 했지요. 그 여자가 나를 생 라자르 역까지 데려다주었고, 오늘 아침 7시에 그 여자를 다시 만났습니다."

빅토르가 명령조로 말했다.

"그럼 내일 저를 그 여자한테 데려다주십시오. 내일 제가 차로 모시러 오지요."

남작은 주저하더니 결국 대답했다.

"그렇게 합시다."

남작을 만난 후, 현실에는 의심의 여지가 없음에도 불구하고 그 현실을 어딘지 미심쩍어 하는 자신의 감정과 이성에 사로잡혀 찜찜한 느낌이었다.

금요일 저녁, 빅토르는 생 클루의 한 순경에게 부탁해 남작의 집을 한밤중까지 감시하게 했다.

어떤 수상한 일도 벌어지지 않았다.

3
남작의 정부[1]

1

가르슈에서 파리로 가는 20여 분 동안 아무도 말이 없었다.
남작이 이렇게 말없이 유순한 태도를 보이는 점, 바로 이 때문
에 빅토르의 의심이 더욱 짙어지는지도 몰랐다. 전날 남작의
화장기를 눈치챈 이후, 빅토르는 남작이 침착한 태도를 보여도
그다지 대단하게 여기지 않았다. 빅토르는 도트레 남작을 유심
히 뜯어보았다. 볼연지는 사라지고 없었다. 하지만 볼이 쑥 꺼
지고 누렇게 뜬 얼굴을 보고 불면과 열에 들뜬 밤을 보냈다는
사실을 알 수 있었다.

"어느 동네입니까?"

빅토르가 물었다.

"보지라르가입니다, 뤽상부르공원 근처."

---

[1] 아내가 아니면서 정을 두고 깊이 사귀는 여자를 뜻한다 – 옮긴이

"여자 이름은요?"

"엘리즈 마송입니다. 폴리베르제르의 단역 무용수였는데, 제가 거두어주었지요. 자기한테 해준 일로 나한테 얼마나 고마워하는지 모릅니다! 폐병에 걸렸거든요."

"그 여자한테 돈이 많이 듭니까?"

"별로요. 아주 소박한 여자거든요! 다만, 내가 일을 덜 한다는 게 문제죠."

"그래서 집세도 못 내는 거로군요."

두 사람은 더 이상 아무런 말도 하지 않았다. 빅토르는 남작의 애인에 대해 생각하며 주체할 수 없는 호기심에 사로잡혔다. 극장의 그 여자일까? **라 비코크**의 살인자?

비좁은 보지라르가에 작은 셋집들로 가득 찬 커다랗고 낡은 건물이 서 있었다. 남작은 4층에서 왼쪽으로 돌아가더니 문을 두드리고 초인종을 눌렀다.

젊은 여자가 황급히 문을 열고 두 팔을 내밀었다. 빅토르가 선명히 기억하고 있는 그 여자가 아니었다.

여자가 말했다.

"당신이 왔군요! 혼자가 아니네요? 친구예요?"

"아니. 이분은 경찰인데 국방부 채권 사건에 대해 조사하고 계셔. 나는 어쩌다 거기에 휘말리게 된 거고."

남작이 말했다.

여자가 작은 방 안으로 두 남자를 안내했고 그제야 빅토르는 여자를 제대로 볼 수 있었다. 병색이 도는 얼굴에 파란 눈이 엄청나게 컸으며 갈색 곱슬머리는 마구 흐트러져 있었고 광대뼈에는 새빨갛게 볼연지를 바르고 있었다. 전날 남작의 볼에 발라져 있던 바로 그 자색이 들어간 연지였다. 실내용 원피스 차림에, 목에는 녹색 줄무늬가 들어간 낙낙한 오렌지색 스카프를 아무렇게나 두르고 있었다.

빅토르가 말했다.

"단순히 형식적인 조사입니다. 질문 몇 가지만 하죠…. 그저께 목요일에 도트레 씨를 만났습니까?"

"그저께요? 어디, 생각해볼게요…. 아! 그래요, 점심하고 저녁을 먹으러 왔었고 저녁에 제가 역까지 바래다줬어요."

"그럼 어제, 금요일은요?"

"어제는 이이가 아침 7시가 되자마자 왔고, 우린 오후 4시까지 밖에 안 나갔어요. 그랬다가 평소처럼 슬슬 산책하면서 저이를 바래다줬지요."

여자가 말하는 품을 보고 빅토르는 전부 미리 짜놓은 대답이라고 확신했다. 하지만 때론 진실도 거짓말과 똑같은 어조로 말할 수 있지 않을까?

빅토르는 집 안을 한 바퀴 돌아보았다. 화장실 하나가 어정쩡하게 딸려 있었고, 부엌과 옷장이 하나씩 있을 뿐이었다. 그런데 옷장에 걸려 있던 원피스들을 헤치다가 여행용 손가방 하나와 튼튼한 천으로 된 짐 가방을 하나 발견했다. 짐 가방은 한껏 부풀어 있었다.

빅토르는 불쑥 뒤를 돌아보았고, 남녀가 묘한 시선을 주고받는 것을 포착했다. 그래서 당장 짐 가방을 열었다.

한쪽에는 여자 속옷과 반장화 한 켤레, 원피스 두 벌이 들어 있었다. 다른 쪽에는 남자 웃옷 한 벌과 셔츠 몇 개가 들어 있었다. 손가방에는 잠옷 한 벌, 실내화, 세면도구가 들어 있었다.

"떠나려는 모양이지요?"

빅토르가 몸을 일으키며 말했다.

남작은 빅토르에게 다가서서 날카롭게 쏘아보더니 나직이 말했다.

"이보시오, 누가 이런 식으로 뒤져도 된다고 했습니까? 가택 수사라도 하는 겁니까? 무슨 명목으로? 당신, 영장은 어디 있습니까?"

빅토르는 위험을 감지했다. 눈앞에 있는 이 사내의 감정이 격앙되었으며, 눈에서 잔혹한 살기가 도는 것이 선명하게 보였던 것이다.

빅토르는 주머니 안쪽에 있는 권총을 움켜쥐고 상대를 마주 보며 몸을 일으켜 세웠다.

"어제 당신들이 여행 가방 두 개를 가지고 파리 북부역 근처에 있는 것을 본 사람이 있습니다…. 당신이 정부하고 같이 있는 걸 본 거죠."

"헛소리! 헛소리입니다. 나는 거기서 기차를 타지 않았어요. 그래서 버젓이 여기 있지 않습니까? 대체 뭡니까, 솔직히 말해 보시죠…. 나한테 무슨 혐의를 두고 있는 겁니까? 노란 봉투를 날치기라도 했다는 겁니까? 아니면 설마…."

소리 높여 외치던 남작이 목소리를 낮추어 속삭였다.

"아니면 설마 내가 레스코 영감을 죽이기라도 했다는 겁니까? 그래요, 네?"

별안간 둔탁한 비명 소리가 들렸다. 납빛이 된 엘리즈 마송이 숨을 헐떡이며 더듬거렸다.

"무슨 말을 하는 거죠? 당신이 사람을 죽였다고 의심한다고? 가르슈에 사는 그 남자를 죽였다고 말이에요?"

남작이 웃음을 터뜨렸다.

"정말이지, 그런 모양이라니까! 이것 보세요, 형사님, 그건 말도 안 되는 얘깁니다⋯. 대체 뭡니까, 제 아내한테도 물어보지 않으셨습니까⋯."

남작은 서서히 가라앉으며 긴장을 풀고 있었다. 빅토르는 권총 손잡이를 놓고 장방형의 현관홀을 향해 갔다. 그러는 동안 도트레 남작은 계속 이죽댔다.

"아! 경찰이라, 경찰이 수사하는 걸 직접 보는 건 처음인데 말입니다. 젠장, 이런 식으로 실수 연발이라면 거 말이 되겠습니까! 보십시오, 형사님. 저 가방을 싸놓은 게 벌써 몇 주째 됩니다. 엘리즈와 같이 남프랑스로 여행을 떠나려고 했지요. 그런데 상황이 여의치 않았단 말입니다."

젊은 여자는 그 커다란 파란 눈으로 남작을 뚫어지게 쳐다보며 듣고 있다가 중얼거렸다.

"감히 당신이 그런 짓을 했다고 하다니! 당신이, 살인자라고!"

순간, 빅토르의 머릿속에 계획 하나가 또렷이 떠올랐다. 일단 이 두 연인을 떼어놓고, 남작을 경찰청으로 데려가서 상관들과 협의 후 당장 가택수사를 벌여야 했다. 가택수사는 빅토르가 싫어하는 일 중 하나였지만, 지금은 필수 불가결한 요소로 보였다. 만약 국방부 채권이 여기 있다면 무슨 일이 있어도 또다시 놓치진 말아야 했다.

빅토르가 여자에게 말했다.

"아가씨는 여기에서 나를 기다려요. 그리고 선생께서는…"

빅토르가 너무도 위압적인 태도로 열린 문을 가리켜 보였기 때문에 남작은 고분고분 빅토르의 앞을 지나가 계단으로 내려갔고, 빅토르의 카브리올레 자동차 뒷좌석에 올라탔다.

길모퉁이에 순경 한 사람이 교통을 단속하고 있었다. 빅토르는 그에게 다가가 자기소개를 한 후, 자동차와 그 안에 있는 사람을 감시해 달라고 부탁했다. 그리고 엘리즈 마송의 집이 있는 건물 1층에 있는 선술집으로 들어갔다. 가게 뒤편에 전화기가 있었다. 빅토르는 교환수에게 경찰청을 연결해달라고 요청했는데 사법경찰 부서로 전화가 연결될 때까지 한참을 기다려야 했다.

"아! 이제야 연결됐군요, 르페뷔르? 여기, 사교계단속반 빅토르요. 이봐요, 르페뷔르. 보지라르가랑 뤽상부르 모퉁이 쪽으로 경찰 두 사람을 지금 당장 보내줄 수 있겠소? 여보세요! 좀 더 크게 말해보시오… 뭐라고요? 생 클루로 나한테 전화를 했었다고…? 여긴 생 클루 아닙니다… 그런데 왜요? 누가 나한테 할 말이 있다고요? 누가요? 국장님이…? 그래요, 마침 내가… 어쨌거나 일단 두 명만 좀 보내주세요… 당장이요, 네? 아! 한 가지만 더, 르페뷔르. 감식과에 부탁해서 엘리즈 마송이라는 아가씨에 대한 자료가 있나 알아봐 주세요. 폴리베르제르 전직 단역 무용수…. 엘리즈 마송입니다…."

15분 후, 경찰 두 사람이 자전거를 타고 왔다. 4층에 사는 엘리즈 마송이라는 여자의 인상착의를 정확히 알려주며 절대로 이 여자가 도망치게 놔둬서는 안 된다고 당부한 후, 빅토르는 경찰청으로 가서 도트레 남작을 동료들에게 인계했다.

2

빈틈없고 유능한 수사국장 고티에는 유순한 외모 아래, 예리한 통찰력과 정확한 판단력을 감추고 있는 인물이었다. 국장은 자기 사무실에서 투실투실하고 작달막한 사내와 함께 빅토르를 기다리고 있었다. 같이 있는 사내는 나이가 꽤 들었지만 목덜미가 튼실하고 단단해 보였다. 빅토르의 직속상관 중 한 명인 몰레옹 수사과장이었다.

국장이 외쳤다.

"대체 뭔가, 빅토르. 이게 무슨 일인가? 내가 벌써 몇 번이나 당부하지 않았나. 무슨 일이 있어도 우리 쪽으로 연락을 취하라고. 그런데 벌써 이틀 동안 아무런 기별도 없지 않았나! 생클루 경찰서 따로, 우리 애들 따로, 거기다 자네까지 따로 움직이니 원. 서로 연계가 되지를 않아, 공조라는 게 도무지 없다고."

빅토르가 차분히 지적했다.

"그러니까 쉽게 말하면, 국방부 채권 사건과 **라 비코크** 살인 사건이 국장님이 원하시는 대로 진전되지 못하고 있다는 말씀이시죠?"

"그쪽은 어떤가, 빅토르?"

"나쁘지 않습니다. 하지만 솔직히 말씀드리면, 국장님. 제가 제대로 실력을 발휘하고 있는 건 아닙니다. 사건이 흥미롭긴 하지만 그렇다고 열광할 정도는 아니거든요. 너무 분산되어 있습니다. 중요하지 않은 배우들이 산만하게 움직이면서 실수를 연발하고 있는 꼴이죠. 진짜 적은 아직 나타나지도 않았고요."

국장이 은근슬쩍 말했다.

"그렇다면, 이쯤에서 손 떼게. 몰레옹이 아르센 뤼팽을 아는 건 아니지만 예전에 그자를 상대한 적이 있네. 또 그 사람을 오랫동안 추적해왔으니 다른 누구보다도 적임자일 테고…."

빅토르가 당황한 기색이 완연한 얼굴로 국장에게 다가섰다.

"뭐라고 하셨습니까, 국장님? 아르센 뤼팽이라고요…? 확실한 겁니까…? 그자가 이 사건에 연루됐다는 증거라도 있는 겁니까?"

"확실한 증거가 있네. 알다시피 아르센 뤼팽이 스트라스부르에서 목격되었고 체포되기 직전에 빠져나가지 않았나? 그런데 중앙은행에 맡겼던, 은행장이 경솔하게도 자기 서랍에 넣어두었던 그 노란 봉투 말이네. 그 봉투는 원래 그 채권 아홉 장을 소유한 사람의 금고 속에 들어있던 거였네. 그자는 스트라스부르의 기업가였는데, 봉투를 은행에 맡긴 바로 다음 날 그 사람의 금고를 누군가 부쉈다는 사실이 뒤늦게 알려졌다. 누구 짓이었겠나? 우린 금고에서 찾아낸 편지의 일부를 통해 그 정체를 알아냈지. 바로 아르센 뤼팽이었네."

"그 편지가 정말 아르센 뤼팽이 쓴 겁니까?"

"그러하네."

"누구한테 쓴 거죠…?"

"애인으로 보이는 여자한테 쓴 거였지. 그 내용 중에 뤼팽이 여자한테 이런 말을 하네. '내가 놓친 채권을 은행 직원인 알퐁스 오디그랑이란 자가 훔친 게 분명하오. 당신이 원한다면, 파리에서 그자의 흔적을 찾아봐줘요. 나는 일요일 저녁에 파리에 도착할 거요. 더구나, 나는 이제 이 사건에는 별로 흥미가 없소. 다른 사건… 1000만 프랑이 걸린 다른 사건에 온 정신이 팔려 있으니 말이오. 그 정도는 돼야 움직일 만하지 않겠소! 지금 순탄히 진행 중….'"

"물론, 서명은 없었겠지요?"

"있었네. 여기를 보게.

Ars. L.

고티에는 결론을 내렸다.

"일요일은 자네가 발타자르 극장에 갔던 날 아닌가? 그날 알퐁스 오디그랑이 거기에 자기 애인과 함께 있었고."

빅토르가 힘주어 말했다.

"극장에 다른 여자 하나도 있었습니다, 국장님. 아주 미모의 여인이었는데, 거기에서 오디그랑을 감시하고 있었던 게 분명합니다… 그리고 레스코 영감이 살해되던 날 밤, 사건 직후에 그 여자가 도망치는 것을 제가 봤습니다."

방 안을 서성이는 빅토르는 흥분한 기색이 완연했다. 항상 침착하던 사람이었기에 놀라웠다.

마침내 빅토르가 말했다.

"국장님. 그 지독한 작자가 연관된 이상 이 사건은 제가 끝까지 밀고 나가겠습니다."

"그자가 정말 싫은가 보군?"

"제가요? 놈을 본 적도 없습니다… 어떤 경로든 전혀 놈을 모르고, 그자 역시 저를 모르죠."

"그럼, 대체 왜?"

빅토르가 어금니를 악물며 말했다.

"그렇다고 놈하고 저 사이에 결판낼 일이 없는 건 아니죠. 그것도 아주 심각한 일입니다. 하지만 일단, 지금 상황에 대해 이야기하죠."

빅토르는 자기가 전날과 그날 오전에 했던 일, 가르슈에서 진행한 조사, 도트레 부부와 제롬 부부, 엘리즈 마송을 만났던 일을 상세히 전했다. 엘리즈 마송에 대해 이야기하면서 빅토르는 감식과에 들러 받아 온 자료를 보여주었다.

"…알코올중독자인 아버지와 결핵 환자인 어머니 사이에서 태어나 바로 고아가 됐습니다. 폴리베르제르에서 일하다 동료들 숙소에서 몇 차례 도둑질을 한 일로 쫓겨났습니다. 몇 가지 단서로 봐서 이 여자가 국제 절도 조직의 정보원 역할을 하는 것 같습니다. 결핵 2기 환자고요."

침묵이 감돌았다. 고티에의 태도로 보아 빅토르가 이룬 조사 결과에 몹시 만족스러워하는 기색이었다.

"자네 의견은 어떤가, 몰레옹?"

수사과장은 대답하면서 조건을 붙이는 것을 잊지 않았다.

"훌륭하군요. 하지만 좀 더 면밀히 조사해봐야겠지요. 괜찮으시다면 제가 남작을 다시 취조해보겠습니다."

빅토르가 평소처럼 거리낌 없이 말했다.

"그럼 혼자 다시 취조해보십시오. 저는 차에서 수사과장님을 기다릴 테니."

국장이 결론지었다.

"그럼 오늘 저녁에 여기서 다시 만나는 걸로 하지. 그때 중요한 정보를 추려, 이제 막 파리 검찰청에서 시작된 예심에 전하도록 하겠네."

한 시간 후 남작을 빅토르의 차로 다시 데려오면서 몰레옹이 말했다.

"이놈한테서 건질 건 하나도 없군."

"그러면 엘리즈 마송 양의 집으로 가볼까요?"

빅토르가 제안했지만 수사과장은 반대했다.

"그거야, 그 여자는 감시당하고 있잖나! 금방 가택수사도 들어갈 테고, 우리가 도착하기도 전에 다 끝날 거야. 내 생각엔, 그보다 더 급한 일이 있네."

"뭡니까?"

"살인이 벌어지던 순간, 가르슈 시의원이자 도트레 부부의 집주인인 귀스타브 제롬이 뭘 하고 있었냐 하는 걸세. 그 아내도 알고자 하는 그 질문을, 그 사람 친구인 펠릭스 드발한테 물어봤으면 하네. 생 클루에 있는 부동산업자 말일세. 방금 그 사람 주소를 얻었거든."

빅토르는 어깨를 으쓱해 보이더니 몰레옹의 옆자리인 운전석에 앉았다. 도트레와 형사 한 명은 뒷좌석에 앉았다.

생 클루에서 경찰 두 명이 자기 사무실에 있던 펠릭스 드발을 찾아냈다. 갈색 머리에 공들여 턱수염을 손질한 덩치 큰 사내였다. 형사들의 말을 듣자마자 사내는 웃음을 터뜨렸다.

"아! 또 무슨 일이라고. 한데 제롬 그 친구를 두고 무슨 꿍꿍이를 벌이는 겁니까? 오늘 아침부터 그 부인이 전화를 하질 않나, 기자가 두 번이나 찾아오질 않나…."

"무엇 때문에 왔었죠?"

"그저께 목요일 저녁에 그 친구가 몇 시에 돌아갔느냐고 묻더군요."

"그래서 대답해주셨나요?"

"물론, 사실대로 말해줬죠! 그 친구가 나를 우리 집 앞에 데려다줬을 때 10시 반 시계가 울렸다고요."

"문제는, 그 부인은 남편이 자정이 한참 넘어서야 들어왔다고 주장한다는 겁니다."

"그래요, 알고 있습니다. 그 여자는 동네방네 그렇게 떠들고 다니죠. 질투 때문에 정신이 나가서 그러는 겁니다. '그날 밤 10시 반부터 뭐하고 다녔어? 어디에 있었어?' 하고 말이죠. 그러다 보니 경찰이 끼어들고, 기자들까지 우리 집으로 찾아오고, 마침 그 시간에 살인까지 벌어지는 바람에 그 불쌍한 귀스타브 녀석이 용의자가 된 거라 이거죠!"

그러더니 그는 껄껄대고 웃었다.

"귀스타브가 도둑에 살인자라고요? 그 친구, 파리 한 마리도 못 죽일 사람입니다!"

"친구분께서 술에 좀 취해 있었습니까?"

"오! 아주 조금요. 술이 어찌나 약한지! 그 친구가 그날 여기서 500미터 떨어진 사거리에 있는 카페까지 나를 끌고 가려고 했죠. 거긴 자정까지 문을 열거든요. 거 참 못 말리는 친구라니까!"

두 형사는 사거리에 있다는 그 카페로 가보았다. 카페 주인은 단골손님인 귀스타브 제롬이 그저께 10시 반이 조금 넘어서 왔었고 퀴멜(캐러웨이 열매를 알코올에 담가 당분을 가한, 향미가 강한 무색의 술 – 옮긴이) 한 잔을 마시고 갔다고 했다.

그렇다면 다음과 같은 질문이 점점 짙은 의혹으로 떠오른다. '귀스타브 제롬은 10시 반부터 자정이 넘는 시각까지 무엇을 했는가?'

두 형사는 도트레 남작을 자기 집까지 데려다주었고, 동행한 형사가 남작을 감시하도록 배치했다. 몰레옹은 이참에 제롬의 별장까지 가보자고 했다.

제롬 부부는 집에 없었다.

"점심이나 먹으러 가지. 시간이 늦었군."

몰레옹이 말했다.

두 사람은 '카페 데 스포르'에서 점심을 먹었다. 서로 말도 거의 주고받지 않았다. 빅토르는 입을 꾹 다물고 기분 나쁜 표정을 지어 보이며 수사과장이 신경 쓰는 일들이 얼마나 하찮은

지 대놓고 티를 냈다.

몰레옹이 버럭 소리를 질렀다.

"대체 뭔가! 그 작자 태도에 수상한 점이 있다고 생각하지 않는 건가?"

"어떤 작자 말입니까?"

"귀스타브 제롬 말일세."

"귀스타브 제롬? 저한테 그 문제는 부차적인 겁니다."

"젠장, 그럼 자네 계획이 뭔지 말해보게!"

"당장 엘리즈 마송 집으로 가는 겁니다."

불같이 쉽게 달아오르고 고집스러운 성격인 몰레옹이 호통을 쳤다.

"내 계획은 도트레 부인을 만나보는 거야! 자, 가지!"

빅토르가 더욱 크게 어깨를 으쓱거리며 말했다.

"가지요."

도트레의 집 앞에 배치해놓은 형사가 계속 집을 감시하고 있었다. 두 형사는 건물 안으로 올라갔고, 몰레옹이 초인종을 눌렀다. 곧 하인이 문을 열어주었다.

두 사람이 막 집으로 들어서려는데 밑에서 누군가 그들을 불렀다. 순경 한 사람이 허겁지겁 올라오고 있었다. 빅토르가 엘리즈 마송이 사는 보지라르가의 건물을 지키고 있으라고 지시해놓은, 자전거를 타고 왔던 순경 두 사람 중 한 명이었다.

빅토르가 의아해하며 물었다.

"거, 무슨 일인가?"

"그 여자가 살해당했습니다… 목이 졸린 것 같습니다…"

"엘리즈 마송이?"

"네."

3

몰레옹은 기분파였다. 동료의 권고에 따라 보지라르가부터 가보지 않은 것이 자기 실수였다는 사실을 깨닫자 수사과장은 별안간 주체할 수 없는 분노에 사로잡혔고, 이것을 누구한테 터뜨려야 할지 몰라, 다짜고짜 도트레 부부가 있는 방으로 박차고 들어가 고함을 질렀다. 자기가 이용할 수 있는 어떤 반응이 나오기를 기대하면서….

"그 여자를 죽였소…! 결국 이렇게 되고 만 거요! 어째서 그 불쌍한 여자가 위험에 처해 있다는 말을 미리 안 한 거요…? 만약 누군가 그 여자를 죽였다면, 그건 당신이 그 여자한테 채권을 맡겼다는 거 아니오, 도트레…? 그리고 누군가 그 사실을 알고 있었단 말이고. 그게 누구요? 이제는 우리한테 협조할 겁니까?"

빅토르가 끼어들려 했으나 몰레옹은 막무가내였다.

"그래, 뭐요? 예의를 차려달라고? 난 그런 사람 아니오. 도트레의 애인이 살해당했단 말이오! 이제 우리한테 제대로 된 정보를 줄 거요, 말 거요…? 당장 대답해보시오! 지금 당장!"

반응이 있긴 했다. 하지만 그건 도트레 쪽에서 나온 것이 아니었다. 남자는 멍하니 서서 눈을 휘둥그레 뜬 채, 지금 들은 말이 무슨 뜻인지 이해하려고 애쓰는 것 같았다. 한편 가브리엘 도트레는 벌떡 일어나 온통 굳은 표정으로 자기 남편을 쳐다보았다. 남편이 깜짝 놀라 항의하며 아니라고 반박하기를 기대하면서. 그러더니 이내 쓰러질 듯 벽을 짚고 기대섰다. 몰레옹이 말을 멈추자 여자가 중얼거렸다.

"당신한테 애인이 있었어… 당신한테! 당신! 막심! 애인이… 그래서, 매일, 파리에 갈 때마다…."

여자는 나직한 목소리로 되풀이했다. 붉은 반점투성이인 두 뺨이 파랗게 질려 있었다.

"애인이…! 애인이…! 어떻게 그럴 수가…! 당신한테 애인이 있었다고…!"

마침내 도트레가 대답했다. 신음에 가까운 목소리였다.

"용서해줘, 가브리엘…. 어쩌다 보니, 그렇게 된 거야…. 그런데, 이제는 죽어버렸다니…."

여자가 성호를 그었다.

"죽었다고…."

"당신도 들었지…. 이틀 전부터 벌어지는 일들이 전부 끔찍해… 대체 무슨 일인지 나로선 알 수 없어… 악몽이야…. 어째서 날 이런 식으로 괴롭히는 거지? 어째서 저 사람들이 날 체포하려는 거냐고?"

여자가 전율했다.

"당신을 체포한다고…? 미쳤어요…. 당신을, 체포한다고!"

절망감에 사로잡힌 여자는 별안간 바닥에 몸을 던지더니, 무릎을 꿇고 몰레옹을 향해 모아 쥔 두 손을 내밀며 애원했다.

"안 돼요, 안 돼요…. 당신한테 그럴 권리는 없어요… 제가 맹세해요, 제가요, 남편은 결백하다고요. 그래, 레스코 영감 살해요? 남편이 제 곁에 있었다니까요…. 아! 제 영혼의 구원을 두고 맹세컨대… 남편이 저한테 키스했어요… 그런 후에… 그런 후에… 그이 품에 안겨 잠들었다고요…. 그래요, 저 사람 품에 안겨서요…. 그러니, 대체 뭘 더 원하시는 거죠…? 저이 짓이 아니잖아요, 네? 그게 사실이라면, 정말 끔찍한 노릇 아니겠어요?"

여자는 그 뒤로도 몇 마디를 더 더듬거렸는데, 이내 기운이 빠져 목소리가 거의 들리지 않게 되었다. 그러더니 기절해버렸다.

이 모든 것, 즉 배신당한 아내의 슬픔, 두려움, 기도, 기절, 이 모든 것이 진정 자연스러운 진심에서 우러나온 것이었다. 이 여자가 거짓말을 하고 있을 리는 없었다.

막심 도트레는 아내를 돌볼 생각도 않고 흐느껴 울었다. 잠시 후, 여자도 반쯤 정신을 차리고 울기 시작했다.

몰레옹은 빅토르의 팔을 잡아끌었다. 현관에서는 늙은 하녀 안나가 문간에서 이 사태를 듣고 있었다. 몰레옹이 안나에게 소리쳤다.

"저 사람들한테 오늘 밤까지… 아니 내일까지… 꼼짝 말고 있으라고 전하시오! 아래에 감시하는 사람도 있으니 나가려고 해도 못 나갈 거요."

자동차에서 몰레옹이 어이없다는 듯 말했다.

"저 여자가 거짓말하는 건가? 그걸 어떻게 알겠어! 연극배우 뺨치는 사람들을 허다하게 봤는데. 어떻게 생각하나?"

하지만 빅토르는 입을 꾹 다물고 있었다. 그리고 전속력으로 차를 몰았다. 어찌나 빠른 속도로 모는지 몰레옹은 속도를 줄이라고 말하고 싶었다. 하지만 아무 말도 하지 않았다. 그러면 빅토르가 더욱 속도를 낼까 봐 겁이 났던 것이다. 두 사람은 서로에게 화가 날 대로 나 있었다. 사법경찰 수사국장의 지시하에 짝을 이룬 두 형사는 의견의 일치를 전혀 보지 못하고 있었다.

보지라르가 모퉁이에 몰려든 구경꾼들을 헤치고 건물로 들어갈 때까지 몰레옹의 분노는 가라앉지 않았다. 반면, 빅토르는 차분했으며 완전히 평정을 되찾은 모습이었다.

빅토르가 전해 들은 사실과 직접 관찰한 사실을 종합하면 다음과 같았다.

오후 1시에 가택수사를 하러 온 형사들이 4층 층계참에서 초인종을 눌렀으나 아무런 응답이 없었다. 길에서 지키고 있던 자전거를 탄 순경 두 명에게 엘리즈 마송이 건물에서 나가지 않았다는 사실을 전해 듣고서 형사들은 가장 가까운 곳의 자물쇠 기술자를 불러왔다. 문을 열고 들어가자마자 이들의 눈에 띈 것은, 온통 창백한 모습으로 자기 방의 침대 겸용 소파 위에 뒤로 널브러져 있는 엘리즈 마송의 모습이었다. 저항하느라 애썼는지 팔과 손목이 잔뜩 굳은 채 뒤틀려 있었다.

핏자국은 없었다. 무기도 없었다. 가구나 물건들을 보아 몸싸움을 한 흔적은 전혀 없었다. 피해자의 얼굴은 부풀어 올라 검은 반점으로 뒤덮여 있었다.

검시관이 말했다.

"이 반점이 중요합니다. 교살된 거죠. 끈이나 수건으로… 어쩌면 스카프일 수도 있겠고요…."

이 말을 들은 즉시 빅토르는 피해자가 두르고 있던 녹색 줄무늬의 오렌지색 스카프가 없어졌다는 사실을 알아챘다. 그래서 사람들에게 물어보았지만 아무도 그 스카프를 보지 못했다고 했다.

특기할 만한 점은, 서랍이나 거울 달린 장롱에 전혀 손을 댄 흔적이 없다는 사실이었다. 여행용 손가방과 짐 가방은 빅토르가 그날 아침에 놔둔 그대로였다. 이 말은, 살인자가 국방부 채권을 찾으려고 집 안을 뒤지지 않았다는 뜻이었다. 아니면, 이미 이 집에 채권이 없다는 사실을 알고 있었다는 뜻인가?

건물 관리인 여자에게 물어보니, 관리실 위치 때문에 드나드는 사람들을 매번 제대로 볼 수 없으며, 건물에 있는 셋집 수가 많기 때문에 사람들이 많이 드나든다고 했다. 한마디로, 관리인은 아무런 수상한 점도 보지 못했고 줄 만한 정보가 아무것도 없다는 뜻이었다.

이때 몰레옹이 빅토르를 한쪽으로 데리고 갔다. 6층에 사는 세입자 중 한 사람이 정오가 되기 조금 전에 3층과 4층 사이 계단을 황급히 내려가는 어떤 여자를 봤다는 것이다. 바로 그 직전에 4층 집의 문 하나가 막 닫혔던 것 같다고도 했다. 그 여자는 소시민처럼 수수하게 차려입었고 얼굴은 못 봤는데, 일부러 감추는 것 같더라고 했다.

몰레옹이 덧붙였다.

"검시관에 따르면 사망 시각은 대략 오전 끝 무렵으로 추정할 수 있지만, 그 여자의 건강 상태가 나빠서 두세 시간 차이가 날 수도 있다고 하네. 또, 초기 조사에 따르면 일단 살인자가 반드시 만졌을 만한 물건에서는 아무런 지문도 나오지 않았다고 하더군. 흔히들 하듯, 신중을 기하느라 장갑을 꼈던 거겠지."

빅토르는 두 눈을 부릅뜨고 방 한구석에 앉아 있었다. 그리고 경찰 한 명이 차근차근 방을 뒤지는 모습을 바라보았다. 경찰은 장식품을 하나하나 들어보고 벽을 검사하고 커튼을 흔들어보고 있었다. 또 짚을 꼬아 만든 낡은 담뱃갑 하나를 열어보더니 그 내용물을 비웠다. 흐릿하고 질 나쁜 사진 열댓 장 정도가 들어 있었다.

빅토르가 다가가서 사진들을 살펴보았다. 친구들끼리 즐기면서 찍는 아마추어 수준의 사진이었다. 엘리즈 마송의 동료들, 단역 무용수들, 점원 아가씨들, 가게 사환들…. 그런데 담뱃갑 밑바닥에 깔려 있는 얇은 비단 천 아래에 사진 한 장이 네 번 접힌 채 들어 있었다. 역시 아마추어 수준의 사진이었지만 다른 사진들보다 질이 괜찮았다. 빅토르가 보기에 사진의 주인공은 발타자르 극장과 **라 비코크**에서 봤던 그 신비로운 여인이 거의 확실했다.

빅토르는 담뱃갑 째 자기 주머니에 쑤셔 넣고 이것에 대해 아무런 말도 하지 않았다.

4
체포

1

사법경찰 수사국장이 소집한 회합은 이번 사건에 배속된 발리두 예심판사의 집무실에서 열렸다. 예심판사는 **라 비코크**로 가서 조사를 시작해, 증언을 수집하고 이제 막 돌아온 참이었다.

회합은 참으로 혼란스러웠다. 국방부 채권 사건과 관련해 벌써 두 차례나 살인이 벌어지는 바람에 대중의 상상력은 있는 대로 부풀어 있었다. 신문도 대대적으로 떠들었다. 게다가 서로 모순된 사건과 말도 안 되는 가설들, 근거 없는 혐의, 자극적인 헛소문 따위로 어수선한 가운데, 이제는 아르센 뤼팽의 이름까지 거론되는 형편이었다. 이 모든 일들이 일주일이라는 짧은 기간 안에 매일매일 예기치 못한 방향으로 흘러가고 있었다.

"모두 빨리 행동에 나서야 합니다. 그래서 당장 성과를 얻어야 해요."

몰레옹 수사과장의 보고를 들으러 몸소 나타난 경찰청장이 강조했다. 그러곤 모두 적극적으로 나서라고 매우 절박하게 호소하더니 자리를 떴다.

"빨리 행동에 나서라니…."

발리두가 투덜댔다. 그는 온건한 성미에 좀처럼 결단을 내리지 않는 성격으로, 상황의 흐름에 일처리를 맡기는 것을 원칙으로 삼는 사람이었다.

"빨리 행동에 나선다, 말은 쉽지. 한데 어느 방향으로 행동에 나서라는 거요? 그리고 어떻게 성과를 보라는 겁니까? 사실관계를 따져 들어가기만 하면 현실이 모조리 산산조각이 나고 확신이 전부 무너지는데. 논리적이면서도 동시에 빈약하기 그지없는 가설들이 서로 전부 모순되지 않느냔 말이오."

일단, 국방부 채권 절도와 레스코 영감 살해 사건이 서로 연결되어 있다는 확실한 증거가 없었다. 알퐁스 오디그랑과 타이피스트 에르네스틴은 자기들이 사건에 일시적으로 개입했다는 사실을 부인하지 않았다. 하지만 샤생 부인은 개입 사실을 부인하고 있었으니, 레스코 영감과 내연 관계가 있었음이 입증된다 하더라도 노란 봉투의 행방은 여기에서 중단될 수밖에 없었다. 따라서 도트레 남작의 레스코 영감 살해 혐의가 아무리 짙다 하더라도 그 동기는 분명히 설명할 수 없었다.

더구나, 레스코 영감의 살해와 엘리즈 마송의 살해 사이에 어떤 연관을 찾을 수 있다는 말인가?

몰레옹 수사과장이 입을 열었다.

"요컨대 이 모든 사건이 서로 연결되어 있는 건 오로지 빅토르 형사가 밀어붙였기 때문이지요. 형사가 지난 일요일에 발타자르 극장에서부터 줄기차게 뛰어다니더니 결국 오늘 엘리즈 마송의 시체까지 이르게 된 것 아니오. 그러니 최종 분석을 위해 빅토르 형사의 견해를 들어봐야 합니다."

빅토르 형사는 어김없이 어깨를 으쓱해 보였다. 이런 숙덕대는 밀담에 짜증이 났던 것이다. 빅토르가 고집스럽게 입을 다물고 있자 회의는 마무리되었다.

일요일에 빅토르는 전직 치안국 형사 한 명을 자기 집으로 불러들였다. 퇴직한 이후로도 경찰청을 차마 떠나지 못하고 있으며, 이제껏 성실하게 근무하며 세운 공을 높이 사 경찰청에서도 이런저런 업무에 계속 투입하고 있는 이들 중 한 명이었다. 늙은 라르모나는 자신이 감탄해 마지않는 빅토르에게 항상 헌신적이었으며, 빅토르가 민감한 임무를 맡길 때면 언제고 서슴지 않고 응했다.

빅토르가 라르모나에게 말했다.

"엘리즈 마송의 행적을 최대한 상세히 알아봐 주게. 특히, 주변에 아주 친한 남자같은, 막심 도트레보다 더 가까운 내연 관계가 있었는지 살펴보게나."

월요일에 빅토르는 가르슈로 갔다. 오전에 엘리즈 마송의 집에서 조사를 벌였던 파리 검찰은, 그날 오후 가르슈에서 빅토르의 진술에 따라 **라 비코크** 살인 사건을 재구성하기로 되어 있었다.

소환된 도트레 남작은 무척 침착했으며 열정적인 태도로 범죄 사실을 부인하는 바람에 모두 깜짝 놀랐다. 하지만 살인 사건이 벌어진 다음 날, 남작이 파리 북부역 근처에서 택시를 타고 있는 모습이 실제로 목격되었다는 것은 확고한 사실로 받아들여졌다. 거기에 남작의 집에서 다 꾸려진 여행 가방 두 개가 발견되어, 회색 챙 모자와 더불어 살해 혐의를 더욱 확실히 뒷받침하고 있었다.

사법관들은 남작 부부를 대질심문하기 위해 부인을 소환했다. **라 비코크**에 마련된 좁은 방으로 남작부인이 들어서자 모두 깜짝 놀랐다. 여자의 한쪽 눈에는 시퍼렇게 멍이 들어 있었고 한쪽 뺨에는 피가 맺힐 정도로 할퀸 자국이 있었으며, 턱이 비뚤름히 돌아가 있는 데다 자세마저 구부정했던 것이다. 남작부인을 부축하고 있던 늙은 하녀 안나는 안으로 들어서자마자 남작부인이 말을 꺼낼 새도 없이 주먹을 쳐들고 남작을 가리키며 소리쳤다.

"저 사람 짓입니다, 판사님! 저자가 마님을 오늘 아침에 이 지경으로 만들어놨다고요. 제가 끼어들지 않았으면 죽였을 겁니다. 미친 사람이에요, 판사님. 완전히 미친 사람이라고요…. 한마디도 안 하고 사정없이 주먹을 휘두르며 때렸습니다."

막심 도트레는 해명하기를 거부했다. 남작부인은 기진맥진한 목소리로 토막토막, 자기로서는 도무지 영문을 모르겠다고 고백했다. 함께 기분 좋게 이야기하고 있는 도중에 별안간 남편이 달려들었다고 했다. 그리고 여자는 덧붙였다.

"저이가 얼마나 절망적이었으면 그랬겠어요. 지금 자기한테 벌어지는 일 때문에 정신이 어떻게 된 거예요…. 한 번도 나한테 손댄 적 없었는데…. 이 일을 가지고 저 사람을 판단해서는 안 돼요."

아내는 남편의 손을 잡고 다정하게 바라보았지만, 남자는 본체만체하며 폭삭 늙어버린 모습으로 벌겋게 충혈이 된 눈을 하고 눈물만 흘렸다.

빅토르가 남작부인에게 질문했다.

"여전히, 남편분께서 목요일 저녁 11시에 집에 들어오셨다고 주장하십니까?"

"네."

"자리에 누운 후 부인께 입을 맞췄고요?"

"네."

"좋습니다. 그런데 그런 후 30분이나 한 시간쯤 지나서 남편분께서 자리에서 일어나지 않았다는 사실도 확신하십니까?"

"확신해요."

"어떤 근거로 그렇게 확신하시죠?"

"그이가 자리에 없었으면, 제가 그걸 느꼈을 거예요. 남편 팔에 안겨 있었으니까요. 더구나⋯."

여자가 이제껏 자주 그랬듯 얼굴을 붉히더니 속삭였다.

"한 시간 후에 제가 잠결에 말했어요. '당신 알아요? 오늘 내 생일이에요'라고요."

"그랬더니요?"

"그랬더니 이이가 다시 나한테 입을 맞췄어요."

여자의 조심스러움, 정숙한 태도에는 무언가 사랑스러운 면이 있었다. 하지만 여전히 이런 의문이 일었다. 이 여자가 연기를 하는 것은 아닐까? 저렇게 진실해 보일지라도, 결국 자기 남편을 구하려고 증언에 딱 들어맞는 적절한 어조를 꾸며낸 것이 아닐까?

　사법관들은 결정을 내리지 못하고 있었다. 이때, 파리 경찰청에 있던 몰레옹 수사과장이 몰아치듯 들어오는 바람에 상황이 급변했다. 몰레옹은 **라 비코크**의 좁은 정원으로 사람들을 전부 끌고 가더니 격한 어조로 말했다.

　"새로운 소식입니다⋯ 중요한 사실 두 가지⋯ 아니 세 가지가 있습니다⋯. 우선 빅토르 형사가 범행 현장 2층 창문에서 목격한, 그 공범이 사용했던 철제 사다리 말입니다. 그 사다리를 오늘 아침 라 셀 종마 사육장에서 부지발까지 이어진 언덕에 위치한 어떤 사유지 내 공터에서 찾아냈습니다. 도주하던 여자, 아니 두 도망자가 담 너머로 던져 넣은 걸 겁니다. 당장 사다리 제조사로 사람을 보냈지요. 어떤 여자가 그 사다리를 구입했다고 하는데, 보지라르가 살인 사건이 일어났던 때 엘리즈 마송의 거처 부근에서 목격된 그 여자로 보입니다. 그게 첫 번째 소식입니다!"

　몰레옹은 숨을 고른 후 말을 이었다.

　"두 번째. 택시 기사 한 명이 경찰청으로 직접 와서 진술한 내용으로, 제가 접수한 겁니다. 레스코 살인 사건 다음 날인 금요일 오후, 그 택시 기사가 뤽상부르공원 근처에서 손님을 기다리고 있는데 천으로 된 짐 가방을 든 남자 한 명하고 여행용 손가방을 든 여자 한 명이 와서 택시를 탔습니다. '북부역으로 가주시오.' '출발 플랫폼으로요?' '그렇소.' 이런 대화를 나누었다고 합니다. 그 사람들은 발차 시간보다 일찍 도착했는지 역에 도착해서도 한 시간가량 차 안에 머물러 있었습니다. 그런 후 두 사람은 차에서 내려 근처 카페의 테라스에 앉아 있다가 지나가는 신문팔이한테서 석간신문을 샀다고 합니다. 결국, 기사는 여자만 태우고 뤽상부르로 되돌아왔고 여자는 가방을 두 개를 다 들고 차에서 내려 보지라르가 쪽으로 걸어갔다는 겁니다."

"인상착의는요?"

"남작과 그 정부의 인상착의와 동일합니다."

"몇 시였죠?"

"5시 반. 그러니까 이유는 모르겠지만 어쨌든, 도트레 씨가 생각을 바꾸어 외국으로 도피하는 것을 포기하고 애인을 집으로 돌려보낸 후, 자기는 택시를(이 택시도 찾아낼 겁니다) 잡아타고 가르슈로 떠나는 6시 기차를 타러 간 거지요. 가르슈로 돌아와 정직한 사람 행세를 하며 상황을 정면으로 돌파하겠다고 마음을 먹은 겁니다."

예심판사가 물었다.

"그럼 세 번째는 뭡니까?"

"익명의 제보 전화입니다. 시의회 의원 귀스타브 제롬에 대한 거지요. 빅토르 형사는 무시했지만, 저는 애초부터 이 방향으로 수사를 전개해야 한다고 생각했습니다. 전화한 사람이 주장하기를, 수사를 엄밀히 진행하다 보면 시의회 의원인 귀스타브 제롬이 사거리 카페에 들른 이후 무슨 짓을 했는지 알게 될 것이며, 특히 그자의 서재 책상을 뒤져보면 흥미로운 사실을 알아낼 거라고 했습니다."

몰레옹이 이야기를 마쳤다. 즉시 몰레옹과 빅토르 형사는 귀스타브 제롬의 별장으로 파견되었다. 빅토르 형사는 내키지 않는 기색으로 마지못해 따라갔다.

2

귀스타브 제롬은 아내와 함께 자기 서재에 있었다. 빅토르를 알아봄과 동시에 몰레옹이 자기소개를 하자, 귀스타브 제롬은 팔짱을 끼더니 화를 내는 것인지 신이 난 것인지 모를 태도로 버럭 소리를 질렀다.

"아! 이거 뭐요! 그 농담, 아직 안 끝난 겁니까? 벌써 사흘째 계속 이러니, 이게 사는 거냐고요! 신문마다 내 이름이 났습니다! 사람들이 나한테 인사도 안 해요…! 거봐! 앙리에트, 그렇게 큰 소리로 집안일을 떠벌리니까 이런 일이 벌어지는 거 아니야! 이제 사람들이 전부 우리한테 등을 돌리고 있잖아."

빅토르 앞에서 그토록 기세등등했던 앙리에트가 고개를 푹 수그린 채 속삭였다.

"당신 말이 맞다고 벌써 얘기했잖아요. 드발이 여자들하고 어울려서 당신을 끌고 다닌다는 생각에 내 정신이 어떻게 됐었나 봐요. 멍청하기도 하지! 더구나, 내가 착각한 거였고…. 당신이 자정 전에 들어왔었는데 말이죠."

몰레옹 수사과장이 마호가니 가구를 가리켰다.

"의원님, 이 반닫이 책상(책상의 판이 선반장의 문이라 위로 올

려 닫을 수 있는 가구. 내부에는 서랍이 달려 있다 - 옮긴이) 열쇠 가
지고 계십니까?"

"물론이지요."

"좀 열어주시겠습니까?"

"안 될 거 없죠."

귀스타브 제롬이 주머니에서 열쇠 꾸러미를 꺼내 앞판을 내
리자 작은 서랍 여섯 개가 나타났다. 몰레옹이 서랍을 뒤졌다.
서랍 하나에 끈으로 묶인 작은 검은색 천 주머니가 있는 것이
보였다. 끈을 풀어 보니 하얀 재질로 된 가는 알갱이들이 들어
있었다.

몰레옹이 말했다.

"스트리크닌이군요. 이걸 전부 어디서 구했습니까?"

귀스타브 제롬이 답했다.

"쉬운 일이죠. 솔로뉴에 사냥터를 하나 갖고 있는데 거기서
해충을 죽이려고…."

"레스코 씨의 개가 스트리크닌으로 독살된 거 아십니까?"

귀스타브 제롬이 호탕하게 웃음을 터뜨렸다.

"그래서요? 그걸 나만 갖고 있답니까? 그게 무슨 내 전용 약
물이요?"

앙리에트는 전혀 웃지 않았다. 명랑해 보였던 그 얼굴에 점
차 공포의 표정이 떠올랐다.

몰레옹이 명령했다.

"이 접이식 뚜껑 책상(책상 윗면을 덮고 잠글 수 있는 둥근 미끄
럼판 뚜껑이 달린 책상 - 옮긴이)도 좀 열어주시죠."

걱정스러운 기색을 보이며 제롬은 주저하더니 마침내 책상을 열었다.

몰레옹은 서류를 뒤지고 문서와 장부들을 훑어보았다. 브라우닝 권총이 보이자 이리저리 살펴보더니 20센티미터 자를 꺼내 들고 구경을 쟀다.

"7연발 브라우닝이군요. 구경은 7.65밀리미터인 것 같고."

몰레옹이 말하자, 제롬이 확인해줬다.

"7.65밀리미터 맞습니다."

"그러니까 레스코 영감을 즉사시켰고 에두앵 경감한테 부상을 입힌 총알 두 발과 일치하는군요."

제롬이 외쳤다.

"그게 나랑 무슨 상관이오? 이 총을 산 이후로 한 번도 쏜 적 없는 걸요… 그게, 5~6년 동안 말입니다!"

몰레옹이 탄창을 꺼냈다. 총알 두 발이 없었다.

수사과장이 집요하게 말했다.

"총알 두 발이 없는데요."

그리고 총을 다시 살펴보더니 말을 이었다.

"게다가, 뭐라고 하시든 간에 총신 안쪽에 최근 발사된 탄약 가루 흔적이 있는 것 같소. 전문가들이 확인해줄 겁니다."

귀스타브 제롬은 한참 어리둥절해 있었다. 하지만 생각에 잠기더니 이내 어깨를 으쓱해 보였다.

"이건 전부 말도 안 됩니다, 형사님. 나한테 불리한 이런 식의 증거가 스무 개가 나온다 해도 진실은 변하지 않을 겁니다. 반대로, 만약 내가 범인이라면 서랍 안에 스트리크닌도 없었을 거고 책상 속에 두 발이 발사된 권총도 없었을 겁니다."

"그럼 이 사실을 어떻게 설명하시겠습니까…?"

"설명 따윈 필요 없습니다. 살인이 새벽 1시에 벌어졌다고 했던가요. 우리 집 정원사 알프레드가 차고에서 30발자국 떨어진 곳에서 사는데, 방금 전만 해도 그날 밤 내가 11시쯤 집에 들어왔다고 확실히 말했습니다."

그러더니 자리에서 일어나 창문 너머로 정원사를 외쳐 불렀다.

"알프레드!"

정원사 알프레드는 소심한 사내였다. 질문을 받으면 자기 챙 모자를 손가락으로 스무 번이나 만지작거리며 돌리고 나서야 대답을 하곤 했다.

몰레옹이 짜증을 냈다.

"그래서 뭡니까, 주인이 차를 들여놓았을 때가 언제입니까? 대체 내 말 듣는 겁니까, 마는 겁니까?"

"글쎄요! 그거야… 날에 따라 다르니까…."

"그럼 그날은 어땠소?"

"그게 정확히는… 잘 모르겠습니다만…."

귀스타브 제롬이 소리쳤다.

"뭐라고! 잘 모르겠다고…?"

몰레옹이 정원사에가 다가서며 엄한 어조로 다그쳤다.

"허투루 말하면 안 됩니다…. 거짓 증언을 하면 당신한테 최악의 결과가 생길 수 있습니다. 그저 간단히… 정확한 사실만 말하면 됩니다…. 그날 밤, 몇 시에 자동차 소리를 들었습니까?"

알프레드는 다시 모자를 만지작거리고, 침을 꿀꺽 삼키고, 코를 한 번 훌쩍이더니 마침내 떨리는 목소리로 입을 열었다.

"1시 15분쯤… 어쩌면 1시 반쯤에요….."

알프레드가 말을 마치자마자, 침착하고 명랑하게만 보이던 제롬이 알프레드를 문으로 밀어젖히고 엉덩이를 발로 차서 밖으로 내쫓아 버렸다.

"당장 꺼져! 다시는 얼굴도 내밀지 마시오…. 임금은 오늘 저녁에 계산해줄 테니…."

그러더니 별안간 마음이 놓인 듯 몰레옹에게 되돌아와서 말했다.

"이러니 좀 낫군요…. 원하는 대로 하십시오…. 하지만 미리 말씀드리죠…. 이제 나한테서는 한 마디도… 단 한 마디도 끌어내지 못할 거요…. 능력껏 알아서 하시오…!"

아내가 남편의 품으로 뛰어들며 흐느껴 울었다. 그는 몰레옹과 빅토르를 따라 **라 비코크**까지 갔다.

그날 저녁, 도트레 남작과 귀스타브 제롬은 곧바로 사법경찰청사로 이송되어 예심판사의 관리하에 놓이게 되었다.

저녁에 빅토르와 마주친 사법경찰국장 고티에는 물었다.

"어떤가, 빅토르? 진전을 보고 있지 않나, 응?"

"너무 빨리 진행돼서 탈이죠, 국장님."

"무슨 말인지 설명해보게."

"쳇! 설명해봐야 무슨 소용입니까? 어차피 여론을 만족시켜야 했는데, 이젠 된 거죠. 몰레옹 만세! 빅토르는 물러나라!"

빈정대던 빅토르는 국장을 다시 붙들었다.

"레스코 영감 살인 사건 다음 날, 남작을 북부역에서 생 라자르 역까지 태워준 택시 기사를 찾아내는 즉시 제게 알려주시겠습니까, 국장님?"

"뭐하려고?"

"국방부 채권을 찾아내려고요."

"거참! 그럼 그때까지는 뭐할 참인가…?"

"그때까지는 아르센 뤼팽에 매달려야죠. 사건이 온통 배배 꼬여 엉뚱한 모양새를 띠고 있는 데다 온갖 요소가 뒤섞여 있어서, 아르센 뤼팽의 역할이 명확히 드러나기 전에는 사건의 진상을 알아낼 수 없을 겁니다. 그때까지는 오리무중, 횡설수설, 법석을 떠는 꼴이죠."

3

아니나 다를까, 여론은 만족했다. 하지만 **라 비코크** 살인 사건이나 보지라르가 살인 사건, 채권 도난 사건의 진상은 여전히 오리무중이었다. 그다음 날, 도트레와 제롬을 취조했으나 제기되는 질문에 대한 아무런 해답도 구하지 못했다. 그래도 두 사람은 상테 감옥에서 밤을 보내야 했다. 신문이나 여론은 하나같이 이 두 사람이, 아르센 뤼팽이 꾸민 것임에 틀림없는 거대한 범죄 사건의 공범이라고 철석같이 믿고 있었다. 그리고 그들과 아르센 뤼팽 사이에서 뤼팽의 애인임이 분명한 어떤 여자가 매개 역할을 했을 거라고들 했다. 예심을 통해 이들 각자의 역할이 밝혀질 것이었다.

빅토르가 되뇌었다.

'결국 이 모든 일이 완전히 잘못 추론된 것만은 아니야. 핵심은 이 뤼팽 놈한테 접근하는 일인데, 어떻게 접근한단 말이지? 바로 그 애인을 통하지 않고서는 불가능하지. 그런데 발타자르 극장의 여자와 **라 비코크**의 여자, 사다리를 구입한 여자, 엘리즈 마송 집 건물 계단에서 만난 여자가 전부 동일 인물인 게 분명하단 말이야.'

빅토르는 자기가 슬쩍 입수한 사진을 사다리 판매소의 사환과 여자를 봤던 세입자에게 보여주었다. 대답은 동일했다. 사진의 여자가 맞거나 적어도 기가 막히게 닮은 여자!

드디어 어느 날 아침, 빅토르는 충직한 친구 라르모나에게서 전보를 받았다.

흔적을 찾아냄.
샤르트르 근처로 엘리즈 마송의 장례식에 갈 예정임.
오늘 저녁에 보세.

그날 저녁, 라르모나는 빅토르에게 엘리즈의 친구 한 명을 데리고 왔다. 고아인 엘리즈의 조촐한 장례식에 참석한 유일한 친구였다. 아르망드 뒤트렉이라는 갈색 머리의 아름다운 아가씨로 태도가 시원시원했다. 엘리즈와는 뮤직홀에서 알게 되었으며 자주 만나는 사이였는데, 자기 친구가 항상 '수상쩍은 사람들과 관계된' 듯 알쏭달쏭한 면모를 지니고 있었다고 했다.

빅토르는 아르망드에게 사진을 전부 잘 살펴보라고 했다. 마지막 사진을 보더니 여자는 곧장 반응을 보였다.

"아! 이 여자, 본 적 있어요… 키가 크고 피부가 아주 하얗고, 한번 보면 절대 못 잊을 그런 눈을 하고 있었죠. 그날 엘리즈와 오페라극장 근처에서 만나기로 했었어요. 엘리즈가 어떤 여자가 몰고 있는 자동차에서 내렸는데… 바로 이 여자였어요, 틀림없어요."

"엘리즈가 그 여자에 대해 이야기했나요?"

"아뇨. 하지만 언젠가 한 번, 엘리즈가 우체국으로 편지를 가져갈 때 얼핏 주소를 본 적 있어요. '… **공주**' 이렇게 적혀 있고, 이름은 러시아 이름이었는데 제대로 보지 못했어요… 주소는 콩코르드광장에 있는 무슨 호텔 이름이었고요. 그 여자일 거라는 확신이 들더라고요."

"그게 오래전 일인가요?"

"3주 전이었어요. 그 뒤로 엘리즈를 못 봤죠. 엘리즈가 도트레 남작과의 관계 때문에 바빴거든요. 더구나, 몸이 아프다며 그저 산으로 요양 갈 생각밖에 안 했지요."

그날 저녁, 빅토르는 알렉상드라 바실리예프 공주라는 여자가 콩코르드광장의 한 대형 호텔에 머무른 적이 있으며, 현재 공주 앞으로 도착하는 편지는 모두 샹젤리제 대로에 있는 캉브리주 호텔로 전달된다는 사실을 알아냈다.

바실리예프 공주? 단 하루 만에, 빅토르와 라르모나는 바실리예프라는 성을 지닌 유서 깊은 러시아 귀족 가문의 유일한 후손이 파리에 살고 있다는 사실을 알아냈다. 그녀의 어머니와 형제들은 모두 체카(1917년 10월 혁명 뒤에 소비에트 정부가 설치한 러시아 반혁명·사보타주 단속 비상 위원회로 1922년에 폐지되었다 – 옮긴이)의 명령으로 학살되었으며, 죽을 운명이었던 알렉상드라 바실리예프는 간신히 살아남아 국경을 넘을 수 있었다. 가족이 대대로 유럽에 영토를 소유하고 있었으므로 부유한 처지였으며, 독특한 성격으로 마음 내키는 대로 살고 있었다. 비사교적인 편이었지만 그래도 러시아에서 망명한 귀부인들 몇 명과 교제하고 있었는데, 이들은 그녀를 여전히 알렉상드라 공주라고 불렀다. 나이는 서른 살이었다.

라르모나는 캉브리주 호텔 측에서도 바로 정보를 얻어냈다. 바실리예프 공주는 외출하는 일이 드물었고, 호텔 댄스홀에서 자주 차를 마시곤 했으며, 저녁 식사 역시 호텔 식당에서 했다. 그리고 절대 누구에게도 말을 거는 법이 없다고 했다.

어느 날 오후, 빅토르는 호텔로 가서 악단의 연주에 맞추어 어지럽게 춤을 추거나 이야기를 나누는 우아한 인파 사이에 눈에 띄지 않게 자리를 잡고 앉았다.

키가 크고 짙은 금발 머리의 창백한 여자가 빅토르의 앞을 지나 약간 떨어진 곳에 자리를 잡았다. 그 여자였다.

그렇다, 그 여자. 발타자르 극장의 바로 그 여자! **라 비코크**의 창문에서 슬쩍 보았던 그 여자! 그 여자가 맞았다, 하지만….

첫눈에는 전혀 의심의 여지가 없었다. 이토록 빼어난 미모에

투명한 시선을 지녔으며, 이리 창백한 피부에 저런 자태를 지닌 여자는 오로지 그 여자뿐이었다. 하지만 눈앞에 보이는 짚 색깔을 띤 밝고 곱슬곱슬한 금발 머리 때문인지, 빅토르의 기억 속에 각인된 적갈색 머리칼의 그 비장한 느낌이 전혀 들지 않았다.

빅토르는 확신할 수 없었다. 그래서 처음에 받았던 그 강렬한 느낌을 되찾으려고 두 번이나 호텔로 다시 와보았으나 아무런 소용이 없었다. 하지만 어찌 보면, 그날 밤 가르슈에서 받았던 그 비장한 느낌은 살인이라는 위험스럽고 끔찍한 정황에서 비롯된 것이 아니었을까?

빅토르는 엘리즈 마송의 친구를 호텔로 불렀다.

"맞아요. 엘리즈와 함께 있던, 자동차 속의 그 여자 맞아요… 네, 그 여자가 정말 맞는 것 같아요…."

젊은 여인이 즉시 대답했다.

이틀 후, 캉브리주 호텔에 한 여행객이 도착했다. 그 사내는 호텔 숙박부에 이렇게 적었다.

마르코스 아비스토 – 62세 – 페루 출신

단순하지만 세련되게 차려입은 이 고상하고 기품 있는 신사를 보고서, 퇴역 군인의 차림새를 하고 뻣뻣한 태도에 상냥한 구석이라고는 하나도 없는 사교계단속반 형사 빅토르의 모습을 알아볼 수 있는 사람은 없을 것이었다. 일단 10살은 더 들어

보였고 머리는 새하얬다. 더구나 살면서 특혜와 특권만을 누려온 사람 특유의 상냥한 태도를 보이고 있었다.

숙소는 4층 객실로 배정되었다.

공주의 숙소는 같은 층에서 객실 10여 개가 떨어진 곳에 위치해 있었다.

빅토르가 생각했다.

'모든 게 잘 되어가는군. 하지만 더 이상 지체할 시간이 없어. 공세에 나서야 해, 그것도 빨리!'

5
바실리예프 공주

1

방만 500여 개에 달하고 오후부터 저녁나절 내내 엄청난 인파가 몰려드는 이 거대한 숙소에서, 마르코스 아비스토처럼 특별할 것도 없는 남자가 알렉상드라 바실리예프 공주처럼 자기 내면에만 몰두해 있는 같은 무심한 여자의 주목을 받지 못하는 것은 아주 당연한 일이었다.

덕분에 거의 끊임없이 여자를 감시할 수 있었다. 처음 나흘 동안 공주는 호텔을 떠나지 않았다. 찾아오는 사람도, 외부와의 서신 교환도 없었다. 외부와 연락을 취하고 있다면 자기 방의 전화기를 사용할 수밖에 없을 것이다. 빅토르가 동료 라르모나와 그런 식으로 연락을 취했듯이.

빅토르가 가장 조바심을 내며 기다리는 순간은 저녁 식사 시간이었다. 여자와 절대 눈이 마주치지 않도록 신경 쓰면서 잠시도 눈을 떼지 않았는데, 여자의 모습에 빅토르는 그야말로 완전히 사로잡히고 말았다. 이렇게 사교계 인사로 차려입고 있자니, 사교계단속반 형사에게는 금지되어 있는 열정과 찬탄의 감정이 슬그머니 고개를 드는 모양이었다. 저런 여인이 한낱 사기꾼에게 사로잡혀 있을지도 모른다는 생각에 분노를 터뜨리며 속으로 으르렁거렸다.

'아니야… 그럴 순 없어… 저런 혈통에 저런 품위 있는 여자가 그 비열한 뤼팽 놈의 애인이라니.'

더구나 저 여자가 **라 비코크**의 절도범이며 보지라르의 살인자라는 사실을 인정해야 한단 말인가? 부자인 데다 다이아몬드가 번쩍이는 저토록 가냘프고 하얀 귀족의 손을 하고 있는데, 고작 몇 십만 프랑을 훔치겠다고 사람을 죽인다?

나흘째 저녁, 여자가 댄스홀 한구석에서 담배를 몇 대 피운 후 방으로 올라가려 할 때쯤, 빅토르는 미리 승강기에 자리를 잡고 앉아 있었다. 여자가 올라타자 그는 곧바로 자리에서 일어나, 여자를 똑바로 쳐다보지는 않은 채 고개를 숙여 보였다.

닷새째 되는 날 저녁에도 우연을 가장하여 같은 상황을 만들어냈다. 이 일이 너무도 자연스럽게 이루어졌기 때문에 두 사람이 이런 식으로 스무 번을 마주친다 해도 똑같이 서로에게 무심하게 예의를 갖추는 태도만을 보였을 것이었다. 여자는 매번 승강기 사환 옆에서 출구를 바라본 채 서 있었고, 빅토르는 여자 뒤에 자리를 잡았다.

엿새째 되는 날 저녁, 이런 우연은 일어나지 않았다.

하지만 이레째 되는 날, 승강기 철창문을 닫는 순간 빅토르가 올라탔다. 그리고 평소처럼 안쪽 자리로 갔다.

4층에 도착하자 바실리예프 공주가 승강기에서 내려 오른쪽 자기 방 쪽으로 걸어갔다. 공주와 같은 쪽, 좀 더 멀리 위치한 방에 머무르는 빅토르는 그 뒤를 따라갔다.

텅 빈 복도에서 열 발짝도 가지 않아서 여자가 문득 자기 목덜미에 손을 얹더니 우뚝 멈춰 섰다.

빅토르가 가까이 오자 여자가 그의 팔을 황급히 붙들더니 흥분한 목소리로 더듬거렸다.

"누가 제 에메랄드 핀을 빼 갔어요… 여기 머리에 꽂혀 있었는데…. 승강기 안에서 없어진 거예요… 확실해요…."

빅토르는 흠칫 놀라는 기색을 보이더니 공격적인 어조로 말했다.

"유감이로군요, 부인…."

3초 정도 두 사람의 눈길이 맞부딪쳤다. 하지만 이내 여자는 평정을 되찾았다.

여자가 복도를 되짚어 가며 말했다.

"찾아보면 되겠지요. 분명 어디 떨어져 있을 거예요."

이번에는 빅토르가 여자의 팔을 붙들었다.

"실례합니다, 부인… 찾아보시기 전에 먼저 한 가지 분명히 해야 할 것 같군요. 누가 부인 머리를 만지는 걸 느끼셨나요?"

"네, 그 순간에는 별로 신경 쓰지 않았는데, 나중에 생각해보니…."

"그렇다면 그게 저일 수밖에 없다는 얘기인데… 아니면 승강기 사환이거나…."

"오! 아녜요, 그 사환은 그런 짓 못해요…."

"그렇다면 저였다는 말씀인가요?"

잠시 침묵이 감돌았다. 두 사람의 시선이 다시 마주치며 서로를 살폈다.

여자가 중얼거렸다.

"제가 착각한 거예요. 그 핀을 차고 있지 않았을 거예요. 화장대 어디에서 나오겠지요."

빅토르가 여자를 저지했다.

"여기서 이렇게 헤어져버리면 후회하실 겁니다. 부인께서는 저를 계속 의심하실 텐데 저로서는 그런 생각을 참을 수 없군요. 함께 호텔 사무실로 내려가서 도난 신고를 하시지요… 설령 저를 신고하시더라도 말이지요."

여자는 잠시 생각에 잠기더니 단호히 말했다.

"아니에요, 그럴 필요 없어요. 이 호텔에 머무시나요?"

"345호. 마르코스 아비스토라고 합니다."

여자는 이름을 되뇌며 멀어져 갔다.

빅토르는 자기 방으로 들어갔다. 동료 라르모나가 방에서 기다리고 있었다.

"어떻게 됐나?"

빅토르가 말했다.

"그러니까, 됐네. 하지만 그 여자, 곧장 알아채더군. 그래서 당장 맞부딪쳤지."

"그래서?"

"약하게 나오더군."

"약하게?"

"그래. 차마 의심을 끝까지 밀어붙이지 못하더라고."

빅토르는 자기 주머니에서 머리핀을 꺼내 서랍 안에 넣었다.

"정확히 내가 원하던 거지."

"자네가 원하던 일이라고…?"

빅토르가 외쳤다.

"물론이지! 자네, 내 계획을 이해 못한 건가?"

"글쎄…."

"아주 간단하지 않은가! 공주의 주의를 끌고 호기심을 자극해서 친해지는 거지. 감쪽같이 신뢰를 얻어낸 후 저 여자를 통해 뤼팽에게까지 도달한다, 이거지."

"오래 걸릴 텐데."

"그래서 이렇게 급작스럽게 나가는 걸세. 하지만 젠장, 신중해야 해. 수완도 좋아야 하고! 하지만 얼마나 흥미로운 작전인가! 뤼팽을 노리고 교묘하게 접근해서 그자의 공범이자 오른팔이 되었다가, 놈이 찾아 헤매던 1000만 프랑을 손에 넣는 순간, 이 몸이, 사교계단속반 빅토르가 그 현장에 있을 거라 이거야… 생각만 해도 짜릿해! 더구나… 더구나 이 공주라는 여자는 얼마나 아름다운지!"

"이보게, 빅토르, 아직도 그런 시시한 데 관심이 있는 건가?"

"아니, 그런 건 끝났지. 하지만 보는 눈이란 게 있지 않은가."

빅토르는 덧붙였다.

"예상하던 반응이 나타나면 바로 핀을 돌려줄 걸세. 오래 걸리지는 않을 거야."

전화벨이 울렸다. 빅토르가 수화기를 들었다.

"여보세요…. 네, 접니다, 부인. 머리핀이요…? 찾으셨다고

요…. 아! 잘됐군요, 정말 다행입니다…. 그럼 안녕히 계십시오,
부인."

빅토르는 수화기를 내려놓더니 웃음을 터뜨렸다.

"지금 이 서랍 속에 들어 있는 보석을 자기 화장대 위에서 찾
았다는군, 라르모나. 그러니까 이 말은, 굳이 신고를 해서 상황
을 시끄럽게 만들기 싫다는 뜻이지."

"하지만 자기 보석이 없어졌다는 것을 그 여자가 알고 있
지?"

"물론이지."

"그리고 그걸 누가 자기한테서 훔쳐 갔다고 생각하고 있고?"

"그렇지."

"그게 자네라고 생각한다 이거지?"

"그렇다네."

"그러니까 자네를 도둑이라고 믿는다는 건가? 정말 위험천
만한 일을 벌이고 있군, 빅토르…."

"천만에! 그 여자가 아름다워 보일수록 그 사기꾼 뤼팽 놈한
테 화가 치민다네. 비열한 놈, 운은 좋아가지고!"

2

이틀 동안 빅토르는 알렉상드라 바실리예프를 다시 보지 못
했다. 알아보니 자기 방에서 나온 적이 없다고 했다.

다음 날 저녁, 여자는 식당에 저녁 식사를 하러 나타났다. 빅

토르는 여자가 평소 앉는 자리 바로 옆 식탁에 자리를 잡고 앉아 있었다.

빅토르는 여자를 쳐다보지 않았다. 하지만 여자는 그의 옆모습을 볼 수밖에 없었다. 빅토르는 매우 침착하게 자기가 음미하고 있는 부르고뉴산 포도주에만 온 신경을 쏟았다.

두 사람은 홀에 나와서도 여전히 서로 아는 척하지 않은 채 담배를 피웠다. 빅토르는 지나가는 남자들을 모조리 뜯어보며, 이들 중에 혹시 우아한 자태나 건방지고 단호한 태도가 아르센 뤼팽을 연상케 하는 인물이 있는지 알아내려고 애썼다. 하지만 빅토르가 그토록 애타게 찾는 인물처럼 보이는 남자는 없었다. 어쨌거나 알렉상드라는 이 모든 남자들에게 무관심해 보였다.

다음 날, 똑같은 계획과 똑같은 연출이 반복되었다.

또 다음 날, 저녁 식사를 하러 내려오면서 바실리예프 공주와 빅토르는 같은 승강기를 탔다.

두 사람 모두 아무런 행동도 취하지 않았다. 서로 상대방을 못 본 사람들처럼 굴었다.

빅토르는 생각했다.

'공주님, 어쨌거나 당신한테 나는 도둑이다! 그런 나에게 당신 자신이, 머리핀이 도둑 맞은 것을 뻔히 알고 그 도둑이 나라고 확신하면서도 말 한마디 안 하는 여자로 취급돼도 상관없다 이거군. 고귀하신 부인이라 신경 안 쓰신다 이건가? 어쨌거나! 첫 단계는 넘겼군. 다음 단계는 뭘까?'

또다시 이틀이 흘렀다. 이때 어떤 사건이 일어났다. 물론 빅토르가 관여한 일은 전혀 아니었으나 덕분에 그의 계획이 더욱 순조로워졌다. 그러니까 그날 아침에, 호텔 2층에 잠시 기거하던 한 미국 여자가 금과 보석이 담긴 상자를 도난당한 것이다.

그날 〈라 푀이유 뒤 수아르〉('석간신문'이라는 뜻 – 옮긴이)지 제2판에서 이 사건을 보도하면서, 정황으로 보아 이 일을 저지른 자의 솜씨는 가히 천재적이며 침착하기가 이를 데 없다고 전했다.

공주는 이 신문을 매일 저녁 자기 탁자에서 집어 들고 무심히 훑어보곤 했다. 여자는 신문 1면을 힐끗 보더니 곧장 자기도 모르게 빅토르 쪽을 쳐다보았다. 마치 '도둑은 저 사람이야'라고 생각하듯.

그녀를 주시하고 있던 빅토르는 가볍게 고개를 끄덕여 보였으나, 살며시 건넨 이 고갯짓에 공주가 답하리라 기대하지는 않았다. 여자는 더욱 상세한 사항을 읽으려고 신문으로 다시 눈길을 돌렸다….

형사는 속으로 생각했다.

'이제 나는 완전히 낙인이 찍혔군. 그것도 대형 절도범에 고급 호텔만 골라서 터는 인간으로 말이지. 만약 저 여자가 내가 찾는 여자라면, 그런데 그건 확실하단 말이지, 그렇다면 지금 나를 상당한 인물로 여기고 있을 게 틀림없어. 내 태도가 얼마나 대범하냔 말인가! 이렇게 차분하다니! 보통 일을 저지른 후에는 달아나고 숨는 법이야. 하지만 나를 보라고. 꼼짝도 하지 않고 있잖아.'

직접 부딪치는 것이 불가피한 상황이었다. 빅토르는 분위기를 조성하기 위해 여자가 평소에 앉는 자리인 홀 한쪽 구석의 팔걸이의자와 맞붙어 있는 긴 의자에 미리 앉아 있었다.

다가온 알렉상드라는 왔다가 잠시 주저하더니 결국 긴 의자에 앉았다.

여자가 담뱃불을 붙이고 몇 모금 연기를 내뿜느라 잠깐의 시간이 흘렀다. 그러더니 이전 저녁처럼 자기 목덜미에 손을 가져가 머리에서 핀을 뽑아 보여주며 말했다.

"보세요, 되찾았지요."

그 순간 빅토르가 자기 주머니에서 훔친 핀을 꺼냈다.

"거참 이상한 일이로군요! 저도 그걸 막 찾아낸 참이거든요⋯."

여자는 몹시 당황했다. 자백이나 다름없는 이런 식의 반응이 나올 줄은 몰랐던 것이다. 평소 상황을 주도하는 데 익숙해 있다가 도전에 응해오는 맞수를 만난 사람이 느낄 법한 모멸감을 느끼고 있는 것이 틀림없었다.

"결국, 부인. 부인께서는 핀 한 쌍을 갖고 계셨던 겁니다. 두 개를 모두 갖고 계시지 못하다니, 참으로 유감스러운 일이로군요!"

"정말, 유감이로군요."

여자는 담뱃불을 재떨이에 짓이기며 짧게 대답하는 것으로 대화를 끝내버렸다.

하지만 다음 날 여자는 같은 자리로 빅토르를 찾아왔다. 어깨와 팔을 드러낸 옷을 입었으며 좀 더 사근사근한 표정이었다. 그러더니 느닷없이 빅토르에게 말을 건넸다. 외국인 억양이 거의 배어 있지 않은 상당히 완벽한 프랑스어였다.

"선생님께선 저를 아주 이상한 사람으로 보시겠지요, 아닌가요? 아주 복잡한 사람으로요."

빅토르가 미소 지으며 대꾸했다.

"이상할 것도, 복잡할 것도 없습니다, 부인. 부인께서 러시아인이라고 누가 그러더군요. 게다가 공주라고요. 우리 시대에 러시아 공주라면, 사회적으로 봤을 때 균형을 잡기 힘든 존재 아니겠습니까."

"저와 제 가족의 삶이 얼마나 힘들었는지 모르실 거예요! 이전에 아주 행복하게 지냈기 때문에 더욱 힘들었지요. 전 모든 사람을 사랑했고, 모두에게 사랑받던 사람이었어요…. 낙천적이고 걱정이라고는 하지 않는, 사랑스럽고 적극적인 소녀였죠. 두려운 것이라고는 아무것도 없었고, 무슨 일이든 즐기면서 틈만 나면 언제나 웃고 노래를 불렀죠…. 그렇게 행복하게 지내다가 열다섯 살 나이로 약혼을 했고, 이때 별안간 돌풍처럼 불행이 몰아쳤죠. 아버지와 어머니는 제 눈앞에서 목이 잘려 돌아가셨고, 형제들과 약혼자는 고문을 당했지요… 그리고 전…."

공주는 이마로 손을 가져갔다.

"이런 얘기는 그만하죠… 떠올리고 싶지 않아요… 기억도 안 나요…. 이후 그 충격에서 회복될 수 없었어요. 겉으로는 멀쩡해 보여도, 마음 깊숙한 곳은 도무지 평온해지지 않지요. 어떻게 평온한 상태를 견딜 수 있겠어요? 못해요, 흥분과 불안의 맛을 알아버렸는데요…."

"그 말은 결국, 당신이 끔찍한 과거를 떠올리게 할 만한 강렬한 자극을 필요로 한다는 겁니다. 그런데 우연히 부인 앞에 어떤 남자가 나타납니다… 평범하지 않은… 일반적인 규율에서 약간 벗어나 있는 그런 남자가. 부인께서는 호기심을 느끼지요. 그건 아주 자연스러운 일입니다."

"자연스러운 일이라고요?"

"오! 그럼요, 물론이죠! 그토록 엄청난 위험을 겪었고, 그렇게 극적인 사건들을 봐왔잖습니까. 그러니 주변에서 극적인 분위기를 느끼고… 언제 위험에 처할지 모를 누군가와 이야기를 나눌 때면 부인께서는 여전히 흥분하시는 겁니다… 그 사람의 얼굴에서 불안과 두려움의 흔적을 찾아내려 하죠. 하지만 그 사람이 다른 평범한 사람과 마찬가지로 만족스럽게 담배를 피우고 목소리에는 그 어떤 불안함도 배어 나오지 않으면, 당신은 놀라는 거지요."

바실리예프 공주는 상반신을 기울인 채 빅토르의 말을 열심히 들으며 쳐다보고 있었다. 빅토르가 농담을 했다.

"하지만 부인, 그런 부류의 인간들한테 너무 너그럽게 대하지 마십시오. 그리고 그자들이 우월한 종족이나 되듯 보지 마세요. 기껏해야 다른 사람들보다 조금 더 대담할 뿐이고, 신경이 좀 더 예민하고 잘 훈련되어 있을 뿐이니까요…. 습관과 자기통제의 문제죠. 지금 이 순간이 바로…."

"지금 이 순간이요…?"

"아니, 아무것도 아닙니다…."

"무슨 일이죠…?"

빅토르가 아주 나직한 소리로 말했다.

"저한테서 떨어지십시오. 그게 나을 겁니다."

"왜요?"

여자가 시키는 대로 멀어지며 속삭였다.

"저기 턱시도 차림에 우스꽝스럽게 생긴 뚱뚱한 남자 보입니까? 왼쪽으로 걸어가는….."

"누구죠?"

"경찰입니다."

"네?"

여자가 몸서리를 쳤다.

"몰레옹 수사과장입니다. 보석함 절도 사건을 수사하느라 사람들을 조사하는 거죠."

바실리예프 공주는 탁자에 팔꿈치를 대고, 숨는 티를 내지 않으면서 손을 펼쳐 이마를 가렸다. 동시에 위험에 처한 빅토르가 어떤 반응을 보이는지 살폈다.

여자가 속삭였다.

"얼른 자리를 뜨세요."

"왜 떠납니까? 저자들이 얼마나 둔해 빠졌는데요! 몰레옹이요? 얼간이죠….. 저 정도 거리에서 마주친다면 등골이 오싹해질 인물이 딱 한 명 있긴 합니다만….."

"누구죠?"

"말단 형사인데… 빅토르라는 자입니다. 사교계단속반 소속이죠."

"빅토르… 사교계단속반 형사….. 이름을 어디서 읽었어요."

"그자가 바로 몰레옹과 같이 국방부 채권과 **라 비코크** 사건

을 담당하고 있습니다… 또 누군가에게 살해당한 불쌍한 엘리
즈 마송 사건도요….”

여자는 눈썹 하나 까딱하지 않고 물었다.

“그 빅토르라는 사람, 어떤가요?”

“키는 저보다 더 작고… 서커스 조련사처럼 꽉 끼는 웃옷을
입고 있죠… 머리부터 발끝까지 사람을 홀딱 벗겨낼 것 같은
눈을 하고 있습니다…. 그자가 진짜 무서운 사람이죠. 반면에
몰레옹은… 이런, 저자가 우리 쪽을 보는군요.”

아니나 다를까, 몰레옹은 이 남녀를 한 사람 한 사람 살펴보
고 있었다. 먼저 공주에게 시선을 멈추었다가, 빅토르를 바라
보았고, 이내 더 멀리 다른 쪽을 살펴보았다.

그게 몰레옹이 하는 조사의 전부였다. 그리고 다른 곳으로
걸어갔다.

공주가 한숨을 내쉬었다. 기진맥진한 것 같았다.

빅토르가 말했다….

“이것 보세요! 이래 놓고는 자기 할 일을 다 했고 아무도 자
신의 매서운 독수리눈에서 벗어날 수 없다고 상상한다 이겁니
다. 아! 아시겠지요, 부인. 제가 만에 하나 고급 호텔에서 물건
을 훔친다면 그냥 그 자리에 꼼짝 않고 있을 겁니다. 일을 벌인
바로 그 장소에서 저를 다시 찾을 생각을 대체 누가 하겠습니
까?”

“하지만, 몰레옹은요…?”

“그가 오늘 여기 온 건 아마 보석함 도둑을 찾으려는 게 아닐
겁니다.”

"그렇다면 누구를?"

라 비코크와 보지라르가의 범인들이겠지요. 저 사람 머릿속엔 지금 그 생각밖에 없거든요. 경찰이 전부 그 생각만 하고 있죠. 전부 거기 매달려 있어요."

여자가 술 한 잔을 들이켜고 담배를 피웠다. 아름답고도 창백한 얼굴이 차츰 차분해졌다. 하지만 마음 깊숙한 곳에서는 얼마나 어지럽게 생각이 뒤엉키고 있을 것이며, 병적인 쾌감처럼 공포를 만끽하고 있을까! 빅토르의 눈에는 이 사실이 뻔히 보였다.

여자가 자리에서 일어섰을 때, 빅토르는 처음으로 이 여자가 다른 사람과 은밀히 시선을 주고받는 것 같은 인상을 받았다. 두 남자가 멀리 떨어져 앉아 있었다. 한 남자는 얼굴이 불그레하고 천박해 보였는데 영국인인 듯했다. 이전에 그 남자를 이미 홀에서 본 적이 있었다. 다른 남자는 한 번도 못 본 사람이었다. 바로 그 남자에게서 뤼팽이 지녔을 거라 빅토르가 상상했던 그 우아하면서도 건방진 모습을 찾아볼 수 있었다. 그는 같이 있는 남자와 함께 웃고 있었다. 명랑하고 호감이 가는 얼굴이었는데, 이따금 표정이 약간 굳어졌다.

알렉상드라 공주는 다시 한 번 그 남자를 쳐다보더니 고개를 돌리고 자리를 떴다.

5분 후, 이번에는 두 남자가 일어섰다. 호텔 입구 쪽에서 둘 중 젊은 남자가 시가에 불을 붙이더니, 모자와 외투를 가져와 달라고 사환에게 시킨 후 호텔을 나섰다.

영국인은 승강기 쪽으로 갔다.

승강기가 다시 내려오자마자 빅토르는 얼른 올라타서 사환에게 물었다.

"자네, 방금 올라간 신사분 성함이 어떻게 되는지 아나? 영국 사람이지?"

"337호 손님이요?"

"그렇지."

"비미쉬 씨 말씀이군요."

"여기서 머문 지 벌써 꽤 됐을 텐데?"

"네… 아마 보름쯤 됐을 거예요…."

그러니까 이 남자는 바실리예프 공주와 비슷한 시기부터 이 호텔 같은 층에 머무르고 있는 것이었다. 어쩌면 지금도 337호가 있는 왼쪽으로 가지 않고 오른쪽으로 알렉상드라를 찾아간 것은 아닐까?

빅토르는 공주의 방 쪽으로 살금살금 발길을 옮겼다. 자기 방에 도착한 빅토르는 방문을 살짝 열어놓고 조용히 귀를 기울였다.

이렇게 한참을 기다렸지만 아무런 반응이 없자 빅토르는 몹시 불쾌한 기분으로 잠자리에 들었다. 영국인 비미쉬와 함께 있던 자가 아르센 뤼팽, 즉 알렉상드라 공주의 애인이라는 확신이 들었다. 빅토르가 힘겹게 진행하는 이 수사에서 커다란 진전을 보는 순간이었다. 하지만 동시에, 그 남자가 젊고 우아하다는 사실을 부인할 수 없었다. 그래서 짜증이 났다.

3

빅토르는 다음 날 오후 라르모나를 불러들였다.

"자네, 몰레옹과도 함께 일하나?"

"그렇다네."

"그자는 내가 어디 있는지 모르지?"

"모른다네."

"어제저녁에 왔던 게 보석함 사건 때문이었나?"

"그렇다네. 호텔 수하물 담당자 짓이었지. 공범이 있는 게 확실한데 도망쳤네. 그런데 보석함 사건과는 전혀 상관없는 출동 작전 때문에 온통 정신이 팔려 있는 것 같더군. 오늘 오후에 아르센 뤼팽 일당이 모여서 그 유명한 1000만 프랑 사건을 꾸미는 술집을 포위할 거라고 하더군. 뤼팽이 쓴 편지 조각에서 언급된 건 말일세."

"오! 오! 그럼 그 술집 주소가 어떻게 되나?"

"누가 몰레옹한테 알려주기로 했네…. 이제 금방 알게 될 걸세."

빅토르는 호텔에서 알렉상드라 바실리예프와의 사이에서 벌어진 일과 영국인 비미쉬에 대해 라르모나에게 이야기해주었다.

"그자는 매일 아침 외출했다 보통 저녁에야 들어오는 것 같네. 자네가 그자를 미행해야 할지도 모르겠어. 일단, 지금은 그자 방을 한번 돌아보세."

"그럴 순 없어! 경찰청에서 어떤 식으로든 명령이 떨어져야

해… 영장이 있어야 한다고….”

“그렇게 격식 차릴 거 없네! 경찰청 사람들이 끼어들면 다 틀어져! 뤼팽은 도트레 남작이나 귀스타브 제롬과는 완전히 다른 인간이니, 오로지 나 혼자 그놈을 처리해야 하네. 그자를 내 손으로 체포해서 넘겨야 한단 말일세. 나랑 관련된 일일세. 내 사건이야.”

“그래서 어쩌자는 건가?”

“그러니까, 오늘이 일요일이지. 호텔에 근무하는 사람들이 평소보다 적네. 조금만 조심하면 자네를 눈치 못 챌 걸세. 만약 누구한테 들키면 신분증을 보여주게. 한 가지 문제가 있는데, 열쇠가….”

라르모나가 웃으며 완벽하게 갖추어진 열쇠 꾸러미를 꺼내 보였다.

“그런 일이라면 나한테 맡기게. 좋은 경찰이란 절도범만큼, 아니 그보다 더 수완이 좋아야 하는 법 아닌가. 337호라고 했나?”

“그래. 특히, 아무것도 건드리지 말게. 그 영국인이 조금이라도 의심을 해선 안 되네.”

빅토르는 살짝 열린 방문 틈으로 라르모나가 멀어져 가는 것을 지켜봤다. 라르모나는 텅 빈 복도 끝에서 멈춰 목적한 곳의 문을 열고 들어갔다….

30분이 흘렀다.

“그래, 어떻던가?”

라르모나가 돌아오자 빅토르가 물었다.

라르모나가 눈을 찡긋해 보였다.

"정말이지, 자네 냄새 하나는 잘 맡는군."

"뭘 찾았기에?"

"셔츠 더미 사이에 스카프가 있었네. 오렌지색에 커다란 녹색 물방울무늬(앞에서는 '녹색 줄무늬가 들어간 낙낙한 오렌지색 스카프'라고 나온다. 프랑스어 원본의 오류로 보인다 – 옮긴이)… 심하게 구겨져 있었네…."

빅토르가 흥분했다.

"엘리즈 마송의 스카프… 내 생각이 맞았어…."

라르모나가 계속했다.

"그리고 이 영국인이 러시아 여자와 한통속인 것 같으니, 보지라르가에 왔던 것도 그 여자가 확실할 거야. 혼자 왔거나 아니면 영국인 비미쉬와 함께 왔거나…."

증거가 확실했다. 어떻게 다른 식으로 해석할 수 있겠는가? 더 이상 의심의 여지가 있을까…?

저녁을 먹기 조금 전, 빅토르는 대로변으로 내려가 〈라 푀이 뒤 수아르〉의 제2판을 샀다.

신문 2면에 굵은 글씨로 이렇게 적혀 있었다.

마지막 속보에 따르면, 몰레옹 수사과장과 형사 세 명이 오늘 오후 마르뵈프가에 있는 한 술집에서 포위 작전을 펼쳤다. 그곳은 영국인이 주를 이루는 국제 절도 조직 소속의 일당 몇 명이 자주 모이는 곳이었다. 테이블에 자리를 잡고 앉아 있던 일당 중 두 명은 업소 뒷문을 통해 도망쳤으며, 이 중 한 명은 크게 부상을 입었다. 나머지 세 명은 체포되었다. 몇 가지 단서로 보아 아르센 뤼팽이 체포된 세 명에 포함된 것으로 보인다. 새로운 인물로 변장하고 나타난 아르센 뤼팽을, 스트라스부르에서 이미 포착한 바 있던 기동수사대 형사들이 도착해서 확인해주기를 기다리는 중이다. 이미 알려진 바대로, 아르센 뤼팽의 인체 측정 카드는 감식과에서 위조된 바 있으며 현재 존재하지 않는다.

빅토르는 옷을 차려입고 호텔 식당으로 갔다. 알렉상드라 바실리예프가 평소 앉는 식탁 위에 신문이 놓여 있었다.

여자는 느지막이 내려왔다. 이런 상황을 아예 모르는 것 같았으며 전혀 걱정하는 기색이 아니었다.

식사를 마치고 나서야 여자는 〈라 푀이유〉를 펼쳤고 1면을 훑어본 후 다음 장으로 넘어갔다. 그러더니 즉시 고개를 수그리고 기사를 읽다가 의자에 앉은 채 휘청거렸다. 온몸을 긴장한 채 신문을 읽어 내려가던 여자는 마지막 줄에 이르자 사색이 되어 거의 기절할 것처럼 보였다. 하지만 그건 잠시뿐. 이내 무심히 신문을 밀어놓았다. 여자는 한 번도 빅토르에게 눈길을 주지 않았다. 빅토르가 아무것도 눈치채지 못했을 거라고 여기는 듯했다.

홀에서 여자는 빅토르에게 다가오지 않았다.

영국인 비미쉬도 홀에 있었다. 이자가 호텔에서 아주 가까이 위치한 마르뵈프가의 술집에서 몰레옹의 포위망을 뚫고 도망친 사기꾼 두 사람 중 한 명일까? 이자가 바실리예프 공주에게 아르센 뤼팽의 소식을 전해줄 것인가?

만일의 사태를 대비하여 빅토르는 미리 호텔로 올라가, 자기 방문 뒤에 몸을 숨기고 상황을 지켜보았다.

바실리예프 공주가 먼저 나타났다. 여자는 자기 방 앞에 서서 다급하고 초조한 모습으로 누군가를 기다렸다.

이내 비미쉬가 승강기에서 내렸다. 그는 복도를 휘휘 둘러보더니 황급히 여자를 향해 걸어왔다.

이들 사이에서 몇 마디가 오갔고, 여자가 웃음을 터뜨렸다. 영국인은 멀어졌다.

빅토르는 생각했다.

'이런, 저 여자가 진짜로 그 가증스러운 뤼팽 녀석의 애인이라면, 그자가 이번 작전에서 체포되지 않은 게 틀림없어. 저 영국인은 여자를 안심시키러 온 거야. 그래서 저 여자가 웃은 거고….'

뒤이은 경찰의 발표로 이 가설이 맞다는 사실이 밝혀졌다. 체포된 세 사람 가운데 아르센 뤼팽으로 보이는 자는 없었다.

이들은 모두 러시아인으로, 외국에서 벌어진 몇몇 절도에 가담했다는 사실을 자백했으나, 자기들을 고용한 국제 절도 조직을 이끄는 사람들의 이름은 모른다고 주장했다.

도망친 동료 중 하나가 영국인이라는 사실도 확인할 수 있었다. 다른 한 사람은 처음 보는 사람이었는데 회합 내내 한마디도 하지 않았다고 했다. 부상당한 사람이 바로 그자임에 틀림없을 것이다. 그 남자의 인상착의는 호텔에서 빅토르가 보았던, 비미쉬와 함께 있던 젊은이의 인상착의와 동일했다.

러시아인 세 사람으로부터는 더 이상 다른 정보를 알아낼 수 없었다. 그자들은 그저 하수인임이 분명했다.

48시간 후 새로운 사실이 밝혀졌다. 러시아인 세 사람 가운데 한 명이 폴리베르제르의 전직 단역 무용수 엘리즈 마송의 애인이었고, 그녀에게서 돈을 받고 있었다는 것이다.

엘리즈 마송이 죽기 이틀 전에 썼던 편지 한 통이 발견되었고, 내용은 다음과 같았다.

도트레 영감이 큰 사건을 꾸미고 있어요. 만약 그 일이 성공하면 그다음 날 바로 나를 데리고 브뤼셀로 갈 거예요. 당신, 거기로 와줄 거지요? 거기서 기회를 봐서 바로 한몫 챙겨 같이 달아나요. 당신을 얼마나 사랑하면 내가 이러는지 당신은 알까…!

6
국방부 채권

1

마르뵈프가의 작전 때문에 빅토르는 속이 부글부글 끓었다. **라 비코크** 살인 사건이나 보지라르가 살인 사건은 누가 맡아 처리하든 아무 상관이 없었다. 빅토르에게 있어서 이 두 사건은 아르센 뤼팽의 활동과 연관되어 있다는 점에서만 중요할 뿐이었으니까. 하지만 정작 아르센 뤼팽한테는 아무도 손을 대서는 안 되었다! 뤼팽은 사교계단속반 형사 빅토르만이 차지할 수 있는 전리품이었으니까. 따라서 특별히 아르센 뤼팽과 연관되는 작전, 영국인 비미쉬와 바실리예프 공주에 대항하는 작전은 오로지 빅토르 형사의 몫이었다.

여기에 생각이 미치자, 빅토르는 경찰청에서 벌어지는 일을 더욱 면밀하게 살피고 몰레옹이 무슨 짓을 꾸미는지 알아내야 한다는 생각이 들었다. 알렉상드라나 그 수하 비미쉬가 이토록 위험한 시기에 호텔 방에서 움직일 리 없다고 판단한 빅토르는 자기 차를 맡겨둔 근처 차고까지 걸어가 차를 몰고 불로뉴 숲의 한적한 곳으로 갔다. 그리고 아무에게도 미행당하지 않는다는 사실을 확인한 후 트렁크에서 필요한 재료와 의상을 꺼내 꽉 끼는 웃옷으로 무장한 사교계단속반 빅토르 형사로 변신했다.

경찰청에서 몰레옹 수사과장이 다정한 태도로 자신을 맞이하며 보호자와도 같은 미소를 띠는 것을 보자, 빅토르는 굴욕적인 위치로 전락하는 느낌을 받았다.

"그래, 빅토르. 뭐 새로운 거라도 가져왔나? 별거 없지, 응? 아니, 아닐세, 아무것도 안 묻겠네. 자네는 워낙 고독하고 말이 없는 사람이니. 각자 자기 방식대로 하는 거지, 뭐. 나는 말이야, 만천하에 드러내 놓고 움직이는 유형인데, 성과가 쏠쏠하네. 내가 마르뵈프 술집에서 벌인 대량 검거 건을 어떻게 생각하나? 일당 세 놈에다… 이제 조만간 대장도 굴러 들어올 거라고 내 맹세하지…! 놈이 이번에 도망치긴 했지만, 어쨌거나 일당하고 엘리즈 마송이 연관되어 있다는 사실을 발견해내지 않았나. 엘리즈 마송이 무덤 밑에서 도트레 남작의 덜미를 잡은 거지. 고티에 씨가 아주 흡족해하고 계시네."

"예심판사는요?"

"발리두 씨? 기운을 차리는 중이지. 함께 판사에게 가지. 이제 곧 엘리즈 마송의 그 끔찍한 편지 내용을 도트레 남작한테 알려줄 테니…. '도트레 영감이 큰 사건을 꾸미고 있어요…'라고, 들었지? 하하! 이 사건에 내가 얼마나 증거를 갖다 바쳤는지! 바로 이런 식으로 사건을 해결하는 거 아니겠나! 그럼 가보자고, 빅토르…."

두 사람은 판사의 사무실로 갔다. 도트레와 시의회 의원 제롬이 와 있었다. 빅토르는 도트레의 모습을 보고 깜짝 놀랐다. 체포 당시에도 이미 상해 있던 얼굴이 더욱 망가지고 여위어 있었다. 도트레는 제대로 서 있지도 못하고 의자에 웅크려 앉아 있었다.

발리두의 공격은 가차 없었다. 엘리즈 마송의 편지를 단숨에 읽어 내려간 판사는 경악하는 피의자에게 더욱 무자비하게 공격을 가했다.

"이게 무슨 뜻인지 알겠지요, 도트레? 요약해봅시다. 월요일 저녁, 당신은 우연히 국방부 채권이 레스코 영감의 손에 있다는 사실을 알게 됩니다. 당시 당신은 내내 엘리즈 마송과 함께 지내면서 그 여자에게 모든 비밀을 털어놓았죠. 그 여자는 당신의 애인이면서 동시에 러시아 강도의 애인이었습니다. 수요일 저녁, 그러니까 살인 사건 전날 엘리즈 마송은 자기가 진짜 사랑하는 애인한테 이렇게 편지를 썼습니다. '도트레 영감이 큰 사건을 꾸미고 있다. 만약 그게 성공하면 그 사람과 브뤼셀로 간다.' 등등 말입니다. 목요일에 살인이 벌어지고 채권이 도난당했습니다. 그리고 금요일, 당신은 정부와 함께 목격됩니다. 떠날 채비를 다 마치고 여행 가방까지 들고 파리 북부역 근처에 있는 모습이 말입니다! 이틀 후 그 가방들이 당신 애인 집에서 발견되었죠. 얘기가 착착 맞아떨어지고, 증거도 반박할 수 없지 않습니까? 그러니 자백해요, 도트레. 어째서 분명한 사실을 부인하는 겁니까?"

남작은 금세 기절할 것 같았다. 표정이 허물어졌으며, 더듬

더듬 금세라도 술술 자백이 흘러나올 것 같았다…. 남작은 편지를 보여달라고 요구했다.

"보여주십시오… 나는 믿을 수 없습니다… 직접 읽어봐야겠소…."

남작은 편지를 읽더니 더듬거렸다.

"못된 년…! 애인이 있었어… 그년이…! 그년이! 내가 진창에서 끌어내줬더니…! 그놈이랑 도망칠 거였어…."

남작 눈에는 오로지 여자가 배신했다는 사실, 다른 남자와 도망칠 계획이 있었다는 사실밖에 보이지 않았다. 나머지, 절도나 살인에 대한 자신의 혐의가 더욱 짙어졌다는 사실에는 아예 신경도 쓰지 않는 것 같았다.

"그러니까, 자백하는 겁니까, 도트레? 당신이 레스코 영감을 죽인 게 맞습니까…?"

남작은 대답하지 않고 다시금 침묵 속으로 빠져들었다. 그 여자에게 바쳤던 병적인 연정의 폐허 밑에 짓눌리기라도 하는 것처럼.

발리두가 귀스타브 제롬에게 돌아섰다.

"어떤 식인지는 아직 잘 모르겠으나, 당신도 범죄에 가담했으니…."

하지만 남작과 달리, 구금당한 일에도 전혀 영향을 받지 않은 듯 발그레한 얼굴색을 그대로 유지하고 있던 귀스타브 제롬은 단호히 반박했다.

"나는 아무 일에도 가담 안 했다니까요! 자정에 집에서 자고 있었습니다."

"하지만 당신의 정원사 알프레드의 새로운 증언이 있지 않습니까? 그 사람은 당신이 새벽 3시가 되어서야 들어왔다고 증언했을 뿐 아니라, 자정이 되기 전에 들어왔다고 말해주면 5000프랑을 주겠다고 체포 당일 아침에 당신이 약속했다고 했소."

귀스타브 제롬은 잠시 당황했으나 웃으면서 외쳤다.

"허, 그래. 그건 사실이에요. 빌어먹을! 어쩌나 나를 못살게 들 구는지 그렇게 빨리 끝장내려고 한 거였지요."

"그러니까 자택에서 찾아낸 모든 불리한 증언에 덧붙여 매수 기도까지 있었다는 사실을 인정한다는…."

제롬이 발리두 앞에 버티고 섰다.

"그래, 뭡니까, 저 잘난 도트레처럼 내가 살인자의 상판대기라도 달고 있다 그겁니까? 저자처럼 내가 후회하는 것처럼 보입니까?"

과연 그의 얼굴은 상냥하고 쾌활해 보였다.

빅토르가 끼어들었다.

"예심판사님, 제가 질문 하나 해도 되겠습니까?"

"해보시오."

"방금 피의자가 한 말로 미루어 짐작건대, 피의자는 그럼 도트레 남작이 레스코 영감을 살해했다고 간주하는 건지 궁금하군요."

제롬이 움찔하더니 자기 견해를 말하려다가, 생각을 바꿨는지 간단히 말했다.

"그건 나랑 상관없는 일이오. 사법 당국이 알아서 할 일이지!"

"아니, 꼭 말씀해주시죠. 대답하기를 거부한다는 건 이미 이 일에 대해 확실한 견해를 갖고 있다는 얘기고, 또 그걸 밝힐 수 없는 이유가 있기 때문이 아닙니까."

빅토르가 말했지만 제롬은 같은 말만 되풀이했다.

"사법 당국이 알아서 할 일이오!"

그날 저녁, 막심 도트레는 자기 감방 벽에 머리를 부딪쳐 자 살하려 했다. 그래서 억지로 구속복을 입혀놓아야 했다. 남작 은 내내 고함을 질러댔다.

"못된 년! 비열한 년! 그런 년을 위해서 내가 이런 꼴을…. 아! 더러운 년…!"

2

도트레 남작을 보고 몰레옹이 빅토르에게 말했다.

"저자는 이제 기력이 다했군. 48시간이 지나기 전에 자백할 걸세. 내가 찾아낸 엘리즈 마송의 편지 덕분에 시간을 번 셈이 지."

"그렇겠죠. 그리고 수사과장님께서는 러시아인 공범 세 명 을 통해 뤼팽까지 붙잡겠죠."

빅토르는 이 말을 건성으로 내뱉었다. 상대방이 아무런 대꾸 도 하지 않자 빅토르가 다시 물었다.

"그 방면으로는 뭐 새로운 소식 없습니까?"

제아무리 드러내 놓고 활동한다고 떠들던 몰레옹도, 자기 계획에 대해서는 일체 입을 다물었다.

빅토르가 생각했다.

'못된 자식. 경계하고 있군.'

이제 두 사람은 서로를 감시하고 있었다. 이 일에 자기 운명이 걸려 있고, 상대방 때문에 이제껏 이루어놓은 일이 허사로 돌아갈 수 있다는 생각에 불안해하며 서로에 대한 질투에 사로잡혀 있었다.

하루 종일 두 사람은 함께 가르슈에 머물며 두 피의자의 부인들을 만났다.

가브리엘 도트레가 생각했던 것보다 용감하고 굳건한 모습을 보이며 고통스러운 상황에 잘 대처하는 것을 보고 빅토르는 크게 놀랐다. 평소 종교 활동에 충실해 교회에 자주 나갔고 이번 사건으로 인해 더욱 자선 행위에 열심이었으니, 종교가 이 여자를 지탱해주는 것일까? 남작부인은 이제 더 이상 예전처럼 집 안에 틀어박혀 지내지 않았다. 하녀를 내보낸 후, 영문도 모르고 남편에게 얻어맞은 퍼렇고 누런 멍 자국에도 개의치 않고 고개를 똑바로 들고 직접 장을 보러 다녔다.

남작부인은 끊임없이 같은 말을 반복했다.

"남편은 결백해요, 형사님. 그 비열한 여자한테 조종당한 점, 그건 인정할 수밖에 없겠죠. 하지만 그이는 저를 진심으로 사랑하고 있었어요…. 그럼요, 그렇고말고요, 확신해요… 진심으로… 어쩌면, 예전보다 더 많이 사랑하고 있을지 몰라요."

빅토르는 예리한 눈으로 남작부인을 관찰했다. 붉은 반점이

나 있는 여자의 얼굴에는 남편에 대한 뜻밖의 감정, 자랑스러움, 만족감, 안정감, 지순한 애정이 드러나 있었다. 몇 가지 가벼운 죄를 저질렀을지는 모르나 그래도 자신의 동반자라는 확신이었다.

앙리에트 제롬의 반응 역시 기이하기 짝이 없었다. 앙리에트는 분노에 차 비명을 지르고, 열변을 토하고 절망적으로 욕설을 퍼부으며 반박하느라 애를 썼다.

"귀스타브요? 아니, 그 사람처럼 착하고 솔직한 사람이 없어요, 형사님! 천성이 훌륭한 사람이에요. 더구나, 내가 잘 알아요. 밤새도록 내 곁을 떠나지 않았다고요! 그래요, 물론 질투 때문에 처음에 다른 말을 하긴 했지만…."

대체 두 사람 중 누가 거짓말을 하는 것일까? 둘 다 진실을 말하는 걸까? 아니면 모두 거짓말을 하는 걸까? 사람을 관찰하는 일에 단연 빼어난 빅토르는 두 여자를 관찰하는 일에 흠뻑 빠져들었다. 그러다 보니 서서히 진실의 몇몇 요소가 드러나기 시작했으며 이에 따라 상황이 자연스럽게 정돈되었다. 끝으로 빅토르는 보지라르가의 아파트에 가보기로 했다. 몰레옹이 그곳에서 조사를 벌이면 알렉상드라와 뤼팽까지 거슬러 올라갈 수 있으므로 혼자 가기로 했다. 이 사건에서 가장 오리무중인 지점이 바로 그곳이기도 했다.

순경 두 명이 문 앞을 지키고 있었다. 문을 열자 몰레옹이 선반을 뒤지고 있는 모습이 빅토르의 눈에 보였다.

수사과장이 거만한 목소리로 외쳤다.

"아니, 자네로군. 자네도 여기서 건질 게 있다고 생각한 건가? 아! 참, 그런데 말이야. 내 부하 하나가 말하길, 살인 사건이 벌어진 날 우리가 함께 여기 왔을 때 아마추어가 찍은 사진 열두 장 정도가 있었다던데. 빅토르 자네가 그 사진들을 살펴보는 것 같다고 하더군."

빅토르가 무심히 잘라 말했다.

"잘못 안 겁니다."

"또 하나. 엘리즈 마송이 집에서 항상 오렌지색과 녹색이 들어간 스카프를 하고 있었고, 분명 그 스카프로 교살됐을 거라고 하던데. 혹시, 그 스카프 못 봤나?"

몰레옹은 빅토르를 쏘아보았다. 빅토르는 역시 여유롭게 대답했다.

"못 봤습니다."

"그럼 사건 몇 시간 전, 자네가 남작을 데리고 왔을 때도 그걸 안 차고 있었나?"

"못 봤습니다. 남작은 그 일에 대해 뭐라고 합니까?"

"아무 말도 없더군."

과장은 투덜대듯 내뱉었다.

"이상하군."

"뭐가 이상합니까?"

"이런 게 전부 다. 참, 말해보게."

"뭘요?"

"엘리즈 마송의 친구인가 하는 여자를 찾아내지 않았나?"

"친구요?"

"아르망드 뒤트렉이라는 아가씨 이야기를 누가 하던데, 모르나?"

"모릅니다."

"내 부하 하나가 찾아냈네. 그 여자가 말하길 어떤 경찰이 자기한테 질문을 했다던데. 자네인 줄 알았네만…."

"저 아닙니다…."

빅토르가 여기 와 있다는 사실 때문에 몰레옹은 확실히 심사가 뒤틀려 있었다. 빅토르가 끝내 자리를 뜨지 않자 몰레옹이 말했다.

"이제 곧 데려올 걸세."

"누구를요?"

"그 아가씨를…. 마침 발소리가 들리는군."

빅토르는 눈썹 하나 까딱하지 않았다. 자기 동료들이 사건의 이 부분에 손을 쓰지 못하게 하려고 빅토르가 애썼다는 사실이 모조리 발각될 것인가? 몰레옹이 발타자르 극장에 있던 그 여인의 정체를 눈치챌 것인가?

문이 열리는 순간, 몰레옹이 여자를 쳐다보는 대신 빅토르를 눈여겨보았더라면 모든 것이 끝장이었을 것이다. 하지만 몰레옹은 이 생각을 너무 늦게 했다. 빅토르는 이미 눈짓 한 번으로 여자에게 입을 다물라고 지시해놓은 상태였다. 여자는 처음에 놀랐다가 마음을 정하지 못하는 것 같더니, 결국 상황을 눈치챘다.

일단 그렇게 되자, 승부는 이미 나버린 셈이었다. 여자의 대답은 모호하기만 했다.

"물론이죠. 그 불쌍한 엘리즈를 알고 지냈죠. 하지만 저한테는 절대 속내를 털어놓지 않았어요. 그 애에 대해서나, 그 애가 만나는 사람들에 대해서 저는 잘 몰라요. 오렌지색과 녹색 스카프요? 사진이요? 그런 거 몰라요."

결국 두 남자는 경찰청으로 함께 돌아갔다. 몰레옹은 화가 잔뜩 나서 입을 꾹 다물고 있었다. 두 사람이 경찰청에 이르자 빅토르가 경쾌한 목소리로 말했다.

"그럼 작별 인사를 드려야겠군요. 내일 떠나려고 합니다."

"아, 그래?"

"네, 지방으로요… 흥미로운 단서를 찾아냈거든요. 좋은 결과가 있을 것 같습니다."

"참, 얘기한다는 걸 깜빡했군. 국장님께서 자네를 찾네."

"무슨 일로요?"

"택시 기사 일로… 도트레를 북부역에서 생 라자르 역으로 태워 간 사람 말이야. 그자를 찾아냈거든."

"제장! 그런 일이라면 진작 말했어야죠…."

빅토르가 씹어뱉듯 말했다.

3

빅토르는 계단을 성큼성큼 올라가 자신이 왔음을 알린 후, 몰레옹을 뒤에 달고 국장의 사무실로 들어갔다.

"국장님, 운전기사를 찾아냈다고요?"

"뭐라고! 몰레옹이 자네한테 이제껏 얘기 안 했나? 운전사가 오늘에야 신문에서 도트레의 사진을 보고서, 사건 다음 날인 금요일에 남작을 역에서 태워다준 운전사를 경찰에서 찾는다는 사실을 알았네. 그래서 그자가 무턱대고 여기로 찾아온 거지. 이미 도트레와 대면시켰는데, 남작을 확실히 알아보았네."

"그럼 발리두 씨가 운전기사를 취조했겠군요. 도트레가 차를 타고 역으로 직행했습니까?"

"아니었네."

"그럼 중간에 내렸습니까?"

"아니."

"아니라고요?"

"기사한테 일단 파리 북부역에서 에투알 광장까지 갔다가 에투알 광장에서 생 라자르 역으로 가달라고 했어. 불필요하게 돌아간 거지."

"불필요한 게 아니었습니다."

빅토르가 중얼거리더니 물었다.

"그 운전기사, 어디 있습니까?"

"여기, 청사 안에. 자네가 그자를 꼭 만나봐야 하고 그런 후 두 시간이면 채권을 찾아낼 거라고 해서 붙들어 두고 있었지."

"운전사가 여기 도착한 이후로 아무와도 말을 나누지 않았습니까?"

"발리두 씨 말고는 아무하고도 안 했지."

"또 자기가 경찰청에 간다고 누구한테 얘기하지도 않았고요?"

"아무한테도 안 했다네."

"기사 이름이 뭐지요?"

"니콜라. 영세한 차량 임대업자일세. 그 차 한 대밖에 안 가지고 있지…. 그걸 타고 왔는데… 차는 안뜰에 있네."

빅토르는 생각에 잠겼다. 국장과 몰레옹 모두 호기심에 차서 빅토르를 바라보았다. 궁금증을 참지 못하고 끝내 고티에 국장이 외쳐 물었다.

"대체 뭔가, 빅토르! 이거 심각한 건가?"

"물론입니다."

"뭔지 말 안 해줄 건가…? 뭐 확신 가는 데라도 있는 거야…?"

"논리적 추론에 따르면, 국장님. 아주 확실합니다."

"아! 그러니까 고작 추론뿐이라는 건가?"

"국장님, 경찰인 우리가 하는 행동이란 것이 모두 추론에 달린 게 아니겠습니까… 아니면 우연에 달려 있거나."

"서론이 길군, 빅토르. 설명해보게."

"얘기는 간단합니다."

그리고 빅토르는 차분하게 설명하기 시작했다.

"저희가 국방부 채권의 행방을 스트라스부르에서 **라 비코크**까지, 그러니까 도트레가 그걸 손에 넣는 날 밤까지 추적해왔지요. 도트레의 그날 밤 행적에 대해서는 일단 지금 언급하지 않겠습니다. 이에 대해 대충 짐작되는 바가 있고 이제 곧 말씀드릴 테니까요, 국장님. 어쨌거나 금요일 아침 도트레는 채권을 들고 자기 정부의 집으로 갑니다. 여행 가방은 이미 준비되어 있었지요. 도망자 두 사람이 파리 북부역으로 갑니다. 그리고 기차 시간을 기다리다가 별안간 알 수 없는 이유로 계획을 바꿔 떠나지 않기로 합니다. 이때가 5시 25분이지요. 도트레는 자기 애인한테 여행 가방을 전부 들려 돌려보내고, 자기는 6시 에 택시를 잡아타고 생 라자르 역으로 갑니다. 이때 도트레는 석간신문을 사서 읽었으므로, 자신이 용의자이며 어쩌면 가르 슈 역에서 경찰이 자기를 기다리고 있으리라 생각했을 수도 있 습니다. 그러니 국방부 채권을 들고 도착하겠습니까? 아니지 요. 그 점에 대해서는 의심의 여지가 없습니다. 도트레는 5시 25분부터 6시 사이에 자기가 훔친 물건을 확실한 장소에 숨겨 놓은 겁니다."

"하지만 자동차가 아무 데도 정차하지 않았는데?"

"그러니 바로 도트레가 다음 두 가지 방법 중 하나를 택했던 겁니다. 운전수하고 짜고서 물건을 그자에게 넘기거나⋯."

"그건 말도 안 되지!"

"아니면, 차 안에다 물건을 놔두는 거지요."

"말도 안 돼!"

"어째서요?"

"아무나 와서 집어 갔을 게 아닌가! 100만 프랑을 택시 뒷좌 석 위에 둔다는 게 말이 되나!"

"안 되지요. 하지만 거기에 숨겨둔다면 말이 됩니다."

몰레옹 수사과장이 웃음을 터뜨렸다.

"농담도 참 그럴싸하군, 빅토르!"

고티에가 생각에 잠기더니 말했다.

"그걸 어떻게 숨기나?"

"좌석의 쿠션 밑바닥 가장자리를 10센티미터 정도 뜯어냅니다. 그리고 다시 봉합하는 겁니다. 그럼 끝나는 거죠."

"시간이 한참 걸릴 텐데?"

"바로 그 점입니다, 국장님. 아까 국장님 말마따나 도트레가 불필요하게 돌아갔던 게 바로 그 때문이었죠. 그자는 물건이 절대로 발각될 리 없다고 안심하면서 가르슈로 돌아간 겁니다. 위험한 시기가 지나자마자 곧바로 채권을 되찾을 거라고 마음먹고 말이죠."

"하지만 그자는 자기가 의심받고 있다는 걸 알고 있지 않았나…?"

"그랬습니다. 하지만 이토록 심각한 줄은 몰랐고, 상황이 이렇게 빨리 진전되리라고는 예상하지 못했던 거죠."

"그래서?"

"그러니까 운전수 니콜라의 자동차가 안뜰에 있다니, 거기에서 국방부 채권을 찾아낼 겁니다."

몰레옹이 비웃으며 어깨를 으쓱해 보였다. 하지만 빅토르의 설명에 깊은 인상을 받은 국장은 택시 기사 니콜라를 불러오게 했다.

"당신 차 있는 데로 함께 갑시다."

택시는 색이 바래고 울퉁불퉁했으며 흠집투성이인 구식 쿠페형 자동차로, 마른전투에라도 동원됐던 것 같았다(당시 쿠페형 자동차는 운전석이 외부로 나와 있는 2인승의 상자형 자동차였다. 제1차 세계대전 중 마른 강변에서 벌어진 전투를 앞둔 1914년 9월 6일, 프랑스군은 파리 시 택시 600여 대를 징집해 밤사이 3000명 이상의 군인을 수송한다. 당시 파리 시 택시 4분의 3 이상이 쿠페형 자동차였다 – 옮긴이).

"시동을 걸까요?"

기사 니콜라가 물었다.

"아니, 됐습니다."

빅토르는 한쪽 문을 열더니 왼쪽 쿠션을 끄집어내서 뒤집더니 샅샅이 살펴보았다.

그리고 오른쪽 쿠션도 마찬가지로 살폈다.

오른쪽 쿠션에서 가죽으로 댄 가장자리 부분의 10센티미터 정도가 다른 부분과 조금 달라 보였다. 쿠션의 짙은 회색 천보다 조금 더 짙은 검은색 실로 다시 꿰맨 자국이 보였다. 비뚤비뚤했지만 아주 촘촘하게 단단히 꿰맨 자국이었다.

고티에가 한마디 내뱉었다.

"이런 젠장. 정말 맞는 것 같군…."

빅토르는 주머니칼을 꺼내 실을 뜯어냈고 서슴없이 천을 벌렸다.

그리고 말총으로 속을 채운 쿠션 속으로 손가락을 쑥 집어넣어 뒤졌다.

4~5초가 지난 후 빅토르가 중얼거렸다.

"찾았습니다."

그러더니 쉽사리 종이, 아니 빳빳한 판지 한 장을 끄집어냈다.

이내 빅토르는 분노에 차 고함을 질렀다.

그것은 아르센 뤼팽의 명함이었고, 이렇게 적혀 있었다.

심심한 사과와 존경을 담아.

몰레옹은 배를 움켜쥐고 껄껄 웃으며 짓궂은 목소리로 더듬 거렸다.

"세상에, 이렇게 웃긴 일이 있나! 우리 친구 뤼팽의 그 낡아 빠진 습관이 다시 등장했군! 어, 그래, 빅토르. 10만 프랑어치 채권 아홉 장 대신 명함 한 장이로군! 고약한 사건 아닌가! 진 짜 신나게 한번 웃어보겠군! 사교계단속반 형사 빅토르의 꼴이 아주 우습게 됐어."

고티에가 반박했다.

"내 생각은 전혀 다르네, 몰레옹. 오히려 이 일로 빅토르의 뛰어난 선견지명과 직관이 증명된 거야. 대중도 나처럼 생각할 거라 확신하네."

빅토르는 매우 차분하게 말했다.

"국장님, 이 사건으로 뤼팽이 대단한 놈이라는 사실 역시 증 명된 겁니다. 제 '선견지명과 직관이 뛰어났다'고 한다면, 뤼팽 은 저보다 얼마나 더 뛰어나다는 겁니까…. 저처럼 경찰력을 동원할 수 있었던 것도 아닌데 먼저 이 일을 해냈으니 말입니 다!"

"설마, 포기하려는 건 아니겠지?"

빅토르가 미소 지었다.

"이제 길어야 2주 후면 다 해결될 겁니다, 국장님. 몰레옹 수 사과장님, 서두르시지요. 제가 선수 치지 않도록 말입니다."

빅토르는 구두 뒤축을 바짝 모으더니 자신의 두 상관에게 군대식으로 경례를 해 보인 후, 뒤로 빙글 돌아 그 특유의 뻣뻣하고 부자연스러운 걸음걸이로 멀어져 갔다.

빅토르는 집에서 저녁을 먹은 후 다음 날 아침까지 더없이 마음 편히 잠을 잤다.

신문마다 이 사건을 상세히 보도했다. 세부 사항은 몰레옹이 전한 것임에 틀림없었다. 국장의 말마따나 사교계단속반 빅토르의 대단한 활약상에 여론은 대체로 감탄하는 분위기였다.

한편 빅토르가 예견했듯, 아르센 뤼팽에 대해 얼마나 폭발하듯 찬사가 터졌는지! 뤼팽의 빼어난 관찰력과 지성에 대해, 그 유명한 도둑의 예측할 수 없는 기발함에 대해, 남을 속이는 데 귀재인 뤼팽의 새로운 농간에 대해 찬양하는 조의 기사들이 얼마나 무수히 쏟아져 나왔는지!

시끌벅적한 기사들을 읽으며 빅토르가 중얼거렸다.

"쳇, 당신들이 그렇게 좋아하는 뤼팽도 조만간 바람이 푹 꺼질 거야."

날이 저물 무렵, 도트레 남작이 자살했다는 소식이 전해졌다. 현재 겪고 있는 고초에 대한 보상으로 여기고 있던 채권이 사라져버렸다는 소식에 완전히 무너져버린 것이다. 남작은 벽을 바라보고 침대에 누운 채, 유리 조각으로 끈질기게 손목의 동맥을 베어냈고, 움직임도, 신음 소리도 한 번 없이 세상을 떴다.

사람들이 바라던 것은 남작의 자백이었다. 하지만 자백을 했다 하더라도 **라 비코크**와 보지라르가의 살인 사건이 조금이나마 명료해졌을 것인가?

대중이 이런 의문을 떠올린 것도 잠시, 사람들의 관심은 다시금 온통 아르센 뤼팽에게로 쏠렸으며, 뤼팽이 사교계단속반 형사 빅토르의 손아귀에서 어떤 방식으로 빠져나갈 것인지가 최대 관심사로 떠올랐다.

　빅토르는 자가용을 몰고 불로뉴 숲으로 돌아가, 꽉 끼는 외투를 벗고 페루 사람 마르코스 아비스토의 우아하고도 단순한 예복을 걸쳐 입은 후, 캉브리주 호텔의 자기 방으로 갔다.

　그런 후 잘 재단된 턱시도를 완벽하게 차려입고 단춧구멍에 꽃까지 달고는 호텔 식당으로 저녁 식사를 하러 갔다.

　알렉상드라 공주는 보이지 않았다. 홀에도 나타나지 않았다.

　하지만, 6시쯤 자기 방으로 돌아간 빅토르는 전화 한 통을 받았다.

　"마르코스 아비스토 씨? 여기, 알렉상드라 바실리예프 공주예요. 지금 바쁘시지 않다면, 또 방해되지 않는다면, 와서 저랑 이야기 좀 나누시겠어요. 만나 뵐 수 있으면 정말 기쁘겠어요."

　"지금 당장 말입니까?"

　"지금 당장이요."

7

공범

1

빅토르가 두 손을 마주 비볐다.

'드디어 됐어! 내게 뭘 원하는 걸까? 저 여자가 불안해하고 겁에 질려 구해달라고 애걸하면서 속내를 털어놓는 모습을 보게 될까? 그럴 리는 없지. 이제 겨우 두 번째 단계에 불과하고, 목표를 이룰 때까지는 세 번째, 심지어 네 번째 단계까지 거쳐야 할 테니. 하지만 뭐 어때! 중요한 건 저 여자가 나를 만날 필요를 느꼈다는 거야. 나머지는 그저 참고 기다리자.'

빅토르는 거울을 들여다보며 넥타이 매듭을 고쳐 매더니 한숨을 푹 내쉬었다.

"정말 유감이로군…! 나이 예순 먹은 늙은이라니… 물론 눈빛은 예리하고 빳빳한 셔츠 아래 가슴팍이 탄탄하긴 하지만. 그래도 그렇지, 예순 살이라니…."

빅토르는 슬그머니 복도로 고개를 내밀어 살펴본 후 승강기 쪽으로 걸어갔다. 그러다가 공주의 객실 문 앞에 이르자 불쑥 몸을 돌렸다. 문이 살짝 열려 있었다. 빅토르는 안으로 들어갔다.

좁은 대기실, 뒤이어 살롱이 나왔다.

알렉상드라가 문턱에 서서 빅토르를 기다리고 있었다.

여자는 미소를 지으며 손을 내밀었다. 살롱에서 나무랄 데 없는 귀족을 대하는 태도였다.

"와주셔서 고맙습니다."

빅토르에게 앉으라고 권하며 여자가 말했다.

걸치고 있는 하얀 비단 가운의 목 부분이 넓게 파여 있어서 맨팔과 아름다운 어깨가 드러나 있었다. 얼굴은, 평소 사람들 앞에서 지어 보이는 극도로 비장하고 비극적인 얼굴이 아니었다. 거만함도, 냉담한 무심함도 서려 있지 않았다. 대신 한 여자가 누군가를 내밀한 친구로 별안간 인정할 때 보이는, 상대방의 기분을 좋게 해주려는 상냥하고 친절하며 우정 어린 표정만이 서려 있었다.

살롱은 고급 호텔에서 으레 볼 수 있는 그런 방이었다. 하지만 은은한 조명과 값비싼 장식품들, 잘 제본된 책들, 외국산 담배의 은은한 향으로 인해 고아한 기품이 흘렀다. 작은 원탁 위에는 신문이 놓여 있었다.

여자가 솔직하게 털어놓았다.

"조금 당황스럽네요…."

"당황스럽다니요?"

"오시라고는 했는데, 왜 그랬는지 잘 모르겠거든요…."

"저는 알고 있습니다."

"아! 제가 왜 그랬을까요?"

"권태로워서죠."

"그렇긴 해요. 하지만 말씀하시는 그 권태, 제가 삶에서 얻은 병이라 할 수 있는 그 권태는 대화로 없앨 수 있는 건 아니에요."

"그 권태는 격렬한 행동으로만 없앨 수 있는 것이지요. 직면하는 위험이 클수록 더욱더…."

"그럼, 당신께서 저를 위해 뭔가 해주실 수는 없을까요?"

"있지요."

"어떻게요?"

빅토르가 농담처럼 말했다.

"당신한테 더없이 끔찍한 온갖 위험이 닥치고, 온갖 재앙과 폭우가 몰아치게 만들어드릴 수 있지요."

빅토르가 여자에게 다가서더니 좀 더 심각한 목소리로 말했다.

"하지만 굳이 그럴 필요가 있을까요? 당신 생각을 하면(자주 생각합니다만) 당신 삶 전체가 끊임없는 위험의 연속이 아닐까 하는 생각이 드는 걸요."

여자가 살짝 얼굴을 붉히는 듯했다.

"무슨 이유로 그렇게 생각하시는 거죠?"

"손 좀 쥐보시죠…."

여자가 손을 내밀었다. 빅토르는 몸을 수그리고 손바닥을 한참 살펴보더니 입을 열었다.

"제가 생각했던 대로군요. 당신은 겉으로는 아무리 복잡해 보여도, 본성만큼은 이해하기 쉬운 사람입니다. 눈과 행동을 보고 이미 짐작하고 있었지만, 손금이 아주 단순한 것을 보니 확실하군요. 그런데 묘한 것은 대담함과 나약함이 결합되어 있는 방식입니다. 끊임없이 위험을 찾아 헤매면서도 보호받고 싶어 하지요. 고독을 좋아하지만 그 고독이 두려워지는 순간이 오는데, 그럴 때면 자신이 상상으로 빚어낸 악몽에서 당신을 지켜줄 만한 사람을 찾아 아무한테나 손을 뻗지요. 당신은 지배해야 하지만, 동시에 지배해줄 주인을 필요로 합니다. 당신은 복종과 오만으로 이루어진 존재입니다. 어려움이 닥치면 강해지지만, 권태, 매일 반복되는 일상, 습관, 슬픔, 무미건조한 삶 앞에서는 어찌할 바를 모르죠. 이런 식으로 당신 내부의 모든 것이 서로 모순됩니다. 평온함과 열정, 건전한 이성과 폭력적인 본능, 냉정함과 관능, 사랑하고자 하는 욕망과 독립적이고자 하는 의지….”

빅토르는 여자의 손을 놓았다.

“내가 잘못 알고 있는 게 아니지요? 내가 보는 이 모습이 바로 당신의 본모습입니다.”

여자는 자기 영혼의 비밀을 깊숙이 꿰뚫는 예리한 시선이 거북한 듯 눈길을 돌렸다. 담뱃불을 붙여 몸을 일으켜 세운 후, 대화의 주제를 바꾸느라 신문을 가리켜 보였다. 술술 말하는 어조로 보아 여자가 이 말을 하려고 빅토르를 불렀다는 사실을 알 수 있었다.

“채권에 얽힌 이 모든 얘기, 어떻게 생각하세요?”

두 사람 모두의 생각과 근심을 장악하고 있음이 틀림없는 이 사건에 대한 이야기가 이들 사이에서 언급된 것은 처음이었다.

이 고지에 이르기 위해 얼마나 떨리는 마음을 자제하며 여자를 추적해왔던가!

여자와 마찬가지로 무심하게 빅토르가 대꾸했다.

"참으로 난해한 사건이죠…."

"아주 난해하죠. 그래도 새로운 사실이 밝혀졌어요."

"새로운 사실이요?"

"네. 가령, 도트레 남작이 자살한 건 자백이나 마찬가지 아니 겠어요?"

"그렇다고 믿으십니까? 애인이 자기를 배신했고, 이제는 돈을 되찾을 희망이 사라졌으니 자살한 거지요. 하지만 레스코 영감을 죽인 게 과연 그 사람일까요?"

"그럼 누가 죽였겠어요?"

"공범이죠."

"무슨 공범이요?"

"문으로 달아난 남자 말입니다. 그게 귀스타브 제롬일 수도 있지만, 창문으로 달아난 그 여자의 애인일 수도 있지요."

"그 여자의 애인이요…?"

"네, 아르센 뤼팽 말입니다…."

여자가 반박했다.

"하지만 아르센 뤼팽은 살인범이 아니에요… 그 사람, 살인 따위는 하지 않는다고요…."

"그럴 수밖에 없었을지 모르죠…. 자기가 살아남으려고요."

두 사람 모두 애써 자제하고 있었으나, 태연한 어조로 이어 지는 대화의 주제는 서서히 극적으로 변하고 있었다. 이에 빅토르는 속으로 쾌재를 불렀다. 그는 여자를 쳐다보지 않았다. 하지만 바실리예프 공주가 크게 동요하고 있음을 알 수 있었고, 호기심에 불타서 계속 질문을 하는 것이 느껴졌다.

"그 여자에 대해 어떻게 생각하세요?"

"극장의 그 여자요?"

"그러니까 극장에 있던 그 여자와 **라 비코크**의 여자가 동일 인물이라고 생각하시는 건가요?"

"물론이죠!"

"그리고 그 여자가 보지라르가 집의 계단에서 목격됐다는 거고요?"

"확실합니다."

"그렇다면 선생님 생각은…?"

여자는 더 이상 말을 잇지 않았다. 차마 그 말을 입에 올릴 수 없다는 듯이…. 그래서 빅토르가 마무리했다.

"그러니까 그 여자가 엘리즈 마송을 살해했을 거라고 보는 겁니다."

빅토르는 가설을 제시하듯 말했고, 잠잠한 가운데 이 말이 떨어지자 여자가 한숨을 내쉬는 소리가 들렸다. 빅토르는 여전히 초연한 어조로 말을 이었다.

"그 여자를 확실히 가늠하기 힘듭니다…. 서투른 솜씨에 놀랄 정도죠. 초짜인 것 같습니다…. 더구나 쓸데없이 살인을 하다니 너무 어리석단 말입니다…. 결국, 그 여자가 살인을 한 건 국방부 채권을 훔치기 위해서가 아니었겠습니까? 하지만, 엘리즈 마송한테는 채권이 없었거든요. 따라서 살인은 도무지 말도 안 되는 어리석고 불필요한 짓이었단 말입니다. 사실 그 여자한테는 별로 관심을 둘 필요가 없지요….”

“그럼 이 사건에서, 누구한테 관심을 두고 계시죠?”

“두 남자입니다. 진짜배기들이죠. 도트레나 제롬, 혹은 경찰 몰레옹 같은 인물이 아닙니다. 절대 아니지요. 실수를 하거나 허세를 부리지 않으면서 자기 길을 따라가다가 그 끝에서 서로 만나게 될, 그야말로 대단한 두 남자. 바로 뤼팽과 빅토르죠.”

“뤼팽…?”

“그자는, 정말 대가입니다. 보지라르가에서 허탕을 친 후, 국방부 채권을 되찾아 상황을 뒤집어놓은 방식이 정말 기가 막히죠. 빅토르 그 사람 역시 걸작입니다. 그자도 자동차에 채권을 숨겨놓은 장소를 찾아냈으니까요.”

여자가 더듬더듬 물었다.

“그러면 그 사람이 뤼팽을 잡을 거라고 믿으세요?”

“그렇게 생각합니다. 솔직히 그렇게 믿어요. 일전에 다른 사건이 벌어졌을 때, 거기 연루된 사람들의 이야기나 신문을 통해 그자의 행적을 따라가 본 적이 있지요. 뤼팽은 이제껏 한 번도 그런 식의 음흉하고 은근하며 고집스러운 공격에 맞서본 적이 없습니다. 빅토르는 절대 그자를 놓치지 않을 겁니다.”

여자가 중얼거렸다.

“아! 그렇게 생각하시나요…?”

“네. 사람들이 생각하고 있는 것보다 훨씬 더 진전을 보았을 게 틀림없습니다. 바짝 뒤쫓고 있을 걸요.”

“몰레옹 형사도 마찬가지고요…?”

"그렇습니다. 상황이 뤼팽한테 불리하지요. 함정을 파서 체포할 겁니다."

여자는 무릎에 팔꿈치를 괸 채 잠시 아무런 말이 없었다. 마침내 애써 미소를 지어 보이며 속삭였다.

"참 안타까운 일이겠네요."

"네. 여자들이 으레 그렇듯, 당신도 그자한테 푹 빠져 있군요."

여자가 더욱 나직이 말했다.

"남다른 삶을 살아가는 모든 사람들이 저를 사로잡아요…. 그 사람도 그렇고… 그런 삶을 사는 다른 모든 이들이… 그 사람들은 정말 강렬한 감정을 느끼며 살아가겠지요."

빅토르가 웃으며 외쳤다.

"아닙니다, 절대 아니에요. 그렇게 믿지 말아요…. 그런 감정이란 쉽게 익숙해지는 법이거든요…. 결국 그 사람들은, 정직한 서민이 카드놀이라도 하듯 유유히 행동하게 됩니다. 분명 고통스러운 순간들이 있기야 하겠지만, 점점 드물어집니다. 미리 조금이라도 손을 써놓기만 하면, 그런 일이란 거의 항상 은근슬쩍 진행되는 법이거든요. 그래서 말인데, 누가 나한테 말해주길…."

빅토르는 불쑥 말을 멈추고 일어서더니 떠나려고 했다.

"죄송합니다… 제가 부인 시간을 너무 많이 뺏고 있군요…."

호기심에 불타 여자가 와락 그를 붙들었다.

"누가 당신께 무슨 말을 했다고요?"

"오! 별거 아닙니다…."

"아녜요, 말씀해주세요…."

"아니, 정말 별거 아닙니다…. 하찮은 팔찌 얘깁니다…. 그러니까, 누구 말에 따르면, 가서 그걸 그저 가져오기만 하면 된다고 하더군요…. 긴장할 것도 없고… 그저 산책을 가듯이 갔다가…."

빅토르가 방문을 열려고 했다. 여자가 그 팔을 붙들었다. 빅토르가 돌아서자, 도무지 그 앞에서 거절할 수 없는 열렬하고 고혹적인 눈빛으로 여자가 물었다.

"그 산책, 언제 가실 건데요?"

"왜요? 함께 가고 싶으십니까?"

"네, 그러고 싶어요… 너무 지루하거든요!"

"그러면 좀 즐거워질 것 같습니까?"

"어쨌거나, 해보면 알겠죠… 시도해볼래요…."

"모레, 오후 2시, 리볼리가 생 자크 공원입니다."

빅토르는 대답을 기다리지 않고 나가버렸다.

2

여자는 약속 시간에 정확히 나타났다. 여자가 다가오는 모습을 보며 빅토르가 잇새로 웅얼거렸다.

"이제 걸려들었군. 서서히, 네 애인한테까지 거슬러 올라갈 거다."

여자는 즐거운 파티라도 가는 듯 경쾌하고 행복해 보였으며 한시라도 빨리 행동에 나서고 싶어 안달이 난 어린 아가씨 같았다. 변장까지 한 것은 아니었으나 완전히 달라 보였다. 짤막한 회색 모직 원피스에 머리칼 몇 가닥만 밑으로 흘러나와 있는 챙 없는 단색 모자… 그야말로 전혀 튀지 않는 차림새였다. 더 이상 지체 높은 귀부인 티도 안 났고, 광채를 내뿜던 미모가 순식간에 베일이라도 친 듯 은은해져 있어서 사람들의 이목을 끌지도 않았다.

빅토르가 물었다.

"결심하셨나요?"

"나 자신으로부터 도망칠 결심은 언제나 되어 있지요."

"그럼 일단, 몇 가지 설명을 드리겠습니다."

"꼭 그래야 하나요?"

"그러면 적어도 부인의 양심에 가책은 없어질 겁니다."

여자가 명랑하게 말했다.

"가책 같은 거 없어요. 그저 산책 가는 거잖아요, 아닌가요? 그리고 뭔지는 모르겠지만… 물건을 가져오면 되는 거고요."

"물론이지요. 산책을 하다가 어떤 정직한 남자 집에 들를 겁니다. 그 사람은 사실 장물아비죠…. 그저께, 그자가 훔친 팔찌를 입수했고 지금 구매자를 찾는 중입니다."

"그리고 당신은 그걸 그 사람한테 돈 주고 살 생각은 없으신 거고요."

"물론이죠. 더구나, 그 사람은 자고 있을 겁니다…. 생활이 아주 규칙적인 자예요. 식당에 가서 점심을 먹고 집으로 돌아와 2시부터 3시까지 낮잠을 자지요. 푹 곯아떨어져서 무슨 일이 있어도 깨어나는 법이 없습니다. 그러니 찾아가도 위험 따위는 하나도 없다는 사실, 아시겠지요."

"아쉬운 일이로군요. 그 잠꾸러기가 어디 살지요?"

"이리 오십시오."

두 사람은 아담한 공원을 빠져나갔다. 빅토르는 100보쯤 떨어진 곳에 보도를 따라 주차해놓은 자기 차로 알렉상드라를 데려가, 여자가 차량 번호를 못 보게끔 신경 쓰며 차에 태웠다.

그들은 리볼리가를 따라가다가 왼쪽으로 꺾었고, 빅토르는 미로처럼 뒤얽힌 길들로 거침없이 차를 몰아갔다. 자동차의 지붕이 낮아서 차 안에서는 길 이름을 볼 수 없었다.

여자가 입을 열었다.

"저를 경계하시는군요. 어디로 가는지 제가 모르게 하려는 거죠. 어쨌거나 이 지저분한 동네 길은 하나도 몰라요."

"길이 아니라, 근사한 숲 속 시골길 한복판에 나 있는 멋진 도로지요. 그리고 저는 지금 아가씨를 멋진 성으로 모시고 가는 거고요."

여자가 빙그레 웃었다.

"페루 사람 아니죠?"

"물론 아니죠!"

"프랑스 사람인가요?"

"몽마르트르 출신입니다."

"대체 누구시죠?"

"바실리예프 공주의 운전사지요."

자동차는 아치형으로 된 마차 출입문 앞에 정차했다. 두 사람은 차에서 내렸다.

널찍한 안뜰에는 포석이 깔려 있고 한가운데에 나무들이 옹기종기 자라고 있었으며, 사각형 안뜰을 에워싸고 낡은 건물들이 서 있었다. 계단 입구마다 A 계단… B 계단… 이렇게 알파벳이 하나씩 적혀 있었다.

두 사람은 F 계단으로 올라갔다. 돌로 된 포석 위에서 두 사람의 발소리가 울려 퍼졌다. 아무와도 마주치지 않았다. 각 층마다 문이 하나씩만 나 있었다.

모든 것이 낡았으며 제대로 손질되어 있지 않았다.

마지막 층인 6층에 이르렀다. 천장이 몹시 낮았다. 빅토르는 주머니에서 위조 열쇠 꾸러미와 아파트 도면을 꺼내, 작은 방 네 개가 배치된 모양새를 여자에게 보여주었다.

자물쇠를 여는 일은 어렵지 않았다. 아무런 소리도 내지 않고 빅토르는 문을 열었다.

"무섭지 않나요?"

빅토르가 속삭이자 여자가 어깨를 으쓱해 보였다. 하지만 더 이상 웃지 않았다. 얼굴은 다시 평소처럼 창백해져 있었다.

현관홀 맞은편에 문 두 개가 보였다.

빅토르는 오른쪽 문을 가리키며 속삭였다.

"그자가 여기서 자고 있어요."

빅토르는 왼쪽 문을 살짝 열었고, 두 사람은 작은 방으로 들어갔다. 의자 네 개와 책상 하나밖에 없는 초라한 방이었고, 커튼을 쳐놓은 좁은 창문 구멍으로 옆방과 이어져 있었다.

빅토르는 커튼을 살짝 열고 들여다보더니, 여자에게 와서 보라고 신호를 보냈다.

맞은편 벽에 걸린 거울에, 얼굴이 보이지 않는 한 남자가 침대 겸 소파 위에 누워 있는 모습이 비쳤다. 빅토르는 여자에게 몸을 기울이고 귀엣말했다.

"여기 서 있다가 조금이라도 움직이면 알려주세요."

빅토르가 여자의 손을 살짝 건드렸다. 얼음장처럼 차가웠다. 잠이 든 남자를 뚫어지게 쳐다보는 눈은 열기로 번뜩였다.

빅토르는 반닫이 책상까지 물러났고, 조금 시간을 들여 앞판을 부쉈다. 여러 개의 서랍을 뒤져 비단 종이에 싸인 팔찌를 찾아냈다.

이때 옆방에서 가벼운 소리가 났다. 마룻바닥에 뭔가가 부딪치는 소리였다.

알렉상드라가 커튼을 놓았다. 휘청거리고 있었다.

빅토르가 다가가자 여자가 중얼거리는 소리가 들렸다.

"움직였어요… 깨어나고 있어요…."

빅토르가 권총을 담아두는 뒷주머니에 손을 갖다 댔다. 여자가 화들짝 놀라 빅토르에게 달려들며 팔을 붙들고 신음했다.

"당신, 미쳤어요…! 그건 안 돼요, 절대!"

빅토르가 여자의 입을 틀어막았다.

"제발 조용히 해요… 들어봐요…."

두 사람은 귀를 기울였다. 더 이상 아무 소리도 들리지 않았다. 고요한 가운데 잠든 남자의 숨소리만 일정하게 들려왔다.

빅토르는 여자를 현관문 쪽으로 데려갔다. 두 사람은 한 걸음씩 서서히 물러났다. 들어왔던 순간부터 문을 닫고 나오기까지, 5분도 채 걸리지 않았을 것이다.

층계참으로 나온 여자는 거칠게 숨을 몰아쉬더니, 움츠린 것처럼 보이던 상반신을 꼿꼿이 펴고 차분한 기색으로 층계를 내려갔다.

하지만 자동차에 올라타자 그제야 반응이 나타나는지, 두 팔이 뻣뻣하게 굳고 얼굴이 일그러지더니 금세 울음을 터뜨릴 것 같았다. 하지만 신경질적으로 가늘게 웃음을 터뜨리는 것으로 긴장이 풀린 듯했고, 빅토르가 팔찌를 보여주자 이렇게 말했다.

"정말 근사해요… 게다가 전부 훌륭한 다이아몬드로군요…. 큰 건수를 해내셨군요… 축하드려요!"

빈정대는 어조였다. 갑자기 알렉상드라가 완전히 낯선 사람, 심지어 적이라도 되듯 멀게 느껴졌다. 여자는 손짓으로 차를 세우라고 부탁한 후, 한마디도 없이 빅토르의 곁을 떠났다. 가까운 곳에 택시 정류소가 있었다. 여자는 택시를 잡아탔다.

빅토르는 방금 떠났던 낡은 구역으로 되돌아가 커다란 안뜰을 다시 가로질러 F 계단으로 올라갔다. 6층에 이르러 초인종을 눌렀다.

친구 라르모나 형사가 문을 열어주었다.

빅토르가 명랑하게 말했다.

"잘했네, 라르모나. 잠자는 모습이 일품이더군. 또 이 일을 꾸미는 데 자네 아파트는 더없이 제격이고 말이지. 그런데 뭐가 떨어졌던 건가?"

"내 코안경."

"까딱했으면 자네 머리에 총알을 날릴 뻔했네! 그런데 내가 그럴지도 모른다는 생각에 우리 아리따운 부인께서 겁에 질리신 것 같더군. 자네가 깰지도 모르는데 나한테 무작정 달려들더라니까."

"그러니까 살인은 싫다는 건가?"

"보지라르가의 기억 때문에 겁에 질려서 그런 일이 다시는 벌어지지 않게 하려는 게 아니라면 말이지."

"정말 자네 그렇게 믿나…?"

"아직 아무런 확신도 없네. 그 여자 속을 아직 확실히 모르겠거든. 어쨌거나 이제 우리는, 즉 그 여자랑 나는 공범이라네. 내가 원하던 바지. 그 여자를 여기로 데려온 덕분에 목적에 더욱 가까워졌네. 그 여자한테 보수를 주거나, 아니면 적어도 보수를 약속이라도 했어야 했는데… 실은 그러려고 했는데… 그럴 수 없었네. 살인을 했다고는 인정하더라도… 저 여자가… 도둑이라고…? 그런 일은 상상조차 할 수 없거든…. 자, 이 팔찌 도로 가져가고, 이걸 맡긴 보석상 주인한테 고맙다고 해주게."

라르모나가 즐거워했다.

"자네가 이런 잔꾀를 쓰다니!"

"어쩔 수 없지. 뤼팽 같은 놈을 상대하려면 특별한 방법을 써야 하니까."

캉브리주 호텔로 돌아온 빅토르는 저녁 식사 전에 라르모나에게서 전화 한 통을 받았다.

"정신 바짝 차리고 있게…. 몰레옹 과장이 영국인이 숨은 곳을 알아낸 것 같네…. 뭔가 꾸미고 있는 모양이야…. 진행 상황을 알려주겠네."

3

빅토르는 내내 초조했다. 자기가 택할 수밖에 없었던 이 길에서 앞으로 나아가려면 매 순간 극도로 신중을 기해야 했다. 그렇지 않으면 일당이 전부 겁을 먹고 달아날 수도 있었다. 반면에 몰레옹은 신중을 기하는 법이 없었다. 그러니 적의 흔적을 찾아냈다 하면 곧장 달려들 것이다. 그런데 영국인이 체포되면 뤼팽이 위험에 처할 것이고, 그 와중에 분명 알렉상드라가 연루될 텐데, 그렇게 되면 이 사건은 빅토르의 손을 벗어나고 말 터였다.

빅토르는 매우 불쾌한 기분으로 48시간을 보냈다. 신문에서는 라르모나가 언급했던 기습에 대해 아무런 언급도 없었다. 하지만 라르모나는 다시 전화를 걸어, 자세한 사항은 아직 모르지만 몇 가지 정황으로 보아 예상했던 일이 확실히 벌어질 거라고 전했다.

영국인 비미쉬는 좀처럼 모습을 드러내지 않았다. 듣자 하니 발이 삐어 자기 방에서 꼼짝하지 않는다고 했다.

바실리예프 공주는 딱 한 번 저녁 식사 후 호텔 홀에 나타났다. 화보 잡지를 읽느라 온통 정신이 팔린 채 담배를 피울 뿐이었다. 평소와 다른 자리에 앉았고 빅토르에게 인사도 건네지 않았다. 빅토르 역시 힐끔거리며 여자를 남몰래 관찰하기만 했다.

빅토르가 보기에 알렉상드라는 별로 걱정하는 것 같지 않았다. 하지만 어째서 모습을 드러낸 것일까? 빅토르에게 인사도, 말도 건네지는 않았지만, 자기가 항상 그 자리에 있으며 다시 연락을 취할 태세가 되어 있다는 뜻을 빅토르에게 전하기 위해서일까? 물론 여자는 조만간 급박한 위험이 닥칠 것이라는 사실은 전혀 모르고 있었지만, 여자 특유의 직감으로 자기 주변에서, 특히 사랑하는 남자를 향해 불어오는 위험한 기운을 느끼고 있음이 분명했다. 대체 무슨 이유로 저 여자는 계속 이 호텔에 머물러 있는 것일까? 마찬가지로 영국인 비미쉬도 어째서 계속 여기에 머물러 있는 것일까? 어째서 두 사람 모두 더 안전한 은신처를 찾아가지 않는 것일까? 그리고 무엇보다, 어째서 이들은 흩어지지 않는 것일까?

혹시 저 여자는 일전에 어느 저녁, 빅토르가 영국인과 함께 있던 것을 본 그 낯선 남자, 아르센 뤼팽일 수밖에 없는 그 남자를 기다리고 있는 것일까…?

빅토르는 당장이라도 여자에게 다가가 이렇게 말해주고 싶었다.

"떠나십시오. 상황이 심각합니다."

하지만 다음과 같이 되물으면 뭐라고 대답한단 말인가?

"누구한테 상황이 심각하다는 거지요? 대체 내가 뭘 두려워해야 하지요? 바실리예프 공주가 무엇 때문에 불안해한다는 겁니까? 영국인 비미쉬 때문에요? 그 사람은 모르는 사람인 걸요.”

빅토르는 기다렸다. 그 역시 호텔을 떠나지 않았다. 적은 이곳을 떠나지 않았고, 곧 몰레옹 수사과장이 들이닥칠 테니, 정황상 바로 이곳이 접전의 현장이 될 것임을 예상할 수 있었다. 빅토르는 안간힘을 다해 머리를 쥐어짰다. 매 순간, 모든 사건을 처음부터 되짚어가며 떠오르는 해결책을 검토해보았고, 이 해결책을 알렉상드라에 대해 자기가 알아낸 사실이며 그 여자의 행동 방식과 성격에 비추어 따져보았다.

빅토르는 자기 방에서 점심을 먹으며 오랫동안 생각에 잠겼다. 그런 후 발코니에서 대로변을 내려다보는데, 경찰청 동료와 아주 닮은 인물이 눈에 띄었다. 또 다른 동료 한 명이 반대편에서 걸어왔다. 이들은 캉브리주 호텔 맞은편 벤치에 앉았다. 서로 말을 걸지 않고 등을 돌린 채 호텔 전면에서 눈을 떼지 않고 있었다. 다른 형사 두 명이 도로 반대편에 자리를 잡았으며, 또 다른 두 명이 저 멀리 모습을 드러냈다. 전부 여섯 명이었다. 공격이 시작된 것이다.

빅토르는 갈등에 빠졌다. 사교계단속반 형사 빅토르로 되돌아가서 영국인을 포기하고 보다 직접적으로 아르센 뤼팽에게 다가갈 것인가(하지만 그렇게 하면 알렉상드라의 정체가 드러날 수밖에 없다), 아니면….

빅토르는 나직이 되뇌었다.

“아니면 뭘 하자는 거지? 몰레옹의 편에 서지 않고 알렉상드라의 편에 서서 몰레옹을 상대로 싸운다. 대체 무슨 동기로 그렇게 행동한다는 거지? 내가 직접 사건을 해결하고, 내 손으로 아르센 뤼팽을 잡으려고…?"

어떤 때에는 너무 깊이 생각하지 말고 무슨 결과가 벌어질지
모른 채 본능에 따라 행동하는 것이 나은 법이다. 중요한 것은
사건의 핵심으로 파고들어 싸움이 흘러가는 상황에 따라 완전
히 자유롭게 행동할 수 있어야 한다는 점. 다시 대로변을 내려
다보는 빅토르의 눈에 라르모나 형사가 근처 길에서 나타나 호
텔을 향해 유유히 걸어오는 모습이 보였다.

저 친구가 대체 뭐하러 온 거지?

라르모나는 동료 형사들이 앉아 있는 의자 앞을 지나가며 그
들을 바라보았다. 세 남자는 보일 듯 말 듯 서로 고개를 까딱해
보였다.

그런 후, 라르모나는 산책하는 사람처럼 길을 계속 가로질러
호텔로 들어왔다.

빅토르는 주저하지 않았다. 라르모나가 무엇을 하러 왔건 간
에 이야기를 들어보아야 했다. 논리적으로 봐서 그도 빅토르를
만날 생각임에 틀림없었다.

빅토르는 호텔 홀로 내려갔다.

차 마시는 시간이 다가오고 있었다. 홀 탁자 대부분에 자리를
잡은 사람들이 앉아 있었고, 홀과 그 주변을 에워싼 널찍한 복
도에도 사람들이 많이 다니고 있어서 빅토르와 라르모나는 다
른 사람들이 눈치채지 못하게 서로 이야기를 나눌 수 있었다.

"어찌 된 건가?"

"호텔이 포위됐네."

"경찰이 뭘 알고 있지…?"

"영국인이 술집에서 공격당한 이후 여기에 머물고 있다는 사실을 확신하고 있네."

"공주는?"

"그 여자 얘기는 없네."

"뤼팽은?"

"그자 얘기도 없네."

"그래, 새로운 명령이 떨어지지 않는 한은 말이지. 그럼 자네는 나한테 그걸 알려주러 온 건가?"

"나도 이 작전에 배치됐네."

"설마?"

"한 사람이 부족했다네. 내가 몰레옹 근처에서 얼쩡거렸더니 날 여기로 보냈네."

"몰레옹도 오나?"

"저기 보게, 수위랑 얘기하고 있군."

"빌어먹을! 시끄러워지겠군."

"우리는 전부 열두 명일세. 자넨 당장 여기를 떠야 해, 빅토르. 아직 시간이 있네."

"내가 미쳤나!"

"자네를 심문할 걸세…. 자네가 빅토르라는 사실이 발각되면 어쩌나?"

"그러면? 빅토르가 페루 사람으로 가장하고 경찰 수사가 벌어지는 호텔에서 자기 일을 하고 있던 것뿐이지. 나한테는 신경 쓰지 말고, 가서 정보나 얻어 오게…."

라르모나는 황급히 호텔 입구 쪽으로 가서 몰레옹과 합류했다. 그리고 마침 밖에서 들어온 반장 한 사람과 함께 몰레옹을 따라 호텔 사장실로 들어갔다.

3분이 흘렀다. 라르모나가 다시 나타나더니 빙 돌아 빅토르 쪽으로 왔다. 둘 사이에는 단지 몇 마디만 오고 갔다.

"숙박부를 조사 중이네. 혼자 머무는 영국인 이름뿐 아니라 모든 외국인 이름을 골라내고 있네."

"어째서?"

"뤼팽의 공범 이름을 모르고, 그자가 영국인인지 완전히 확신할 수 없으니까."

"그런 후에는?"

"그러고 나면 그자들을 전부 한 명씩 소환하거나 아니면 그 사람들 방으로 가서 신분증을 조사하는 거지. 자네도 분명 취조당할 걸세."

"내 서류는 완벽해… 어쩌면 지나치게 완벽할지도. 그런데, 만약 누가 호텔을 나가려고 하면?"

"여섯 명이 지키고 있네. 용의자는 사장실로 데려가지. 형사 한 사람이 전화를 도청하고 있네. 요컨대 모두 착착 진행되고 있지, 차질 없이."

"그럼 자네는?"

"호텔 뒤쪽에 퐁티외 거리 쪽으로 난 문이 있네. 호텔 직원들하고 납품 업체들이 쓰는 문이지만 가끔 손님들도 이용한다네. 나는 그 문을 지키고 있어."

"지령은?"

"저녁 6시 이전에는 호텔 메모지에 몰레옹이 서명한 허가증이 없는 사람은 아무도 지나가지 못하게 하라는 걸세."

"자네가 보기에, 내가 움직일 시간이 얼마나 있겠나?"

"그러니까, 움직이겠다는 건가?"

"응."

"어떤 식으로?"

"신경 쓰지 말게!"

두 사람은 헤어졌다.

빅토르는 승강기에 올라탔다. 전혀 망설이지 않았으며, 망설일 여유가 있다는 생각조차 하지 않았다. 마음속으로 내린 결정 이외의 다른 결정은 떠오르지도 않았다.

빅토르는 생각했다.

'이거야, 바로 이거. 상황이 내 계획에 이렇게 유리하게 돌아가다니 놀라울 정도로군. 다만, 서둘러야 해. 15분… 길어야 20분이 있겠군.'

복도에 이르자 알렉상드라의 방문이 열리더니 여자가 외출복 차림으로 나타났다. 차를 마시러 내려가려는 듯했다.

빅토르는 여자에게 달려들어 어깨를 붙들고는, 방금 나온 방으로 밀어 넣었다.

여자가 짜증을 내며 항의했다. 대체 무슨 일이란 말인가?

"경찰이 호텔을 완전히 포위하고 있습니다. 곧 수색에 들어갈 겁니다."

8
캉브리주 호텔의 대접전

1

알렉상드라는 뒤로 물러서며 자기를 굳게 움켜쥔 손길에 화를 내며 저항했다. 대기실을 가로질러 살롱으로 들어가자 빅토르는 자기 뒤로 문을 닫았다. 곧장 여자가 소리를 질렀다.

"이게 대체 무슨 고약한 짓이에요! 당신이 대체 무슨 권리로 감히…?"

빅토르가 느릿느릿 되풀이했다.

"경찰이 호텔을 완전히 포위하고 있습니다…."

빅토르가 예상했던 것과 반대의 대답이 나왔다.

"그래서요? 나하고는 아무 상관 없는 일이에요."

"영국인 고객 명단을 추리는 중입니다…. 그 사람들을 취조할 거고요…."

"바실리예프 공주와는 상관없는 일이로군요."

"그 영국인 중에는 비미쉬 씨도 있습니다."

여자는 눈 하나 까딱하지 않았다. 그리고 단언했다.

"비미쉬라는 사람 몰라요."

"아십니다… 알고 있습니다… 지금 이 층… 337호에 묵고 있는 영국인 말입니다."

"몰라요."

"당신은 알고 있습니다."

"나를 염탐이라도 했다, 이건가요?"

"필요한 경우 당신을 돕기 위해서죠. 바로 지금처럼."

"누구한테 도움 받을 필요 따윈 없어요. 특히….'"

"특히 나한테서는 받기 싫다, 바로 그 말이 하고 싶은 거로군요?"

"그 누구한테도 싫어요."

"제발 부탁입니다. 쓸데없는 설명 구구절절이 하게 만들지 말아요. 지금 이럴 시간이 없어요! 기껏해야 10분밖에 없다고요…. 10분, 아시겠습니까? 이제 10분 후면 형사 두 명이 비미쉬의 방으로 들이닥칠 거고 그 사람을 사장실로 데려갈 겁니다. 거기서 몰레옹 과장하고 대면하게 될 거고요."

공주는 웃어 보이려 했다.

"비미쉬 씨한테는 정말 안된 노릇이로군요. 대체 그 사람이 무슨 혐의를 받고 있는 거죠?"

"마르뵈프가의 술집에서 도주한 두 사람 중 한 사람이라는 혐의죠. 나머지 한 사람은 아르센 뤼팽이고요."

"그 영국 사람 상황이 고약하게 됐군요. 그 사람한테 정 동정이 가시면 전화를 해서 알려주시든가요…. 그럼 자기가 알아서 하겠지요."

여전히 여자는 차분히 대꾸했다.

"전화는 도청되고 있습니다."

여자가 신경질적으로 말했다.

"그래서 어쨌다는 거죠? 그 사람이랑 알아서 하세요!"

여자의 이 뻔뻔한 어조가 빅토르의 신경을 건드렸다. 그래서
쌀쌀맞게 말했다.

"지금 상황을 제대로 파악하지 못하고 계시는군요. 형사 두
명이 8분에서 10분 후 비미쉬의 방문을 두드릴 거고, 그중 한
형사가 그자를 사장실로 데려갈 겁니다. 나머지 형사는 남아서
방을 뒤질 거고요."

"그 사람한테 참 안됐군요!"

"어쩌면 부인께도 안된 일이죠."

"나한테요?"

여자가 몸서리를 쳤다. 격분 때문일까? 분노가 아니라면 불안
때문일까?

그러다가 여자는 다시 자제하며 말했다.

"나한테요? 그자하고 나 사이에 무슨 관련이 있다는 거지요?
내 친구가 아니라고요."

"그럴지도요. 하지만 그자는 당신과 함께 움직이고 있지요.
부정하지 말아요, 제발. 다 알고 있습니다… 당신이 생각하는
것보다 더 많이 알고 있지요…. 머리핀을 단순히 잃어버린 거
였다고 말하면서 내게 손을 내민 이후, 당신이 어떻게 그런 일
을 개의치 않아 하는지, 나름대로 궁리했습니다."

"그러니까, 그게 나 스스로 그런 행동을 저지르기 때문이다,

그건가요?"

"어쨌든, 그런 행동을 저지르는 사람들에게 당신이 호기심을 느끼기 때문이라고 생각했죠. 그리고 어느 날 저녁에 당신이 그 영국인과 이야기하는 걸 본 적이 있고요."

"그게 전부인가요?"

"그 이후로, 그자 방에 몰래 들어갔었는데 거기에서 찾아낸 물건이…"

"뭐지요?"

"당신에 대한 정보를 제공해줄 만한 물건이었죠."

"뭔데요?"

여자가 흥분하며 물었다.

"경찰이 이제 곧 찾아낼 물건이기도 하고…"

"뭔지 말해보라니까요!"

"그들은 비미쉬의 장롱 속… 그러니까 정확히 말해서 셔츠 더미 한가운데에서 오렌지색과 녹색 비단 스카프를 발견할 겁니다…"

여자가 몸을 곧추세우며 물었다.

"뭐라고요? 무슨 말이죠?"

"오렌지색과 녹색 비단 스카프요. 엘리즈 마송을 교살하는 데 사용된 그 스카프 말입니다. 그걸 거기에서 봤지요…. 영국인의 장롱, 바로 그 자리에서…"

순간, 바실리예프 공주의 저항이 꺾였다. 아직 일어서 있긴 했으나 휘청거리고 있었으며, 겁에 질려 입술을 덜덜 떨며 더듬거렸다.

"사실이 아니야…. 그럴 리가 없어…!"

빅토르가 가차 없이 말을 이었다.

"그걸 제가 거기에서 봤습니다. 경찰이 찾는 그 스카프지요. 신문에서 봤겠죠… 엘리즈 마송이 항상 목에 두르고 있었고, 사건 당일 아침에 집에서 두르고 있던 그 스카프. 그게 영국인의 손에서 발견된다는 것은 그자가 보지라르가 살인 사건에 가담했다는 분명한 증거가 되고, 그 말은 곧 아르센 뤼팽이 개입됐다는 뜻이 됩니다. 그리고 거기에 스카프가 있다면, 다른 인물, 그러니까 그 여자의 정체를 밝힐 다른 증거가 거기에 없다고 어떻게 확신하겠습니까…?"

"무슨 여자요?"

여자가 잇새로 웅얼거렸다.

"그자들의 공범 아니겠습니까? 살인이 벌어지던 순간에 계단에서 목격되었고… 살인을 저지른 여자…."

바실리예프 공주는 빅토르에게 달려들어, 자백이면서 동시에 격렬한 항의의 외침을 열정적인 기세로 부르짖었다.

"그 여자는 살인하지 않았어요…! 그 여자는 살인하지 않았다고 장담해요…. 살인이라면 질색을 하는 여자니까요! 피나 죽음이라면 질색이라고요…! 그 여자는 죽이지 않았어요…!"

"그렇다면 누가 살인을 한 겁니까?"

여자는 아무런 대꾸도 하지 않았다. 여러 가지 감정이 엄청나게 빠른 속도로 여자의 마음속을 스치고 지나갔다. 그리고 흥분이 가라앉자 갑자기 맥이 풀린 듯했다. 작아서 간신히 들릴락 말락 한 목소리로 여자가 속삭였다.

"이 모든 건 이제 중요치 않아요. 나에 대해 마음대로 생각하세요, 전혀 신경 안 쓰이니까요. 더구나, 이제 나는 끝장인 걸요. 모든 상황이 나한테 불리해요. 어째서 비미쉬가 그 스카프를 가지고 있던 거죠? 어떤 식으로든 처분하기로 했는데. 아니… 이제 나는 끝장이에요."

"어째서요? 떠나면 되지 않습니까. 그러지 못할 이유가 없잖아요."

"아녜요, 못하겠어요. 힘이 없어요."

"그렇다면, 나를 도와줘요."

"뭘 하려고요?"

"그자에게 알려주려고요."

"어떻게요?"

"그건 내가 알아서 하겠습니다."

"그렇게 못 할 거예요."

"할 수 있습니다."

"그럼, 스카프를 가져올 건가요?"

"네."

"비미쉬는 어떻게 되지요?"

"도망치게 해주겠습니다."

여자가 다가섰다. 빅토르는 잠시 여자를 바라보았다. 알렉상드라는 어느덧 기운을 되찾고 있었다. 눈빛이 부드러워지더니 이내 빅토르에게 살짝 미소까지 지어 보였다. 빅토르가 늙긴 했지만 여자로서의 자기 매력에 사로잡힌 거라 믿는 눈치였다. 아니라면 이런 무조건적인 헌신의 태도를 어떻게 설명할 수 있으랴? 어째서 자기를 구하려고 이러한 위험을 자처한단 말인가?

동시에 알렉상드라는 남자의 침착한 시선과 굳은 얼굴에 차츰 지배받고 있었다.

여자가 손을 내밀었다.

"그럼 서둘러줘요. 무서워요."

"비미쉬 때문인가요?"

"그 사람이 충직하다고 철석같이 믿고 있었어요. 그런데 지금은, 잘 모르겠어요."

"그자가 내 말을 들을까요?"

"그럴 거예요… 그 사람도, 두려워하고 있으니까…."

"그래도 나를 경계하면요?"

"아네요, 그러지 않을 거예요."

"나한테 방문을 열어줄까요?"

"두 번 노크하고, 그걸 세 번 반복하세요."

"부인하고 그 사람 사이에 다른 암호 같은 건 없습니까?"

"없어요. 그렇게 노크하는 걸로 충분해요."

빅토르가 떠나려 하자 여자가 붙들었다.

"그럼 나는 어쩌죠? 떠나야 하나요?"

"여기서 꼼짝 말고 있어요. 한 시간 후에 위험이 지나가면 돌아오겠습니다. 그때 봐서 행동합시다."

"만약 돌아오지 못하면요?"

"그럼 금요일에 생 자크 공원 탑에서 만나죠."

빅토르는 잠시 생각에 잠겼다가 이렇게 속삭였다.

"어때요, 모두 확실히 처리된 거지요? 제가 절대 우연에 맡기는 사람이 아닌 거 아시겠죠? 자, 그럼. 여기서 무슨 일이 있어도 절대 꼼짝하지 마십시오."

빅토르는 바깥을 살펴보았다. 여느 때와 달리 복도에서는 사람들이 이리저리 오가고 있었다. 호텔에서 무언가 심상치 않은 일이 벌어질 기미가 느껴졌다.

빅토르는 기다리다가 과감히 밖으로 나섰다.

일단 승강기의 철창 앞까지 갔다. 아무도 없었다. 그러자 337호까지 달려가서 정해진 방식으로 빠르게 노크했다.

안에서 발소리가 나더니 곧 자물쇠가 열리는 소리가 났다.

빅토르는 문을 밀고 들어가 비미쉬를 보고 여자에게 했던 말을 되풀이했다.

"경찰이 호텔을 완전히 포위하고 있습니다. 곧 수색에 들어갈 겁니다."

2

이 영국인은 알렉상드라와는 전혀 달리 반응했다. 비미쉬는 전혀 저항하지 않았으며, 빅토르도 거칠게 강요할 필요가 없었다. 두 남자 사이에서 '교전交戰'은 순간적으로 이루어졌다. 영국인은 상황을 있는 그대로 이해했고, 두려웠기 때문에 빅토르가 어째서 자기에게 이 사실을 알려주는지 굳이 이해하려 들지도 않고 즉시 수그러들었다. 게다가 영국인은 프랑스어를 잘 이해하긴 했으나 제대로 말하지는 못했다.

빅토르가 말했다.

"내 말대로 해야 합니다. 그것도 당장. 방을 전부 뒤지고 있습니다. 경찰은 마르뵈프가의 술집에 있던 영국인이 이 호텔에 숨어 있다고 생각하고 있습니다. 다리가 삐었다는 핑계를 댔기 때문에 초반에 먼저 용의자로 조사받을 겁니다. 우리끼리 말이지만, 그런 핑계를 댄 건 똑똑치 못한 일이었습니다. 아예 여기로 되돌아오지 말거나, 아니면 방에 처박혀 있지 말았어야 했어요. 위험한 서류나 편지 같은 게 있습니까?"

"아니오."

"공주의 정체가 드러날 건 아무것도 없습니까?"

"아무것도 없소."

"웃기는 소리! 저 장롱 열쇠 당장 내놔."

상대는 순순히 따랐다. 빅토르는 쌓여 있는 셔츠 더미를 헤집더니 비단 스카프를 집어 주머니에 넣었다.

"이게 전부인가?"

"그렇소."

"아직 시간이 있어. 이게 정말 전부야?"

"그렇소."

"경고하지만 바실리예프 공주를 배신하려고만 해봐, 당장 그 턱주가리를 박살 내줄 테니. 신발 신고, 모자와 외투도 챙겨. 그리고 도망쳐."

"하지만… 경찰은?"

"조용히 해. 퐁티외가로 빠지는 호텔 문 알지?"

"그렇소."

"거기는 경찰 한 명만 지키고 있어."

영국인은 그 경찰을 '복싱'으로 처치해 힘으로 밀어붙이겠다는 시늉을 해 보였다.

빅토르가 반대했다.

"안 돼! 어리석은 짓은 관둬. 그럼 잡힐 테니까."

그러더니 빅토르는 탁자에서 호텔의 이름이 박힌 메모지 한 장을 집어 들고 거기에 '통과시킬 것'이라고 적고 날짜를 적은 후 '몰레옹 수사과장'이라고 서명했다.

"지키고 있는 경찰한테 이 메모를 보여줘. 서명은 정확하다고 내가 장담하지. 나간 후엔 뒤돌아보지 말고 차분하게 걸어. 길모퉁이를 돌아선 후부터는 달려가고."

영국인은 옷장 속에 가득 들어 있는 옷과 물건, 세면도구를 가리켜 보이며 아쉽다는 몸짓을 해 보였다.

빅토르가 빈정댔다.

"이런, 정말이지. 대체 뭘 더 바라는 거지? 배상이라도 해줄까? 어서어서! 준비하라니까…"

비미쉬가 장화를 집어 드는 순간, 누군가 문을 두드렸다. 빅토르는 잠시 동요했다.

"젠장…! 벌써 온 건가? 안됐지만, 임기응변으로 나가야겠군."

다시 문을 두드리는 소리가 났다.

"들어오시오!"

빅토르가 외쳤다.

영국인은 장화를 방구석으로 던져놓고 소파 위에 드러누웠다. 빅토르가 문을 열러 가는데 열쇠 소리가 들렸다. 층을 담당하는 급사가 만능열쇠로 문을 여는 소리였다. 형사 두 사람이 급사와 함께 들어왔다. 빅토르의 동료들이었다.

빅토르는 과장된 남아메리카 억양으로 비미쉬에게 인사를 고했다.

"그럼, 안녕히 계십시오. 다리가 나아지셨다니 정말 다행입니다."

그러다 나가면서 형사 두 사람과 부딪쳤다. 한 형사가 빅토르에게 매우 정중히 말했다.

"사법경찰 소속 루보 형사라고 합니다. 지금 호텔에서 조사를 벌이는 중입니다. 언제부터 이분을 알고 계셨는지 말씀해주시겠습니까?"

"비미쉬 씨요? 오! 얼마 안 됐지요…. 홀에서… 저한테 시가를 한 대 주셨지요…. 다리를 삔 후로는 제가 방으로 종종 찾아왔고요."

그리고 자기 이름을 댔다.

"저는 마르코스 아비스토라고 합니다."

"페루분이시지요? 수사과장님이 질문하고 싶어 하는 고객 명단에 올라 계십니다. 사무실까지 같이 가주시겠습니까? 혹시 지금 신분증을 갖고 계신가요?"

"아니오, 같은 층에 있는 제 방에 있지요."

"그럼 제 동료가 함께 갈 겁니다."

루보 형사는 소파 위에 누워 있는 영국인의 다리를 쳐다보았다. 발목에 붕대가 감겨 있고 옆에 있는 탁자 위에는 습포가 준비되어 있었다. 루보 형사는 좀 더 쌀쌀맞은 목소리로 영국인에게 말을 걸었다.

"당신은, 걸을 수 없습니까?"

"노우No."

"그럼 수사과장님께서 여기로 오실 겁니다."

그리고 자기 동료에게 말했다.

"과장님께 말씀드려주게. 그동안 나는 이 영국인의 신분증을 살펴보고 있겠네."

빅토르는 루보 형사의 동료를 따라 나가면서 속으로 비웃었다. 루보 형사는 여느 때와 마찬가지로, 영국인과 관련해 자기한테 맡겨진 임무에만 신경 쓰느라 빅토르를 좀 더 면밀하게 살펴볼 생각을 못 했던 것이다. 또 무기를 지니고 있는 것이 틀림없는 용의자와 단둘이 남아 있게 된다는 사실을 단 한 순간도 인식하지 못했다.

빅토르는 이 점을 이미 생각하고 있었다. 자기 방 옷장에서 마르코스 아비스토로서 자기 신분을 완벽히 증명해줄 서류들을 주섬주섬 챙기면서, 동시에 자기를 지키고 있는 형사를 힐끔거리던 빅토르는 생각에 잠겼다.

'어떻게 할까? 다리를 걸어 넘어뜨리고 놈을 여기 가둬버릴까… 그리고 퐁티외가 쪽으로 슬쩍 나가버린다?'

하지만 굳이 그럴 필요가 있을까? 체포 대상인 비미쉬가 몰레옹의 가짜 서명이 담긴 메모지 덕분에 빠져나간다면, 빅토르 자신이 두려워할 게 뭐가 있단 말인가?

그래서 순순히 형사를 따라갔다.

호텔은 온통 들썩거리고 있었다. 1층 홀과 널찍한 현관 안쪽에는 호기심에 찬 고객들 내지 여행객들이 잔뜩 몰려들어 있었다. 그리고 떠나지 못하게 하면 시끄럽게 떠들며 화를 냈다. 어찌 됐든 온통 난장판이었다. 사무실에 자리 잡고 앉은 몰레옹 과장은 업무에 치여 신경이 잔뜩 곤두서 있었다.

그래서 빅토르를 보는 둥 마는 둥 하고 자기 부하 한 사람에게 지시를 내리고 있었다. 몰레옹의 정신이 온통 혐의가 짙은 비미쉬에게 팔려 있다는 사실을 한눈에 알 수 있었다.

빅토르를 데려온 형사에게 몰레옹이 물었다.

"그래, 그 영국인은? 그자를 여기로 안 데려왔나?"

"못 걷습니다… 발이 삐어서요….."

"헛소리! 그 작자, 수상해. 뚱뚱하고, 얼굴 불그레한 놈 맞지?"

"네. 그리고 아주 짧고 빳빳한 콧수염이 나 있고요."

"아주 짧아? 틀림없어…. 루보가 그자와 함께 있나?"

"네."

"내가 직접 가보지…. 나랑 같이 가세."

이때 취조할 고객 목록에 올라 있던 한 여행객이 기차 시간이 임박했다고 화를 내며 밀고 들어오는 바람에 몰레옹은 발이 묶였다. 이리하여 소중한 2분이 흘렀다. 그런 후, 명령을 내리느라 또다시 2분을 허비했다. 그러고 나서야 마침내 자리에서 일어났다.

문제없이 신분증 조사를 다 받은 빅토르는 아무런 통행증도

써달라고 요구하지 않은 채 사무실을 나섰고, 같이 왔던 형사와 다른 순경 한 명, 몰레옹 과장과 함께 승강기에 올라탔다. 경찰 세 사람은 빅토르를 전혀 알아보지 못했다. 4층에 이르러 그들은 황급히 달려갔다.

몰레옹이 337호 문을 세게 두드렸다.

"문 열게, 루보!"

그러더니 이내 짜증을 내며 다시 두드렸다.

"문 열라니까, 빌어먹을! 루보! 루보!"

과장은 층을 담당하는 급사를 불렀다. 급사가 열쇠를 손에 들고 사무실에서 달려왔다. 몰레옹은 점점 불안해하며 급사를 떠밀며 닦달했다. 문이 열렸다.

수사과장이 소리쳤다.

"이런 빌어먹을! 이럴 줄 알았어…."

방바닥에는 수건과 목욕 가운으로 꽁꽁 묶이고 재갈이 채워진 루보 형사가 결박을 푸느라 몸부림치고 있었다.

"다치진 않았나, 루보? 아! 이 못된 자식, 자넬 이렇게 묶어놓다니… 아니, 그런데! 어떻게 이렇게 당한 건가? 자네같이 건장한 친구가?"

결박이 풀린 형사가 분노에 차 이를 갈았다.

"두 놈이었습니다! 그래요, 둘이요. 다른 놈이 어디서 튀어나왔는지 모르겠어요. 분명 숨어 있던 겁니다. 별안간 뒤에서 목을 내리쳤습니다!"

몰레옹이 전화기를 붙들고 지시를 내렸다.

"아무도 호텔을 못 나가게 해! 예외는 없다! 알겠나? 도주하려는 자는 전부 체포한다. 절대, 예외는 없다!"

그리고 방에 대고 소리쳤다.

"그러니까, 여기 놈들이 둘 있었다고! 그럼 다른 놈은 어디서 튀어나온 거지? 두 번째 놈 말이야."

과장이 루보 형사의 동료에게 물었다.

"자넨 아무것도 눈치 못 챘던 건가? 그래, 찾아보라니까, 멍청이… 욕실은 뒤져봤나? 분명 거기 숨어 있던 걸 거야."

루보가 대답했다….

"그런 것 같습니다. 그런 느낌이 들었어요… 내가 욕실에 등을 돌리고 있었으니까…."

모두 욕실을 뒤졌다. 그 어떤 단서도 찾아내지 못했다. 필요할 경우 옆방으로 통하게끔 되어 있는 문에는 빗장이 제대로 걸려 있었다.

수사과장이 지시했다.

"뒤져보게! 샅샅이 뒤지게. 루보, 나를 따라오겠나? 아래층에서 움직여야 하네."

수사과장은 복도에 몰려선 사람들을 헤치고 왼쪽 승강기 쪽을 향해 걸어갔다. 이때 오른쪽에서 아우성이 들려왔다. 이곳 복도는 거대한 사각형 구조의 호텔 내부를 따라 설계되어 있었는데, 루보는 비미쉬가 퐁티외 거리로 출구가 나 있는 호텔 후면으로 가려고 오른쪽으로 갔을 수도 있다고 지적했다.

몰레옹이 대꾸했다.

"그렇군. 하지만 거긴 라르모나가 지키고 있어. 그리고 지령은 확실하니까."

아우성이 점점 커졌다. 과장 일행이 오른쪽으로 돌아가 보니 복도 끝에 사람들이 몰려 있었다. 그들이 경찰에게 손짓을 하며 부르고 있었다. 야자수와 안락의자를 잔뜩 놓아 온실처럼 꾸민 복도의 움푹 들어간 장소에서 사람들이 바닥에 널브러져 있는 남자를 살펴보고 있었다. 야자수를 심은 궤짝 두 개 사이에서 누군가 이제 막 발견한 것이었다.

루보가 확언했다.

"영국인입니다… 확실합니다…. 피투성이로군요….”

"뭐라고! 비미쉬? 죽은 건 아니겠지, 엉?"

"아닙니다. 하지만 부상이 심하군요… 어깨에 칼을 맞았습니다.”

무릎을 꿇고 피해자를 살펴보던 누군가가 말했다.

몰레옹이 외쳤다.

"그렇다면, 루보. **다른 놈** 짓이란 말인가? 숨어 있다가 자네 등을 공격한 그 놈?"

"젠장! 그자가 공범을 떼어 내려고 한 모양이군요. 다행히 놈을 붙들 겁니다. 모든 출구를 감시하고 있으니까요.”

두 형사에게서 눈을 떼지 않던 빅토르는 소동이 벌어진 틈을 타, 3층 계단 쪽으로 빠져나와 허겁지겁 뛰어 내려갔다.

퐁티외가 쪽으로 난 1층 출구는 가까웠다. 호텔 직원들이 그 주변을 가득 메우고 있었고, 그곳을 라르모나와 두 형사가 지키고 있었다. 빅토르가 라르모나에게 신호를 보냈고, 라르모나는 빅토르와 대화할 수 있도록 슬그머니 다가왔다.

"지나갈 수 없네, 빅토르…. 지령이….”

"걱정 말게. 나는 자네 도움 없이 알아서 할 테니…. 누가 혹시 자네한테 메모지를 제시했나?"

"그래."

"그거 분명 가짜였을 걸세."

"젠장!"

"놈은 달아났고?"

"당연하지!"

"인상착의는?"

"별로 신경 쓰지 않았는데…. 젊어 보였네."

"자네, 그게 누구였는지 아나?"

"아니."

"아르센 뤼팽일세."

3

이 어수선한 순간을 경험한 모든 이들은 이내 자연스럽게 빅토르와 같은 확신을 갖게 되었다. 뤼팽이 연관된 일이 으레 그렇듯, 익살맞고 우스꽝스러운 면에 가벼운 희가극적인 요소가 한데 뒤엉켜 있었다.

파랗게 질려 얼이 빠진 몰레옹은 짐짓 침착한 태도로, 본부에 자리 잡은 사령관처럼 사장실에 틀어박혀 있었다. 몰레옹은 경찰청에 전화를 걸어 인력 보충을 요구했고, 심부름꾼을 호텔 이곳저곳으로 보내 서로 모순되는 명령을 내리는 바람에 모든 사람들을 갈팡질팡하게 만들었다. 사람들은 떠들어댔다.

"뤼팽이다…! 뤼팽이 나타났다…! 뤼팽이 포위됐다! 뤼팽을 봤다…."

영국인 비미쉬가 들것에 실려 지나갔다. 보종 병원으로 이송하려는 것이다. 파견된 의사가 단언했다.

"상처는 위중하지 않습니다…. 내일이면 취조할 수 있을 겁니다…."

그러더니 이내 루보가 몹시 흥분한 상태로 퐁티외가에서 돌아왔다.

"그자가 뒷문으로 달아났습니다. 과장님이 서명하신 메모를 라르모나한테 제출하고 말입니다!"

몰레옹이 격렬히 날뛰었다.

"그건 가짜야! 메모지에는 한 번도 서명해준 적이 없네! 라르모나를 불러오게! 내 서명하고 아예 비슷하지도 않잖아! 이런 대담한 짓을 할 놈은 뤼팽밖에 없네. 영국인의 방으로 올라가게… 잉크병과 펜을 살펴보고, 호텔 메모지가 있는지도 알아보게."

루보가 쏜살같이 달려갔다.

그리고 5분 후 되돌아왔다.

"잉크병이 아직 열려 있고… 펜대는 제자리에 꽂혀 있지 않습니다…. 호텔 메모지도 있고요…."

"그러니까, 자네가 묶여 있었을 때 그 자리에서 위조한 거로군."

"아닙니다. 그랬다면 제가 봤을 겁니다. 하지만 영국인이 신발을 신고 있었고, 두 놈이 곧장 달아났는걸요."

"하지만 영국인이든 뤼팽이든, 조사가 진행 중이라는 걸 몰랐을 거 아닌가?"

"알았을 겁니다."

"누구한테 들어서?"

"제가 방에 들어갔을 때 누가 영국인과 함께 있었습니다… 페루 사람이요….

"마르코스 아비스토… 그자는 어떻게 됐지?"

루보가 다시 쏜살같이 달려갔다.

잠시 후 돌아온 루보가 말했다.

"없습니다. 방이 비어 있어요… 셔츠 세 개… 양복 한 벌… 세면도구… 거기다, 이제 막 사용하고 닫아놓지도 않은 화장품 상자밖에 없습니다. 그 페루 사람이 도망치기 전에 분장을 한 게 틀림없어요."

몰레옹이 말했다.

"공범이 틀림없어. 그러니까 놈들은 셋이었군…. 사장님, 비미쉬가 묵었던 곳의 욕실 옆방에는 누가 묵었지요?"

도면을 살펴보더니 호텔 사장이 몹시 놀라며 대답했다.

"그 방은 비미쉬 씨가 빌린 겁니다."

"그게 무슨 말이죠?"

"애초부터 그 사람이 방을 두 개 빌렸지요."

모두 깜짝 놀랐다. 몰레옹이 요약했다.

"그러니까 이렇게 된 게 틀림없어. 공범 세 명이 같은 층에서 서로 가까이 묵었다. 마르코스 아비스토는 345호에, 비미쉬는

337호에서 지냈고, 아르센 뤼팽은 마르뵈프가에서 도주한 후 그 옆방에서 머물렀다. 거기에서 비미쉬가 뤼팽을 데리고 있으면서 상처를 치료하고 보살펴주고 음식을 갖다 준 거지. 그리고 신중에 신중을 기했기 때문에 층을 담당하는 호텔 직원들도 뤼팽이 있다는 사실을 전혀 눈치채지 못했던 거야."

마침 이제 막 사장실로 들어온 사법경찰국 국장 고티에도 몰레옹 과장이 하는 현 상황에 대한 보고를 낱낱이 들었다. 이에 고티에는 몇 가지 보충 설명을 덧붙이며 결론을 내렸다.

"비미쉬는 체포됐네. 만약 통행증을 사용한 게 뤼팽이 아니라면 그자는 아직 호텔 안에 있을 걸세. 어쨌든 페루 사람은 여전히 호텔에 있을 것 아닌가. 그러니 수색은 어렵지 않을 테고, 출입 금지 명령은 거둬도 될 걸세. 출입구마다 형사를 한 명씩 배치해서 드나드는 사람들을 감시하도록 하게. 몰레옹, 자네는 객실을 다녀보게… 정중하게 대하고, 수색이나 심문 따위는 절대 하지 말게. 빅토르가 함께 갈 걸세."

몰레옹이 반박했다.

"빅토르는 여기 없는데요, 국장님."

"아니, 있네."

"빅토르가요?"

"물론이지, 사교계단속반 형사 빅토르를 말하는 걸세. 내가 도착했을 때 와 있기에 몇 마디 나눴지. 동료들하고 호텔 문지기랑 이야기를 나누고 있던데. 루보, 빅토르를 불러오게나."

이내 빅토르가 왔다. 평소처럼 지나치게 꼭 끼는 외투를 입고 구겨진 인상이었다.

몰레옹이 물었다.

"여기 와 있었나, 빅토르?"

"막 도착하는 길입니다. 방금 상황을 전해들었죠. 축하합니다. 영국인을 체포하다니, 거 대단한 일을 해내셨군요."

"그러하네, 하지만 뤼팽은…?"

"뤼팽은 제 소관입니다. 일을 너무 서두르지 않으셨으면, 과장님이 그토록 찾으시는 뤼팽 녀석을 떡하니 갖다 바쳤을 텐데요."

"무슨 말을 하는 건가! 그리고 공범인, 브라질 사람인가 하는 그 마르코스 아비스토는…?"

"그자도 마찬가지로 갖다 바쳤겠지요. 그 마르코스, 저랑 아주 인연이 깊은 사이입니다. 매력적인 친구지요! 솜씨도 여간이 아니고. 이번에도 과장님 코앞에서 보란 듯 빠져나갔을 겁니다."

몰레옹이 어깨를 으쓱했다.

"할 말 다 했으면…."

"물론이죠. 참, 사소한 사실을 하나 발견했는데… 오! 중요한 건 아닙니다… 어쩌면 우리 사건하고 관련이 없을지도 모르고."

"또 뭔가?"

"과장님 명단에서, 혹시 멀딩이라는 이름의 영국인은 없었습니까?"

"있었네, 에르베 멀딩이라고. 그 사람은 나갔네."

"그 사람이 다시 들어오는 것을 제가 봤습니다. 문지기한테 그 사람에 대해 물어봤지요. 월세로 방을 빌렸는데 밤에 들어와서 자는 일은 좀처럼 없고, 일주일에 한두 번 오후에만 들른다고 하더군요. 그리고 매번 똑같은 우아한 여자가 베일을 쓰고 그 남자를 만나러 와서 함께 차를 마신다고 합니다. 그 여자는 가끔 그 영국인을 홀에서 기다리기도 했는데, 오늘 오후에 멀딩이 도착하기 전에도 와 있다가 호텔이 소란스러워지는 걸 보더니 떠났다고 합니다. 그 사람을 불러보는 게 좋을 것 같습니다."

"루보, 가서 멀딩이란 영국인을 데려오게."

루보는 쌩하고 달려가 한 신사를 데려왔다. 에르베 멀딩이라고 불릴 수도 없고 영국인은 더더욱 아닌 사람이었다.

몰레옹은 그 남자를 곧장 알아보고 깜짝 놀라 외쳤다.

"뭡니까! 당신, 펠릭스 드발 아닙니까. 귀스타브 제롬의 친구이자 생 클루의 부동산업자! 당신이 영국인으로 가장한 겁니까?"

귀스타브 제롬의 친구이자 생 클루의 부동산업자 펠릭스 드발은 당황해하며 어쩔 줄을 몰랐다. 농담으로 얼버무리려 했으나 웃음소리가 어색하게만 들렸다.

"네… 그게, 그렇잖습니까…? 파리에 임시 거처가 있으면 편리하단 말이죠… 극장에 갈 때라든가…."

"하지만 어째서 가명을 쓴 겁니까?"

"그저 변덕이랄까요…. 남들하고는 아무 상관 없는 일 아닙니까."

"그럼 여기로 찾아오는 부인은요…?"

"친굽니다."

"친구라…. 항상 베일을 쓰고 있다던데…? 유부녀인 모양이죠?"

"아뇨… 아닙니다… 하지만 그 여자는 그럴 만한 이유가 있어서…."

상황은 그냥 웃고 넘길 만한 것이었다. 그런데 왜 저렇게 당황하며 우물쭈물하는 걸까?

잠시 침묵이 흐른 후, 도면을 살펴보던 몰레옹이 말했다.

"펠릭스 드발의 방도 4층에 있었군요. 영국인 비미쉬를 공격한 작은 온실 바로 옆이요."

고티에가 몰레옹을 쳐다보았다. 두 사람 모두 이런 우연에 놀라고 있었다. 펠릭스 드발이 네 번째 공범이란 말인가? 그리고 그를 찾아오던 베일을 쓴 여자가 바로 발타자르 극장의 여인이자 엘리즈 마송의 살인범인 그 여자란 말인가?

두 사람은 빅토르를 쳐다보았다. 빅토르는 어깨를 들썩이며 빈정대듯 말했다.

"너무 앞서가시는군요. 이 일은 부차적인 거라고 말씀드리지 않았습니까? 전채 요리, 딱 그뿐입니다. 그래도 어쨌거나 밝히고 넘어갈 일이긴 하지만요."

고티에는 펠릭스 드발에게 사법 당국의 조처에 응할 수 있도록 대기하라고 요청했다.

빅토르가 끝으로 말했다.

"좋습니다. 참, 국장님, 조만간 언제 아침에 한번 찾아뵀으면 합니다만…."

"뭐 새로운 게 있나, 빅토르?"

"설명드릴 일이 있습니다, 국장님."

빅토르는 호텔을 수색하는 몰레옹과의 동행을 사양한 후, 바실리예프 공주에게 상황을 알려주는 편이 좋겠다고 판단했다. 체포된 영국인 비미쉬가 공주에 대해 위험한 사실을 털어놓을 수도 있기 때문이다.

그래서 전화 교환수가 있는 방으로 들어가서, 모든 도청이 중단된 사실을 확인하고 교환수 아가씨에게 345호(345호는 본래 마르코스 아비스토의 방으로, 프랑스어 원본의 오류로 보인다 – 옮긴이) 방으로 연결해달라고 했다.

345호 방에서는 아무도 응답하지 않았다.

"계속해보십시오, 아가씨."

다시 걸었으나 아무도 전화를 받지 않았다.

그래서 빅토르는 문지기에게 가서 물어보았다.

"345호 방의 부인께서 나가셨나?"

"바실리예프 공주요? 떠나셨습니다… 한 시간쯤 전에요."

빅토르는 이 말에 기분 나쁜 충격을 받았다.

"떠났다고…? 이렇게 갑자기 말인가?"

"오! 아닙니다. 짐은 어제 모두 내갔고 호텔 비용은 오늘 아침에 계산하셨지요. 여행 가방 하나밖에 안 남아 있었습니다."

빅토르는 더 이상 묻지 않았다. 결국 알렉상드라 바실리예프가 호텔을 떠난 것이며, 아무도 그것을 막지 않은 것은 당연한 일 아닌가? 또 그 여자가 떠나기 전에 빅토르의 허락 따위를 기다릴 이유가 어디 있단 말인가?

그렇다 해도 빅토르는 화가 치밀었다. 뤼팽은 증발했고… 알렉상드라는 사라져버렸다…. 어디에서 어떻게 그들을 다시 찾는단 말인가?

9
적진 속에서

1

"그 어떤 재앙이든 하룻밤이면 돌이킬 수 있는 법"이라고 빅토르는 단언하곤 했다. 다음 날 저녁에 친구 라르모나가 빅토르를 만나러 왔을 때, 빅토르의 얼굴은 평소보다 더 밝지는 않았으나, 보다 편안하고 자신감에 차 보였다.

빅토르가 단호하게 말했다.

"상황은 수습됐네. 내가 짜놓은 계획이 단단하니까, 겉으로 보기에만 좀 상해보였던 거였지."

라르모나가 말했다.

"내 의견을 들어보겠나?"

"자네 의견, 다 알고 있네⋯. 이젠 더 이상 못하겠다 이거지."

"그렇다네! 너무 배배 꼬여 있어⋯ 떳떳한 경찰이라면 해서는 안 될 일들까지⋯. 심지어 자네가 저쪽 무리에 속한 사람이 아닌가 하는 생각마저 들 때가 있다네."

"목적을 이루려면 굳이 방법을 가리지 않는 법이지."

"그럴지도, 하지만 나는 아닐세…."

"자네, 진저리가 난다 이거로군. 그렇다면 이쯤에서 협조는 중단하는 게 낫겠군…."

망설이던 라르모나가 결심한 듯 외쳤다.

"그렇다면, 친구. 자네가 그렇게 나오니, 어쩔 수 없지. 하지만 중단하는 건 아닐세. 자네한테 신세진 게 너무 많으니까…. 일시적으로 중지한다고 해두지."

빅토르가 이죽거렸다.

"자네, 오늘 재치가 있구면. 어쨌거나 자네가 양심의 가책을 느끼는 것을 두고 뭐라 할 순 없지. 사법경찰에서 다른 협조자를 찾아내면 되니까…."

"누구를 염두에 두고 있나?"

"모르겠네…. 국장님이 어떨까 싶은데…."

"어? 고티에?"

"글쎄…. 또 모르지… 그런데 경찰에서는 뭐라고들 하고 있나?"

"신문에 나오는 얘기들이지 뭐. 몰레옹은 기뻐 날뛰고 있다네! 결국 뤼팽은 못 잡았지만 영국인을 잡아들였다 이거지. 러시아 사람들 세 명까지 합하면 결과가 그럴싸하지 않은가."

"그 영국인이 입을 열었나?"

"러시아인들이랑 마찬가질세. 다들 내심 뤼팽이 자기네를 구해줄 거라 기대하고 있지."

"그럼 귀스타브 제롬의 친구 펠릭스 드발은?"

"몰레옹이 그 일로 동분서주하고 있어. 오늘은 생 클루하고 가르슈로 갔다네. 정보를 얻어내려고 말일세. 그 사람한테 심각하게 혐의를 두고 있고, 여론도 그쪽으로 쏠리고 있지. 펠릭스 드발이 가담했다면 여러 가지 일들이 설명될 수 있을 테니. 요컨대, 다들 흥분해서 난리들이네."

"마지막으로 딱 한 가지만 더 부탁하겠네. 드발에 대해 무슨 소식이 있으면 바로 나한테 전화 좀 해주겠나. 특히 그자의 주요 수입원이 뭔지, 또 그자의 사업 현황이 어떻게 되는지 말일세. 아주 중요한 일이야."

빅토르는 집에 틀어박혀 꼼짝하지 않았다. 활동 중 찾아오는 이런 휴식기를 빅토르는 좋아했다. 이 기간 동안 사건을 전체적으로 검토하고 나열해본 뒤에야 이제껏 조금씩 틀을 갖춰온 자신의 추론을 사실에 비추어 볼 수 있기 때문이다.

목요일 저녁, 라르모나에게서 연락이 왔다. 펠릭스 드발의 재정 상황은 나빴다. 이런저런 부채에 허세뿐… 간헐적인 주식 거래와 필사적으로 투기를 해서 얻은 수익으로만 간신히 버티고 있었다. 돈을 빌려준 채권자들 말에 따르면 드발은 파산 직전이라는 것이다.

"그자를 소환했나?"

"예심판사가 했지. 내일 아침 11시에."

"소환된 다른 사람은 없고?"

"있네. 도트레 남작부인하고 제롬 부인. 몇 가지 상황을 분명히 밝히고 싶은 거지. 국장님과 몰레옹도 참석할 거고…."

"나도 가겠네."

"자네도?"

"그래. 고티에 국장님께 그렇게 알려주게."

다음 날 아침, 빅토르는 우선 캉브리주 호텔에 들러 펠릭스 드발이 머물렀었고 어제 이후로 봉쇄해놓은 방을 살펴보았다. 그런 후 경찰청으로 가니, 고티에 국장이 기다리고 있었다. 두 사람은 몰레옹 과장과 함께 예심판사의 사무실로 들어갔다.

그런데 1분밖에 안 지났는데도 빅토르는 하품을 하고 무례한 태도를 보이며 지겹다는 티를 냈다. 빅토르를 잘 아는 고티에가 참다못해 말했다.

"아니, 뭔가! 빅토르, 할 말이 있으면 해보게."

빅토르는 예의 그 불만스러운 표정을 지으며 말했다.

"할 말이 있지요. 하지만 도트레 부인과 귀스타브 제롬이 있는 자리에서 하고 싶습니다."

사람들은 놀라서 빅토르를 쳐다보았다. 이 인물이 특이한 것은 알고 있었지만, 그래도 진지한 인물이며 자기나 다른 사람들의 시간을 함부로 허비하려 들지 않는다는 것도 알고 있었다. 따라서 결정적인 이유가 없다면 이 대질심문을 요청했을 리가 없었다.

남작부인이 먼저 들어왔다. 상을 당한 미망인으로서 베일을 쓰고 있었다. 뒤이어 귀스타브 제롬이 안으로 안내받았다. 여전히 빙글거리는 명랑한 표정이었다.

몰레옹은 불만스러운 기색을 감추지 않았다.

"이제 말해보게, 빅토르. 무슨 중요한 사실을 밝히기라도 할 모양인데…?"

몰레옹이 으르렁거렸지만 빅토르는 당황하지 않고 대꾸했다.

"새로운 사실은 아닙니다. 단지 현재 수사를 방해하고 있는 몇몇 장애물을 제거하고, 너저분하게 늘어져 있는 잘못된 생각과 실수를 정정하려는 거지요. 사건을 총체적으로 봤을 때, 제대로 수사를 진전시키기 위해 한 번쯤 정리를 해줘야 하는 때가 있는 법입니다. 제가 벌써 한차례 그런 일을 했었지요. 사건의 초반부에 해당하는 모든 것들과 국방부 채권을 둘러싼 일들을 싹 정리하면서 말입니다. 이제 뤼팽에 맞서 결정적인 공격에 들어가기 전에 **라 비코크** 살인 사건에 대한 모든 사실을 정리해야 할 때가 왔습니다. 등장 인물은 도트레 남작부인과 귀스타브 제롬 부부, 펠릭스 드발 씨지요…. 이제 이 부분을 정리해버립시다. 금방 끝날 겁니다. 몇 가지 질문 좀 드리겠습니다…."

빅토르는 가브리엘 도트레를 향해 돌아섰다.

"제발 부탁드립니다, 부인. 아주 솔직히 대답해주십시오. 남편 분이 자살한 게 자백이라고 보십니까?"

남작부인은 베일을 걷었다. 창백한 뺨에 울어서 충혈된 눈을 하고 여자가 단호히 말했다.

"남편은 살인 사건이 벌어지던 날 밤에 제 곁을 떠나지 않았습니다."

빅토르가 지지 않는 어조로 잘라 말했다.

"부인께서 그렇게 단언하면서 믿고 계시기 때문에 진실에 다가갈 수 없는 겁니다. 반드시 알아내야만 하는 진실에 말이지요."

"제가 지금 말씀드린 내용이 명백한 진실이에요. 다른 진실은 존재할 수 없어요."

"있습니다."

빅토르가 잘라 말했다.

그리고 귀스타브 제롬에게 말했다.

"그 다른 진실을 당신은 알고 있습니다, 귀스타브 제롬. 지난번에 만났을 때 제가 슬쩍 얘기한 대로, 당신은 이 상황을 단번에 분명히 밝혀줄 수 있지요. 말하시겠습니까?"

"거절할 이유가 없습니다. 아무것도 모르니까요."

"아니, 알고 있습니다."

"아무것도 모릅니다, 맹세해요."

"거절하는 겁니까?"

"거절할 이유가 없지요! 정말 아무것도 모르니까요."

빅토르가 단호하게 말했다.

"그렇다면 제가 말씀드려야겠군요. 도트레 부인께는 잔인한, 진정으로 잔인한 상처가 될 것이므로 대단히 유감스럽습니다만, 어차피 언젠가는 알게 될 일입니다. 그러니 고통스럽더라도 환부를 완전히 도려내도록 하지요."

그러자 귀스타브 제롬은 이제껏 아무것도 모른다며 대답하기를 거절하던 사람치고는 당황스러우리만치 강하게 항의했다.

"형사님! 지금 하시려는 일, 정말 심각한 일입니다."

"심각한 일이라고 하는 걸 보니, 내가 무슨 말을 하려는지 이미 알고 있는 모양이군요. 그렇다면 말씀하시죠⋯."

빅토르는 기다렸다. 그러나 상대방이 입을 꾹 다물자, 빅토르는 과감히 말을 시작했다.

"살인이 벌어진 날 밤, 귀스타브 제롬은 친구 펠릭스 드발과 함께 파리에서 저녁 식사를 합니다. 두 사람은 모두 좋은 음식과 포도주 애호가였으므로 자주 이런 식으로 즐기곤 했지요. 그런데 그날 저녁에는 술이 그만 평소보다 과하고 말았습니다. 어느 정도였느냐 하면, 10시 반이 되어 집으로 되돌아오는 귀스타브 제롬은 이미 제정신이 아니었습니다. 사거리에서 마지막으로 퀴멜 주를 한 잔 마시자 완전히 만취하고 말았지요. 그래도 어찌어찌하여 차를 몰고 가르슈로 가는 도로를 타고 갑니다. 어디로 갔을까요? 자기 집 앞으로? 본인은 그렇게 믿었죠. 하지만 실은 자기 집, 그러니까 지금 살고 있는 별장 앞이 아니라, 10년 전에 살았고 여전히 자기 소유인 그 집 앞으로 갔습니다. 예전에도 파리에서 거나하게 식사를 한 후 수없이 되돌아왔던 바로 그 집이죠. 당일에도 거나한 식사를 했으니 그 후에 자기 집으로 되돌아온 겁니다. 주머니에 열쇠도 있지 않았습니까? 세입자인 도트레가 달라고 요구했고, 그 일로 법정까지 갔던 바로 그 문제의 열쇠 말입니다. 제롬 씨는 고집스럽게 항상 그 열쇠를 주머니에 지니고 있었지요. 혹시라도 다른 사람이 찾아내지 못하게 하려고요. 그런 상황이었으니 그 열쇠를 사용하는 건 자연스러운 일 아닙니까? 제롬 씨는 초인종을 누릅니다. 관리인이 문을 열어주지요. 자기 이름을 웅얼거린 후 올라갑니다. 열쇠로 문을 열고 들어가지요. **자기 집으로 들어가는 겁니다. 말 그대로 자기 집으로 말입니다. 다른 곳이 아닌, 바로 자기 집으로요.** 그렇지 않습니까, 시선은 흐리멍덩하고 정신은 오락가락했으니, 거기가 **자기** 집, **자기** 현관이라고 생각하지 않을 리가 없지 않습니까?"

가브리엘 도트레는 자리에서 일어나 있었다. 얼굴이 납빛이었다. 무언가 항의의 말을 하려 했으나 아무 말도 하지 못했다. 빅토르는 차분히, 한 마디 한 마디 끊어가며 계속 말을 이었다.

"어떻게 **자기** 방의 문을 못 알아보았겠습니까? 똑같은 문인데요. 똑같은 손잡이를 돌리는 거고, 똑같은 문짝을 밀고 들어간 겁니다. 방은 어두컴컴하지요. 자기 아내라고 믿는 여자가 잠들어 있습니다. 여자가 눈을 반쯤 뜨고… 몇 마디를 나직이 중얼거리죠…. 여자도 착각하기 시작합니다… 그리고 그 착각은 절대로 깨지지 않지요…. 절대로…."

빅토르는 말을 멈추었다. 도트레 부인의 얼굴이 고통으로 끔찍하게 일그러지고 있었다. 기억을 되짚느라 여자가 온 노력을 기울이고 있으며, 몇몇 기억이 그녀를 후려치고 또 어떤 세부 사항이 떠오르는 것이 틀림없었다. 요컨대, 방금 들은 이 무시무시한 설명이 이 여자에게 끔찍하지만 필연적인 사실로 다가왔던 것이다. 여자는 귀스타브 제롬을 쳐다보더니 공포에 찬 몸짓을 해 보였다가 핑그르르 돌아 안락의자 앞에 무릎을 꿇고 쓰러져서 얼굴을 가렸다….

이 모든 일이 고요한 가운데 벌어졌다. 빅토르가 말하는 이 기이한 설명에 아무런 반박도 없었으며 남작부인마저 이를 받아들이고 있었다. 가브리엘 도트레는 베일로 다시 얼굴을 가렸다.

귀스타브 제롬은 거북스러운 듯 얼핏 미소를 지어 보이며 멍하니 서 있었는데, 꼴이 우스꽝스러웠다. 빅토르가 그에게 말을 걸었다.

"이렇게 된 게 맞지요? 제가 잘못 알고 있는 게 아니지요…?"

제롬은 순순히 털어놓아야 할지, 아니면 한 여자의 명예를 훼손하느니 차라리 감옥에 갇히는 점잖은 신사의 역할을 고집해야 할지 몰랐다. 결국 남자가 입을 열었다.

"그래요… 그렇게 된 겁니다…. 진탕 취했었죠…. 무슨 짓을 하는지 몰랐던 겁니다… 6시가 되어서야… 잠에서 깨어나서 알아차렸죠…. 도트레 남작부인께서 저를 용서해주시리라 믿습니다…."

그리고 더 이상 아무런 말도 하지 않았다. 처음에는 킥킥거리며 숨죽여 웃는 소리가 들리더니 더 이상 못 참겠다는 듯 발리두와 고티에, 비서와 몰레옹까지 폭소를 터뜨렸다. 그러자 귀스타브 제롬도 입을 헤 벌리더니 벙글벙글 웃기 시작했다. 우스꽝스러운 그 일 때문에 감옥에 갇혔던 것이었기에, 이제껏 어떤 상황에도 의기소침해진 적 없던 이 사내에게는 별안간 그 때 일이 재미있게 여겨진 것이다.

제롬은 미안한 어조로 무릎을 꿇고 있는 여자의 검은 형체에 대고 연신 말했다.

"저를 용서해주셔야 합니다… 제 잘못이 아니에요…. 어쩌다 보니 그렇게 된 거 아니겠습니까? 그 일이 벌어진 후에 아무도 눈치채지 못하도록, 할 수 있는 일은 다 했습니다…."

남작부인이 일어섰다. 빅토르가 그녀에게 말했다.

"다시 한 번 진심으로 사과드립니다, 부인. 하지만 말해야만 했습니다. 일단 사법 당국을 위해서 그랬고, 또 부인을 위해서도… 그렇습니다, 부인을 위해서 말입니다. 언젠가 제가 한 일을 고맙게 여기실 겁니다… 두고 보면 아실 테지요….”

남작부인은 여전히 베일에 얼굴을 숨긴 채, 수치심에 몸을 수그리고 아무런 말없이 자리를 떴다….

귀스타브 제롬도 끌려나갔다….

2

빅토르는 여전히 심각한 태도를 잃지 않고 있었다. 하지만 어쨌거나 익살이 어느 정도 섞인, 동정 어린 가느다란 목소리로 사정을 설명했다.

“불쌍한 남작부인! 이 일을 눈치챈 건 그날 밤 남편이 귀가했던 일에 대해 말하는 부인의 어조 때문이었습니다. 그 기억을 떠올리며 무척 감동스러워 했지요…. ‘저는 그이 품에 안겨 잠들었어요’라면서, 마치 무척 드문 일이나 되듯 말입니다. 그런데 바로 그날 저녁, 도트레 씨는 자기 아내한테 우정만을 느낄뿐이라고 했거든요. 그야말로 대단한 모순 아닙니까? 이 생각을 하는데 별안간 도트레 부부와 제롬 부부 간에 분란이 일어났던 원인인 그 열쇠 이야기가 떠오른 겁니다. 이 두 가지 생각이 서로 맞부딪치자, 그걸로 충분했죠. 이내 머릿속에서 불꽃이 일듯 이런 생각이 들더군요. 집주인이자 과거 그 집에서 살았던 제롬이 그 집 열쇠를 갖고 있다고요. 그러자 방금 제가 말씀드린 상황이 저절로 유추가 되더군요.”

"그렇다면 살인은…?"

발리두가 물었다.

"살인은 도트레 혼자 저지른 겁니다."

"하지만 극장의 그 여자는? 엘리즈 마송 집 계단에서 목격된 그 여자는?"

"그 여자는 엘리즈 마송을 알고 있었습니다. 그리고 엘리즈 마송을 통해 그 여자는 도트레 남작이 국방부 채권을 쫓는다는 사실, 그러니까 채권이 레스코 영감의 집에 있고 남작이 그걸 훔쳐내려 한다는 사실을 알게 됐지요. 그래서 그 여자도 거기로 간 겁니다."

"채권을 훔치러?"

"아니오. 제가 알아본 바에 의하면, 그 여자는 도둑이 아니라 강렬한 감각을 추구하는 신경증 환자입니다. 호기심에 보러 갔다가 그만 살인 사건이 벌어지는 순간에 현장에 있었던 겁니다. 그래서 곧장 자기가 몰고 온 차로 도망친 거고요."

"그 말은, 뤼팽한테 갔다는 건가?"

"아닙니다. 만약 스트라스부르에서 실패한 후, 뤼팽이 직접 국방부 채권 사건에 나섰다면 일을 좀 더 확실하게 처리했을 겁니다. 그러니 아닙니다. 뤼팽은 이미 1000만 프랑짜리 다른 건에 관심을 두고 있었고, 애인은 뤼팽 모르게 혼자 끼어든 거지요. 도트레는 어쩌면 그 여자를 보지도 못하고 달아났을 겁니다. 그리고 차마 집으로 되돌아오지 못하고 밤새도록 대로변을 헤매다가 새벽에 엘리즈 마송의 집으로 간 거죠. 잠시 후 제가 남작부인의 집으로 처음 찾아갔을 때, 부인은 착각에 빠져 사실을 완전히 잘못 알고 있었기 때문에 열렬히 남편을 옹호했고, 그토록 진실하고 신념에 찬 태도로 남편이 밤새도록 자기 곁을 떠나지 않았다고 진술했던 겁니다."

"하지만 도트레는 자기 아내가 그렇게 착각하고 있던 걸 몰랐지…."

"물론이죠. 하지만 그날 오후, 도트레는 아내가 진실과 다르게 자기를 변호하고 있다는 사실을 알게 됩니다."

"그걸 어떻게 알았지?"

"이렇게 된 거지요. 제가 도트레 남작부인과 나눈 대화를 늙은 하녀가 문밖에서 엿들었습니다. 그런 후 노파가 장을 보러 나갔는데 집 앞에서 지키고 서 있던 기자와 마주쳤고, 하녀는 기자한테 자기가 엿들은 이야기를 전합니다. 그 기자는 이에 대한 기사를 써서 소규모 석간신문에 발표했지만 그 기사는 별로 주목을 받지 않았지요. 하지만 도트레는 4시에 파리 북부역 근처에서 그 신문을 사서 읽게 되고, 아내가 자기한테 부인할 수 없는 알리바이를 제공하고 있다는 사실을 알자 당연히 몹시 놀랍니다. 그래서 떠나지 않기로 결심하고 장물을 안전한 곳에 숨긴 후 당당히 나타난 거죠. 다만…."

"다만…?"

"이 알리바이의 가치를 정확히 인식함과 동시에, 아내가 어째서 그토록 이 알리바이를 확신하고 있는지를 차츰 깨닫게 되자, 도트레는 아무런 설명도 하지 않고 아내를 몹시 가혹하게 두들겨 팼지요."

다음과 같이 마무리했다.

"도트레 남작에게 유리했던 알리바이는, 이제 귀스타브 제롬의 무죄를 입증하는 알리바이가 된 겁니다. 이제 제롬이 현장에 없었는데도 어떻게 그 살인 사건에 연루되었는지를 알아내면 **라 비코크** 사건은 해결될 겁니다. 그러려면 정보를 얻어내야지요."

"어떻게 말인가?"

"그 아내, 앙리에트 제롬한테서요."

발리두가 잽싸게 말했다.

"그 여자도 소환해놓았네."

"그럼, 그 여자랑 펠릭스 드발도 함께 들여보내주십시오, 판사님."

먼저 앙리에트 제롬, 그 뒤를 이어 펠릭스 드발이 방 안으로 들어왔다.

앙리에트 제롬은 몹시 지쳐 보였다. 예심판사가 여자에게 앉으라고 권하자, 앙리에트는 고맙다는 말을 웅얼거렸다.

빅토르는 여자 옆으로 다가가 몸을 구부리더니 무엇인가를 줍는 것 같았다. 가느다란 머리핀이었다. 머리를 속에서 고정시킬 때 쓰는 구불구불한 구릿빛 핀이었다. 빅토르가 그것을 찬찬히 살펴보자, 앙리에트는 기계적으로 그 핀을 가져가 자기 머리에 꽂았다.

"그게 부인 건가요?"

"네."

"정말 확신하십니까?"

"물론이에요."

"한데, 그건 여기서 찾은 게 아닙니다. 캉브리주 호텔에서 펠릭스 드발이 머물렀던 방의 작은 수정 그릇에 들어 있던 다른 머리핀하고 자질구레한 물건들 사이에서 찾아낸 겁니다. 부인께서 거기로 그 남자를 만나러 가셨죠. 그러니까 부인께서는 펠릭스 드발의 애인입니다."

이건 빅토르가 몹시 즐겨 쓰는 방법 중 하나였다. 초반부터 도무지 방어할 수 없을 것처럼 보이는 방식으로 예기치 못하게 공격을 가하기.

젊은 여인은 숨이 턱 막혔다. 반박하려 애쓰는 제롬 부인에게 빅토르는 한 방 더 날렸고, 이에 앙리에트 제롬은 완전히 나가떨어졌다.

"부인하지 마십시오. 이런 식의 증거가 스무 가지도 더 되니까요."

빅토르는 더는 아무런 증거도 없으면서 이렇게 단언했다.

싸울 의지를 잃고 어떻게 대답해야 할지, 어디에 매달려야 할지 알 수 없게 되자, 여자는 펠릭스 드발을 쳐다보았다. 남자는 온통 창백해져서 입을 꾹 다물고 있었다. 급작스러운 공격에 역시 어리둥절해져 있는 상태였다.

빅토르가 말을 이었다.

"이 사건 전체에서는 필연적인 요소만큼이나 순전한 우연도 작용했습니다. 펠릭스 드발과 제롬 부인이 아르센 뤼팽의 근거지인 캉브리주 호텔을 밀회 장소로 택한 것은 순전한 우연이었지요. 순전한 우연… 단순한 우연의 일치였지요."

펠릭스 드발이 분노에 찬 손짓을 해 보이며 앞으로 나섰다.

"인정할 수 없습니다, 형사님. 존경하는 부인을 그런 식으로 매도하다니⋯."

빅토르가 드발의 말을 가로막았다.

"이봐요, 허튼소리 말아요. 나는 단순히 사실을 열거하는 것뿐입니다. 이 사실을 확인하는 건 쉬운 일일 테니, 거기다 대고 항의를 해보시든가요. 가령, 당신이 제롬 부인의 애인이라고 예심판사께서 확신하게 되면 곧바로 이런 질문을 떠올릴 수 있겠지요. 이번 사건을 이용해서 당신이 애인의 남편을 용의자로 만들어 체포되도록 조작한 건 아닌가 하고 말입니다. 몰레옹 수사과장에게 전화를 걸어서 귀스타브 제롬의 책상을 뒤져보라고 권한 게 당신은 아니었는지, 당신이 애인한테 남편 권총에서 총알 두 발을 빼놓으라고 시킨 건 아닌지, 또 내가 들은 대로 정원사 알프레드를 당신 친구 제롬의 집에 소개한 게 당신이었으며, 그 사람을 매수해서 증언을 바꾸고 자기 주인한테 불리한 허위 증언을 하도록 만든 건 아닌지, 뭐 이런 질문들이지요."

펠릭스 드발이 분노로 얼굴이 벌게져서 외쳤다.

"정신이 나갔군! 대체 무슨 동기로 내가 그런 짓을 했다는 거요?"

"선생께서는 파산했습니다. 그런데 애인은 부자지요. 평판을 잃은 남편을 상대로 이혼하는 건 쉬운 일입니다. 이 일이 성공했다고 해서 다음 일도 성공할 거라고 믿지는 않습니다만, 어쨌거나 당신은 무작정 뛰어들었지요. 더 이상 잃을 게 없어 가진 돈을 몽땅 거는 사람처럼 말이오! 증거는⋯."

빅토르는 발리두를 돌아보았다.

"예심판사님, 사법경찰의 역할은 사법 당국에 정확한 정보와 이를 뒷받침하는 요소를 제공하는 겁니다. 증거는 쉽게 찾아내실 겁니다. 그리고 그 증거들이 제 결론을 뒷받침해주리라는 사실도 확신하고요. 즉, 도트레는 유죄고 귀스타브 제롬은 결백하며, 펠릭스 드발은 사법 당국을 호도하려 들었습니다. 더 이상 드릴 말씀은 없군요. 엘리즈 마송의 살인 사건에 대해서는 나중에 말씀드리겠습니다."

빅토르는 입을 다물었다. 모두 매우 강렬한 인상을 받았다. 펠릭스 드발은 도전적인 표정이었다. 몰레옹은 고개를 가로젓고 있는 반면, 예심판사와 고티에는 현실에 착착 맞아떨어지는 논리적인 설명에 완전히 굴복하고 말았다.

빅토르는 자신의 카포랄 담뱃갑(담배의 한 종류. 카포랄Caporal 은 군대의 '하사관'이라는 뜻으로 '카포랄 담배'는 원래 군대의 일반 군인들에게 무료로 보급되던 담배보다 고품질의 담배를 이르는 표현이었으나, 이후 일반 담배 이름에서 이 이름을 차용함 - 옮긴이)을 예심판사와 고티에에게 내밀었고 두 사람은 이를 무심히 받아들었다. 빅토르는 라이터로 담뱃불을 붙여준 후, 다른 사람들이 일하도록 놔두고 밖으로 나왔다.

복도로 고티에가 따라 나와 빅토르의 손을 붙들고 힘껏 흔들었다.

"정말 대단했네, 빅토르."

"저 잘난 몰레옹이 끼어들어 망치지만 않았으면 더 대단했을 겁니다."

"어떻게 말인가?"

"글쎄! 제가 일당을 싹쓸이하려는 참이었는데 캉브리주 호텔로 쳐들어오지 않았습니까."

"그럼 자네가 그 호텔에 있었다는 건가?"

"물론입니다, 국장님. 심지어 놈과 방 안에 있었죠."

"영국인 비미쉬랑 같이?"

"그렇다니까요."

"하지만 페루 사람인 마르코스 아비스토밖에 없지 않았나?"

"그 페루 사람이 저였습니다."

"무슨 말을 하는 건가?"

"진실을 말씀드리는 겁니다, 국장님."

"그럴 리가!"

"사실입니다, 국장님. 마르코스 아비스토와 빅토르, 그게 그 거였단 말씀입니다."

빅토르는 고티에의 손을 움켜쥐고 흔들며 덧붙였다.

"조만간 뵙겠습니다, 국장님. 닷새나 엿새 후면, 몰레옹이 저질러놓은 실수를 제가 다 만회하고 뤼팽을 덫에 잡아놓을 겁니다. 하지만 이 일에 대해서는 일절 말하지 마십시오. 안 그러면 또다시 전부 허사로 돌아갈 테니까요."

"하지만 빅토르 형사, 자네는 너무⋯."

"제가 가끔 좀 세게 나간다는 건 인정합니다. 하지만 국장님께 득이 되는 일입니다. 제가 자유롭게 움직이게 내버려 두십시오."

빅토르는 대중음식점에서 점심을 먹었다. 기분이 날아갈 것 같았다. **라 비코크** 살인 사건이며 도트레 부부와 제롬 부부, 펠릭스 드발과 관련된 온갖 골치 아픈 생각과 불투명한 사실로부터 완전히 해방된 데다, 일전에 오디그랑이나 타이피스트 에르네스틴, 샤생 부인에 관한 일에서 그랬듯 이 사람들을 모조리 경찰한테 처리하도록 맡기고 나자 한결 후련했던 것이다. 드디어 자신의 일에 전념할 수 있게 됐다! 더 이상 애매한 부분이라고는 없었다! 제3자들이 끼어들어 벌어진 일들도 끝! 몰레옹도, 라르모나도 더 이상 필요 없었다! 더 이상 다른 사람들에게 의지할 필요가 없는 것이다! 뤼팽과 알렉상드라, 알렉상드라와 뤼팽, 오로지 이들만이 중요했다.

빅토르는 두세 차례 오가며 물건을 챙겨 페루 사람 마르코스 아비스토로 변신했고, 3시 5분 전에 약속했던 생 자크 공원으로 들어섰다.

3

캉브리주 호텔에서의 충돌 이후 빅토르는 단 한 순간도 의심하지 않았다. 서로 못 만날 경우를 대비해 마지막 순간에 자기가 정해준 약속 장소로 바실리예프 공주가 오리라는 사실을. 그와 같은 상황에서 빅토르가 맡았던 역할, 두 사람을 서로 맞부딪치게끔 했던 강렬한 충격, 또 같은 위험에 처해 의기투합했던 정황, 이 모든 일 이후에 그 여자가 빅토르를 다시 보지 않겠다고 결심했다고는 생각할 수 없었다. 빅토르가 그처럼 특별한 면모를 드러냈으며, 진정 유능하고 힘 있고 쓸모 있고 헌신적인 남자라는 인상을 남겼으므로, 분명 다시 한 번 빅토르에게 끌려 올 것이었다.

그래서 빅토르는 기다렸다.

아이들이 모래로 장난을 치고 있었다. 나이 든 여자들이 나무나 탑 아래 드리운 그늘 속에서 뜨개질을 하거나 꾸벅꾸벅 졸고 있었다. 벤치에는 한 신사가 신문을 높이 펼쳐 든 채 읽고 있었다.

10분이 흘렀다. 15분이 흐르고, 20분이 흘렀다.

3시 반이 되자 빅토르는 초조해졌다. 여자는 진정 오지 않을 것인가? 빅토르와 연결된 끈을, 그 여자가 잘라내겠다고 결심했단 말인가? 파리를, 프랑스를 뜬 것일까? 그렇다면 어떻게 다시 찾아내서 뤼팽한테까지 도달한단 말인가?

그러나 불안감은 잠시뿐, 이내 빅토르의 얼굴에 만족스러운 미소가 떠올랐고, 빅토르는 이것을 감추려고 고개를 돌렸다. 맞은편 벤치에 보이는, 신문 아래로 뻗어 있는 저 두 다리의 주인공이 혹시…?

빅토르는 다시 5분을 기다렸다가 일어서서 천천히 공원 출구로 걸어갔다.

누군가 빅토르의 어깨에 손을 얹었다. 신문을 읽던 남자가 매우 정중한 태도로 공손히 말했다.

"마르코스 아비스토 씨? 맞지요?"

"맞습니다…. 아르센 뤼팽이시겠군요?"

"그렇습니다, 아르센 뤼팽… 지금은 앙투안 브레삭이란 이름을 쓰고 있지요. 또 바실리예프 공주의 친구라고 소개드려도 되겠지요."

빅토르는 즉시 이 남자를 알아보았다. 며칠 전, 어느 저녁에 캉브리주 호텔에서 영국인 비미쉬와 함께 있던 남자였다. 짙은 청회색 눈에 서려 있는 냉혹함, 하지만 동시에 느껴지는 솔직함에 빅토르는 즉시 강렬한 인상을 받았다. 상냥한 미소와 상대방의 환심을 사려는 욕망이 표정에 확연히 드러나, 그 냉혹함이 살짝 완화되어 보였다. 생기 넘치는 외모에 가슴팍이 넓었으며, 힘이 아주 좋고 운동선수처럼 유연해 보였으며, 턱과 얼굴의 골격이 힘차 보였다… 아마 마흔 살쯤. 옷은 훌륭하게 재단된 것이었다.

"캉브리주 호텔에서 뵌 적이 있습니다."

빅토르의 말에 브레삭이 웃으며 대답했다.

"아! 선생께서도 한 번 본 사람은 절대 잊어버리지 않는 능력이 있으십니까? 사실 부상병이 되어 비미쉬의 두 번째 방으로 피신해 있기 전에 몇 번 호텔 홀로 갔었지요."

"상처는 좀 어떠신지…?"

"별거 아니었지만, 아프고 불편하더군요. 비미쉬한테 경고해 주려고 당신이 오셨을 때에는(그 일에 대해서는 진심으로 감사드립니다) 거의 다 나아 있었지요."

"어쨌거나 그자한테 한 방 먹일 정도는 되셨으니까요."

"그게 말입니다! 비미쉬가 당신이 서명해준 통행증을 내놓지 않으려 하더군요. 하지만 의도했던 것보다 더 세게 때린 건 사실입니다."

"그자가 입을 열지는 않을까요?"

"절대 안 엽니다! 장래 일로 나한테 너무 많이 의지하고 있으니까요."

두 사람은 함께 리볼리가를 따라 걸었다. 브레삭의 차가 주차되어 있었다.

별안간 브레삭이 빅토르에게 말했다.

"우리끼리 굳이 긴말은 필요 없겠죠? 동의하는 거지요?"

"뭐에 대해서 말입니까?"

"우리가 협조하는 게 득이 된다는 사실에 대해서 말입니다."

브레삭이 쾌활하게 대답했다.

"물론입니다."

"집 주소가 어떻게 되십니까?"

"캉브리주 이후로 일정치 않습니다."

"오늘은 어딥니까? 거기로 갑시다. 짐을 챙겨 나오시면 제가 재워드리죠."

"그러니까, 급한 겁니까?"

"급합니다. 큰 건을 진행 중이지요. 1000만 프랑짜리."

"공주는요?"

"당신을 기다리고 있습니다."

두 사람은 차에 올라탔다.

빅토르는 사건이 돌아갈 방향을 예견하고 되 몽드 호텔에 미리 갖다 두었던 여행 가방을 찾아 들고 나왔다.

두 사람은 파리를 벗어나 뇌이로 진입했다.

룰 거리 끝까지 가서 다른 길과 접한 모퉁이, 안뜰과 정원 사이에 3층짜리 단독주택이 하나 있었다.

브레삭이 차를 세우며 말했다.

"임시 거처입니다. 이런 집이 파리에 열 개 정도 있지요. 잠시 기거할 수 있게 꾸며놓고 하인들은 최대한 적게 쓰고 있습니다. 3층 제 침실 옆에 있는 작업실에서 주무시면 됩니다. 공주는 2층을 쓰고 있지요."

길가로 창문이 나 있는 작업실은 아늑했으며, 훌륭한 안락의자 몇 개와 소파 겸 침대 하나, 그리고 서가에는 선별된 장서가 갖춰져 있었다.

"철학 서적 몇 권… 회고록…. 또 아르센 뤼팽의 모험 전집이 있죠…. 읽다 잠들기 딱 좋습니다."

"그 내용은 속속들이 다 잘 압니다."

브레삭이 웃으며 말했다.

"저 역시 그렇지요. 참, 집 열쇠를 드릴까요?"

"뭐하러 말입니까?"

"글쎄, 뭐 외출을 하실 경우가 있다거나…."

두 사내의 눈이 마주쳤다.

빅토르가 먼저 입을 열었다.

"나는 나가지 않을 겁니다. 원정에 나서기 전에는 조용히 정신을 집중하는 걸 좋아하는 편입니다. 특히 앞으로 할 일이 뭔지 모르는 경우라면 더더욱…."

"설명은… 오늘 밤, 어떻습니까…? 공주의 방이 편하기도 하고 또 신중을 기하는 데도 유리하니, 거기에서 저녁 식사를 하고 난 후에 말입니다. 보통 제 임시 거처들의 1층은 전부 조금씩 개조되어 있는데, 경찰이 기습할 때나 그로 인해 혹시 벌어질 싸움 전용이라서요."

빅토르는 자기 여행 가방을 풀고 담배를 피운 후, 자그마한 전기다리미로 바지와 턱시도를 정성껏 다려 입었다. 8시에 앙투안 브레삭이 데리러 왔다.

바실리예프 공주는 몹시 상냥하게 빅토르를 맞이했고, 캉브리주 호텔에서 자기와 자기 친구들을 위해 힘쓴 일에 대해 감사의 말을 퍼부었다. 하지만 이내 자기만의 생각에 빠져드는 듯했다. 그리고 이후 대화에는 거의 끼어들지 않았다. 이야기도 건성으로 듣는 것 같았다.

빅토르는 말을 삼가면서, 자신이 이끌어서 상당히 두각을 나타냈던 사건 두세 건을 골라 이야기했다. 앙투안 브레삭은 열변을 늘어놓았다. 남자는 재치가 넘쳤으며 흥에 겨워 있었고, 스스로를 치켜세우는 태도에서는 조롱기와 더불어 유쾌한 허영기가 느껴졌다.

저녁 식사를 마친 후, 알렉상드라는 커피와 독한 술, 시가를 내온 후 소파에 드러누워 꼼짝하지 않았다.

빅토르는 쿠션을 대어놓은 널찍한 안락의자에 앉았다.

참으로 만족스러웠다. 자기가 준비해놓은 순서에 따라 모든 일이 예견한 대로 진행되고 있었던 것이다. 우선 알렉상드라의 공범으로서 서서히 조직으로 침투해 자신의 장점을 확인시키고 능력과 헌신을 증명한 후, 이제 아르센 뤼팽의 심복이자 공범이 되는 순간이었다. 제대로 자리를 잡았다. 이 사람은 빅토르의 도움을 필요로 하고 있었다. 빅토르가 협력해주기를 요청하고 있었다. 그러니 이제 빅토르가 원하던 대로 결말이 날 수밖에 없었다.

빅토르는 속으로 되뇌었다.

'놈을 잡았다… 잡은 거야…. 단, 실수는 절대 용납할 수 없어…. 저런 놈을 상대하고 있으니, 단 한 번 너무 크게 웃는다거나… 억양이 어설프다거나… 말 한마디 잘못했다가는 모두 허사로 돌아가겠지.'

브레삭이 경쾌하게 외쳤다.

"그럼 얘기해볼까요?"

"그러죠."

"아! 먼저, 질문 하나 드리죠. 제가 어떤 방향으로 가고자 하는지 대충 짐작은 하고 계십니까?"

"대충은요."

"그 말은?"

"그 말은, 우리 모두 과거로부터 완전히 등을 돌린다는 거지요. 국방부 채권이나 **라 비코크** 살인 사건, 이 모든 일이나 신문에서 떠들어대던 헛소리, 사법 당국이나 대중이 상상하는 일 따위는 전부 끝이라는 겁니다. 이 일에 대해서는 더 이상 말하지 맙시다."

"잠깐! 그럼 보지라르가 살인 사건은?"

"그것 역시 끝났지요…."

"당국에서는 그렇게 생각하고 있지 않습니다."

"내 생각은 그렇습니다. 나름대로 생각하는 바가 있는데 나중에 말씀드리죠. 지금으로서 걱정거리는 단 하나, 목적도 단 하납니다."

"뭐지요?"

"1000만 프랑 건, 바실리예프 공주한테 당신이 보낸 편지에서 언급하고 있던 그 사건 말입니다."

앙투안 브레삭이 외쳤다.

"좋습니다! 도무지 선생께서 모르는 일이라고는 없군요. 오신 것을 환영합니다!"

그러더니 빅토르를 마주 보고 의자에 걸터앉아 설명하기 시작했다.

10
A.L.B.문건

1

"일단, 신문에서 그럴싸한 가설 비슷한 것조차 내놓지 못하면서 왈가왈부하고 있는 그 1000만 프랑 건은 비미쉬가 물어온 겁니다. 네, 비미쉬가 말입니다. 그는 전쟁 전에 아테네 출신의 타이피스트 아가씨랑 결혼했는데, 그 여자가 아주 부유한 그리스인 밑에서 일하고 있었지요. 열차 사고로 죽은 그 타이피스트는 죽기 전에 남편한테 자기 예전 고용주에 대한 몇 가지 사실을 말해주었고, 이걸 들은 비미쉬는 귀가 솔깃해졌지요. 그 이야기는 이렇습니다. 자기 나라 돈의 가치가 하락하는 게 두려웠던 그리스인은 전 재산을 팔아 현금화합니다. 전 재산이라고 하면 일단 아테네에 위치한 부동산과 유가증권이 있었고, 또 이피로스(그리스 북서부와 알바니아 남부의 해안 지역 – 옮긴이), 특히 알바니아 쪽에 위치한 부동산과 광대한 부지가 있었지요. 그래서 두 개 문건이 작성되었는데, 하나는 처음에 말했던 절반의 재산에 대한 것으로 영국 은행에 유가증권 형태로 맡겨놓았고(이 문건은 런던 문건이라고 합니다), 다른 하나는 부동산과 영지 일체의 판매 문건으로 A. L. B. 문건이라고 불리는데, 이는 분명 알바니아Albania를 뜻하는 거지요. 한데 타이피스트가 기입했던 장부에 따르면, 이 두 개 문건이 각각 1000만 프랑가량의 가치를 띠고 있다고 합니다. 런던 문건은 부피가 컸던 반면, A. L. B. 문건은 봉투를 끈으로 묶고 다시 봉인한 가로 20, 세로 25센티미터의 아주 작은 꾸러미로 그리스인은 그걸 항상 자기 서랍이나 여행 가방에 담아두었다고 합니다. A. L. B. 문건이 대체 어떤 형태로 이피로스에서 회수한 1000만 프랑의 재산을 담고 있는 걸까요? 알 수 없는 일이죠. 타이피스트가 결혼을 하느라 일을 그만둔 후 그 고용주는 어떻게 되었을까요? 그건 또 다른 의문인데, 3년 전 비미쉬를 만났을 때까지도 그 행방을 밝혀내지 못한 상태였지요. 이 부분에 대해 내가 거느리는 국제 조직망을 이용해서 좀 더 활발히 조사를 벌였고, 시간은 오래 걸렸지만 성과가 있었습니다. 그래서 이 그리스인이 자기 재산 절반을 맡겨놓은 런던의 은행을 알아냈고, 그 은행에 맡겨놓은 유가증권의 이자 표를 파리에 사는 X… 씨에게 지불한다는 사실을 밝혀냈지요. 정말 힘겹게 그 X… 씨가 독일 사람이라는 것을 찾아냈고, 그 사람의 주소를 찾아내고 나서야 드디어 그 독일 사람과 그리스인이 동일 인물이라는 사실을 밝혀냈습니다."

앙투안 브레삭은 말을 멈추었다. 빅토르는 아무런 질문도 하지 않고 듣고 있었다. 알렉상드라는 눈을 감고 있어서 자는 것 같았다. 브레삭이 말을 이었다.

"내가 무척 신뢰하는 흥신소에 의뢰해 조사에 박차를 가했지요. 그래서 그 그리스인이 병이 들어 거의 불구나 다름없고, 자기 개인 저택 1층에서 기거하며 절대로 외출하지 않는다는 사실을 알아냈습니다. 그 건물은 돈을 주고 고용한 전직 형사 두 사람이 지키고 있고, 일하는 여자 셋은 지하실에서 기거하지요. 중요한 정보입니다. 거기에 덧붙여, 그자가 그 저택에 입주할 때 작성한 보고서 사본을 입수함으로써 더욱 중요한 정보 하나를 알아냈습니다. 그 보고서 중 하나가 소위 보안장치라고 불리는 전기 경보 장치 설비에 대한 내용을 다루고 있었는데, 이를 통해 그 저택 창문의 모든 덧문에 보이지 않는 장치가 달려 있어서 조금이라도 자극이 가해지면 연속적으로 경보가 울린다는 사실을 알게 되었죠. 이거다, 확신이 들더군요. 두려워할 만한 무언가, 아니 숨겨야 할 무언가가 있는 것이 아니라면 어째서 그렇게 신중에 신중을 기하겠습니까. 그런데 그게 무엇일까요? 바로 A. L. B. 문건이 아니라면 뭐겠습니까?"

"틀림없군요."

빅토르가 대꾸했다.

"그런데 그 문건이 과연 어디에 있을까요? 1층에? 아닐 겁니다. 그 양반이 다른 사람들과 함께 일상생활을 하는 곳이 바로 1층이니까요. 2층은 싹 비워두고 잠가놓은 상태입니다. 그런데 그 집에서 쫓겨난 청소부 노파한테 입수한 정보에 따르면, 그 양반은 매일 자기를 3층 꼭대기 층으로 올려달라고 시켰다고 합니다. 넓은 방을 서재로 꾸며놓은 곳인데, 거기에서 혼자 오후를 보낸다는 겁니다. 거기에 자기 서류며 책, 그리고 세상에서 제일 사랑하는 두 사람이자, 이제는 고인이 된 자기 딸과 손녀의 기념품을 모아 놓았다고 합니다…. 또 거기에는 태피스트리 작품들, 초상화, 아이들 장난감, 장식품 따위가 있다고 하고요. 청소부가 알려준 내용에 따라 내가 끈기 있게 그 방의 도면을 작성해보았습니다(브레삭이 도면을 펼쳤다). 여기 책상이 있고, 여기 전화기, 그리고 여기에 서가가 있습니다. 여기에 기념품 선반, 여기 벽난로가 있고 그 위에 이동식 반투명 유리(은이나 주석으로 도금하여 반투막으로 만든 판유리. 이 유리는 밝은 쪽에서는 거울이 되고, 어두운 쪽에서는 밝은 쪽이 비쳐 보이는 성질이 있다. 그래서 문에 달면 외부에서는 내부가 보이지 않으나 내부에서는 외부를 볼 수 있게 된다 – 옮긴이)가 달려 있습니다. 바로 이 자리에 반투명 유리가 있다는 사실을 알게 된 날부터 내 계획이 구체적인 틀을 잡기 시작했지요. 설명을 드리지요."

브레삭은 연필로 종이 한쪽에 선을 그었다.

"저택은 대로변에서 약간 안쪽으로 들어가 있습니다. 대로와 건물 사이에는 좁은 뜰, 아니 뜰이라기보다는 길을 따라 좁다랗게 난 정원과 높은 철책이 있지요. 그 왼쪽과 오른쪽은 벽으로 가로막혀 있습니다. 그 오른쪽에 딸기나무가 우거진 공터가 하나 있는데 팔려고 내놓은 상태입니다. 내가 거기 들어가봤는데, 눈으로만 슬쩍 올려다 보아도 3층 반투명 유리에 덧문이 없다는 사실을 알 수 있었지요. 그래서 곧장 준비 작업에 들어갔습니다. 이제는 거의 마무리 단계지요."

"그런데요?"

"이제 당신 도움이 필요하다는 겁니다."

"왜 하필 나입니까?"

"비미쉬는 갇혀 있고, 당신이 이 일에 적격이라고 판단했으니까요."

"조건은?"

"수익의 4분의 1입니다."

"만약 내가 A. L. B. 문건을 찾아내면 절반으로 합시다."

빅토르가 요구했다.

"안 됩니다. 3분의 1로 하죠."

"좋습니다."

두 사내는 악수를 했다.

브레삭이 웃음을 터뜨렸다.

"보통 도매상인이나 금융인은 중요한 사업을 성사시킬 때 공증인 앞에서 서명을 주고받는 법인데, 우리처럼 정직한 두 사람은 그저 신의에 찬 악수를 주고받는 것으로 충분하다 이거지요. 그거면 나는 당신이 협조할 거라 확신할 수 있고, 당신도 내가 약조한 것을 철저히 지키리라는 사실을 알지요."

빅토르는 감정을 드러내는 사람이 아니었다. 그래서 깔깔대고 웃는 대신 그저 미소를 지어 보였을 뿐이었다. 상대방이 미소 짓는 이유를 묻자 빅토르는 대답했다.

"당신이 말하는 도매상인이나 금융인은 사업 내용을 잘 알고 난 후에야 서명합니다."

"그런데요?"

"그런데 나는 상대의 이름도 모르고, 그자가 사는 장소며 당신이 동원하려는 수단이나 택한 날짜도 모릅니다."

"그 말씀은?"

"마치 나를 경계하고 있는 것 같아 놀랍다, 이거지요….."

브레삭이 망설였다.

"그게 당신 조건입니까?"

"전혀 아닙니다. 나는 조건 따윈 전혀 내걸지 않습니다."

몽상에 빠져 있던 알렉상드라가 별안간 깨어나더니 두 남자에게 다가오며 말했다.

"나는, 나한테는 조건이 하나 있어요."

"뭐지요?"

"절대로 피는 보지 말았으면 해요."

2

알렉상드라는 빅토르에게 말하고 있었다. 표정은 열에 들떠 있었고 목소리에는 위엄이 서려 있었다.

"조금 전에 **라 비코크**와 보지라르 사건이 모두 해결됐다고 했지요. 아니에요, 해결된 게 아니에요. 여전히 내가 살인자처럼 보일 여지가 남아 있으니까요. 그러니 지금 준비하고 있는 작전을 진행하는 도중에, 내가 저질렀다고, 그러니까 당신이 나나 앙투안 브레삭이 저질렀다고 생각하는 그 행동을 당신 역시 저지르지 않을 거라고 어떻게 장담할 수 있겠어요?"

빅토르가 차분히 말했다.

"저는 앙투안 브레삭이나 부인이 무슨 행동을 했다고 간주

하는 게 하나도 없습니다."

"그러는 거 맞잖아요."

"대체 뭘 말입니까?"

"우리가 엘리즈 마송을 죽였다고 말이에요. 아니면 적어도 우리 일당 중 누군가가 그 여자를 죽였고, 우리에게 그 여자의 죽음에 대한 책임이 있다고요."

"아닙니다."

"어쨌거나 경찰은 그렇게 믿고 있고, 여론도 그래요."

"하지만 저는 더 이상 그렇게 생각하지 않습니다."

"그럼 대체 누가 그랬죠? 생각해봐요! 엘리즈 마송의 집에서 어떤 여자가 나오는 것을 봤어요. 그건 나일 수밖에 없었고, 실제로도 나였어요. 그렇다면 어떻게 내가 죽인 게 아니라는 거죠? 내 이름 말고 다른 사람의 이름은 한 번도 언급되지 않았는 걸요."

"그건, 당신이 아닌 다른 사람의 이름을 말할 수 있었던 유일한 사람이 아직 그럴 만한 용기를 내지 못했기 때문이죠."

"유일한 사람, 누구 말이에요?"

빅토르는 이 일에 분명히 답을 해주어야 한다고 느꼈다. 앙투안 브레삭에게 사건에 대한 정보를 즉시 알려달라고 압력을 넣었으므로, 이제 공범들에게 다시 한 번 자신의 능력이 어느 정도인지 보여줌으로써 주도권을 장악해야 했다.

빅토르가 여자의 말을 되받았다.

"누구냐고요? 사교계단속반 형사 빅토르지요."

"그게 무슨 말이죠?"

"지금 제 말이 단순한 가설로 보일 수 있겠지만, 이건 정확한 사실입니다. 신문을 주의 깊게 읽으면서 차츰 추론해나간 정확한 사실 말입니다. 제가 빅토르 형사에 대해 어떻게 생각하는지 부인께서는 아실 겁니다. 천재는 아닐지 몰라도 어쨌거나 대단한 급수의 형사지요. 하지만 어쨌거나 형사이기 때문에 자기 동료들, 아니 그 누구와도 마찬가지로 그자에게도 약점과 실수가 있지요. 즉, 살인이 벌어지던 날 아침 빅토르 형사가 도트레 남작과 함께 엘리즈 마송의 집에 처음 취조하러 갔을 때, 빅토르 형사는 실수를 저지르는데 아무도 그걸 눈치채지 못합니다. 이게 바로 수수께끼의 열쇠지요. 일단 빅토르 형사는 그 여자의 집에서 내려와 남작을 자기 자동차에 태운 후, 교통순경 한 사람한테 남작을 지키고 있으라고 부탁해놓고, 1층에 있는 카페로 들어가 경찰청에 순경 두 사람을 당장 보내달라고 전화를 합니다. 엘리즈 마송의 집 문을 지키게 해서 꼼꼼한 가택수사가 이루어질 때까지 그 여자가 집에서 못 나가게 하려는 거였죠."

"제발, 계속해주세요."

공주가 잔뜩 흥분해서 속삭였다.

"그런데 전화 연결이 잘 되지 않아 시간이 오래 걸렸고, 그러느라 15분이 지나갔지요. 그러는 사이 도트레 남작한테 자연스럽게 이런 생각이 떠올랐습니다(도망치겠다는 생각이 아니라… 그래 봤자 무슨 소용이 있겠습니까?). 자기 애인의 집으로 되돌아가자는 생각이었지요. 누가 그걸 막겠습니까? 빅토르 형사는 나름대로 바빴지요. 순경은 교통정리를 하고 있었고, 더

A.L.B. 문건 209

구나 카브리올레형 차는 덮개가 낮아서 순경한테는 남작이 간신히 보일락 말락 했으니까요."

"하지만 남작이 어째서 여자를 다시 보려고 한 겁니까?"

앙투안 브레삭도 역시 주의 깊게 들으며 물었다.

"어째서냐고요? 엘리즈 마송의 방에서 벌어졌던 일을 빅토르 형사가 말했던 대로 한번 되짚어보십시오. 막심 도트레가 절도뿐 아니라 살인 용의자라는 사실을 알게 되자, 애인이 그런 혐의를 받는다는 사실에 엘리즈 마송은 격분합니다. 그런데 빅토르 형사가 분노라고 해석했던 그 여자의 반응은 사실, 공포였습니다. 애인이 채권을 훔쳤다는 사실은 그 여자도 알고 있었죠. 하지만 레스코 영감을 죽였을 거라고는 상상조차 못 했던 겁니다. 엘리즈 마송은 애인에게 공포를 느끼는 동시에 사법 당국에 대해서도 겁을 냅니다. 남작은 여자의 마음을 읽고 이 여자가 자기를 고발할 거라 확신하지요. 그래서 다시 만나 이야기를 하려고 했던 겁니다. 남작은 여자 집 열쇠를 갖고 있었죠. 들어가서 애인의 의중을 파악하기 위해 질문을 합니다. 여자는 협박에 가까운 대답을 하고, 도트레는 겁에 질립니다. 그 남자가 이런 식으로 당하겠습니까? 국방부 채권을 손에 넣었으니 목적을 달성하기 직전인 데다, 채권을 손에 넣으려고 이미 사람을 죽인 적 있는 남작이 마지막 순간에 낭패를 볼까요? 남자는, 죽입니다. 자기가 사랑하는 여자였지만 자기를 금방이라도 배신할 것이 너무 분명했기에 일순간 여자를 증오하게 되고, 죽입니다. 잠시 후 남작은 내려와서 자동차에 앉아 있지요. 순경은 아무런 눈치도 채지 못했습니다. 빅토르 형사도 전혀 의심하지 않았고요."

"그러니까 저는…?"

공주가 속삭였다.

"그러니까 당신은, 엘리즈 마송과 이 일에 대해 의논하려고 그로부터 한두 시간 후에 왔다가 살인자가 열쇠를 문에 꽂아놓고 간 것을 발견한 겁니다. 그래서 집 안으로 들어가지요. 당신 앞에 엘리즈 마송이, 당신이 그 여자에게 줬던 노란색과 초록색이 섞인 스카프로 목이 졸려 죽어 있지요…."

알렉상드라는 크게 흥분했다.

"그래요… 바로 그거였어요. 이게 진실이에요…. 스카프가 시체 옆 양탄자 위에 떨어져 있었어요… 그걸 주웠죠…. 무서워서 미칠 것 같았어요. 그래… 바로 그랬던 거예요."

앙투안 브레삭이 인정했다.

"그렇군요… 의심의 여지가 없습니다… 일이 그런 식으로 벌어졌던 거로군요… 도트레가 범인이었고… 그 형사는 자신이 부주의했던 것을 굳이 말하지 않았던 거고요."

브레삭은 빅토르의 어깨를 두드렸다.

"정말이지, 대단하신 분이군요. 이렇게나 의지할 만한 협력자를 만나는 건 처음입니다…. 마르코스 아비스토 씨, 우리 정말 잘 해나갈 수 있을 것 같습니다."

그리고 당장 정보를 털어놓았다.

"그 그리스인의 이름은 세리포스라고 합니다. 여기서 멀지 않은 곳에 살지요. 불로뉴 숲을 따라 나 있는 마이요 대로 98-2번지에 삽니다. 작전은 다음 주 화요일 저녁입니다. 바로 당일, 12미터까지 늘일 수 있는 특수 사다리가 배달될 텐데, 그걸 타고 올라갈 겁니다. 일단 올라간 후 안으로 내려와 현관문을 열어주면 우리 편 세 명을 들여보내 망을 보게 할 겁니다."

"현관문 열쇠는 안에 꽂혀 있습니까?"

"일단 그런 것 같소."

"하지만 거기에도 전기 경보 장치가 되어 있어서 누가 문을 열면 바로 작동하지 않을까요?"

"그렇지요. 하지만 모든 장치는 외부에서 가하는 공격에 대비하도록 되어 있지, 우리처럼 내부에서 조작하는 것에 대비한 건 아닙니다. 게다가 그 장치는 드러나 있습니다. 그러니 장치가 작동하는 걸 막기만 하면 되지요. 그런 후, 내 부하들이 잠자고 있는 형사 두 명을 기습해 결박할 겁니다. 그러면 그때부터 우리는 일단 1층 방들을 살펴본 후, 특히 물건이 감춰져 있을 3층 서재를 샅샅이 뒤져볼 겁니다. 좋습니까?"

"좋습니다."

두 남자는 다시 한 번, 좀 더 뜨겁게 악수를 나누었다.

작전에 나서기 전 며칠 동안은 빅토르에게 무척 감미로운 시기였다. 빅토르는 조만간 거둘 승리를 미리 맛보면서도, 신중을 기하는 것을 소홀히 하지 않았다. 단 한 번도 외출하지 않았다. 편지도 보내지 않았고, 전화도 걸지 않았다. 그래야만 브레삭에게 확실한 신뢰를 얻을 수 있었던 것이다. 한순간, 어쩌면 지나치게 주도권을 잡으며 통찰력을 드러냈던 빅토르는, 자신의 진정한 위치로 되돌아갔다. 즉, 빅토르는 협력자임은 분명했으나, 어디까지나 부하일 뿐이었다. 준비와 관련된 결정은 앙투안 브레삭의 몫이었다. 빅토르는 그저 따르기만 하면 되었다.

하지만 막강한 적수를 관찰하는 일은 얼마나 큰 기쁨인가! 사람들이 제대로 알지도 못하면서 그토록 떠들어대는 이 남자를 가까이에서 관찰하며, 그 작업 방식을 연구하는 일 말이다. 그리고 이토록 교묘히 작전을 짜서 어렵사리 브레삭의 내밀한 삶으로 파고들었는데, 이 사람이 한 치의 의심도 없이 자기에게 모든 계획을 털어놓는 것을 지켜보자니, 이는 또 얼마나 뿌듯한 일인지.

가끔 빅토르는 불안했다.

'혹시 이자가 나를 갖고 노는 건 아닐까? 내가 파놓은 함정에 내가 빠지게 되는 건 아닐까? 저렇게 대단한 인물이 이런 식으로 쉽게 속아 넘어간다고 생각해도 되는 건가?'

하지만 아니었다. 브레삭은 마음을 완전히 놓고 있었으며, 빅토르는 이를 확인해주는 증거를 하루에만 무수히 찾아낼 수 있었다. 이런 증거 가운데 가장 확실했던 것은 아마도 알렉상드라의 태도였을 것이다. 빅토르는 오후 대부분을 공주와 함께 보냈다.

알락상드라는 이제 완전히 긴장을 풀고 자주 명랑한 태도를 보였으며, 매번 상냥했고, 진짜 살인범의 정체를 밝혀준 일에 대해 빅토르에게 고마워했다.

"제가 아니란 건 당연히 알고 있었지요. 하지만 혹시라도 내 정체가 드러났을 때 내가 죽이지 않았다고 말할 수 있다니, 얼마나 마음이 놓이는지 몰라요."

"어째서 정체가 발각되리라고 생각하십니까?"

"모르는 일 아녜요?"

"아니, 확실한 일 아닙니까. 당신한테 절대 해가 가지 않도록 막아줄 브레삭 같은 사람을 친구로 두었으니까요."

여자는 침묵했다. 애인임에 틀림없을 이 남자에 대해 알렉상드라는 좀처럼 감정을 드러내지 않았다. 심지어 가끔은 냉담하고 무심하기까지 한 태도를 보여서, 빅토르는 브레삭이 실제로 애인이 맞는지, 혹시 이 여자가 브레삭을 그저 위험을 함께하는 동료로만 여기는 것은 아닌지 자문하곤 했다. 다른 그 누구보다도 자기가 추구해 마지않는 강렬한 감정을 맛보게 해주는 사람으로서 말이다. 뤼팽이라는 이름이 지닌 명성 때문에 매료되어 머물러 있는 것은 아닐까?

그런데 작전 전날, 빅토르는 두 남녀가 얼싸안고 키스하는 모습을 보았다….

빅토르는 짜증이 나는 것을 억누르기 힘들었다. 알렉상드라는 전혀 당황하지 않고 웃음을 터뜨렸다.

"어째서 이 사람에게 제가 이렇게 아양을 떠는지 아세요? 내일 저녁에 당신들과 함께 갈 수 있게 해달라고 조르는 중이에요. 그거, 당연한 거 아니었나요! 그런데 아니었나 봐요. 이 사람은 거절하고 있거든요…. 여자는 걸리적거릴 뿐이라나요…. 여자가 있으면 전부 그르칠 수 있다면서… 또 여자가 겪어서는 안 될 위험이 있다고…. 결국, 전부 말도 안 되는 이유들이죠."

낙낙한 블라우스 밖으로 완전히 드러난 아름다운 어깨가 찬란히 빛나고 있었다. 여자는 열기 띤 얼굴로 빅토르에게 애원했다.

"제발 이 사람 좀 설득해주세요. 저도 가고 싶어요… 그게 바로 제가 위험을 좋아하기 때문에 그러는 것 아니겠어요…. 아니, 위험이 아니라 두려움을 좋아하는 거죠…. 그래요, 두려움 말이에요… 머리를 핑 돌게 하는 그 현기증만큼 아찔한 건 없어요…. 저는 두려워하는 남자는 경멸해요. 비겁하단 뜻이니까… 하지만 나 자신이 느끼는 두려움, 내 두려움만큼 이 세상에 짜릿한 건 없어요."

빅토르가 앙투안 브레삭에게 농담조로 말했다.

"두려움을 좋아하는 이 병을 고치는 최고의 방법은, 그 어떤 상황이 닥치든 두려움을 일으킬 만큼 끔찍한 일은 벌어지지 않는다는 걸 보여주는 방법밖에 없을 것 같습니다. 우리끼리 말이지만, 그러고 나면 공주께서도 더 이상 그런 감정을 느끼지 못할 겁니다."

브레삭이 경쾌하게 말했다.

"쳇! 그럼 원하는 대로 해주죠…! 알렉상드라한테는 안된 일이지만."

3

다음 날 자정이 조금 지난 시각, 빅토르는 1층에서 기다리고 있었다.

알렉상드라는 몸에 딱 붙는 회색 원피스를 입고 기쁜 얼굴로 빅토르에게 다가왔다. 여자는 어쩐지 아주 어려 보였는데, 위험천만한 모험에 나서는 여인이 아니라 즐거운 소풍이라도 가는 어린 소녀 같았다. 하지만 창백한 얼굴과 눈동자에 서린 광채에서, 이런 경쾌한 겉모습 아래로 금방이라도 질겁할 듯 예민한 감각이 파르르 떨리는 것이 느껴졌다.

알렉상드라는 아주 조그만 유리병을 빅토르에게 내보였다.

여자가 미소를 지으며 말했다.

"해독제예요…."

"무슨 해독제요?"

"감옥에 대한 해독제. 죽음은 받아들일 수 있어요. 하지만 감방은 무슨 일이 있어도 안 돼요."

빅토르는 유리병을 잡아채 뚜껑을 열고 내용물을 바닥에 쏟아버렸다.

"죽음도, 감방도 없을 겁니다."

"뭘 근거로 그렇게 장담하시는 거죠?"

"이 사실을 근거로요. 뤼팽이 있는 한 죽음이든 감옥이든 두려워할 이유가 없다는 사실 말입니다."

여자가 어깨를 으쓱해 보였다.

"그 사람조차 실패할 수 있죠."

"뤼팽을 절대적으로 신뢰해야 합니다."

여자가 중얼거렸다.

"그래요… 그렇지요…. 하지만 며칠 전부터, 예감이 좀… 꿈자리도 뒤숭숭하고…."

열쇠로 자물쇠를 여는 소리가 났다…. 길 쪽으로 통하는 문이 밖에서 열렸다. 앙투안 브레삭이 마지막 준비를 마치고 돌아오는 길이었다.

브레삭이 말했다.

"다 됐습니다. 알렉상드라, 아직도 갈 생각입니까? 당신도 알겠지만, 사다리는 높아요. 그 위로 올라가면 휘청거릴 거요."

알렉상드라는 아무런 대꾸도 하지 않았다.

"당신은 어떻소? 확실히 마음의 준비가 된 겁니까?"

빅토르 역시 대꾸하지 않았다.

세 사람은 함께 뇌이의 텅 빈 대로를 따라 걸어갔다. 아무도 말하지 않았다. 알렉상드라는 두 남자 사이에서 유연하고 규칙적인 걸음으로 걸어갔다.

구름 하나 없이 별만 총총한 하늘이, 전깃불을 받아 모습을 드러낸 나무와 건물들 위로 펼쳐져 있었다.

일행은 마이요 대로와 나란히 나 있는 샤를 라피트 거리로 접어들었다. 그 길에서 마이요 대로까지 안뜰과 정원이 줄지어 나 있었고 그 안에는 불이 켜진 창문 몇 개가 구멍처럼 박혀 있는 육중한 개인 저택들이 서 있었다.

오래된 나무판자로 만든 울타리가 사유지 하나를 에워싸고 있었다. 서로 이가 맞지 않는 이중으로 된 방책 틈으로 공터의 떨기나무와 큰 나무들이 보였다.

세 사람은 30분 동안 서성이며 방해할 만한 행인이 없다는 사실을 확인했다. 그런 후, 빅토르와 알렉상드라가 망을 보는 사이 앙투안 브레삭이 잽싸게 위조된 열쇠로 자물쇠를 열고 문짝 하나를 살짝 열었다.

세 사람은 안으로 미끄러져 들어갔다.

나뭇가지가 이들을 에워쌌다. 가시덤불에 몸이 긁혔다. 바닥에는 건물 잔해인 듯한 커다란 돌덩이들이 잔뜩 널려 있었다.

"사다리가 벽에 세워져 있어요, 왼쪽입니다."

브레삭이 속삭였다.

그들은 사다리까지 이르렀다.

사다리는 두 부분으로 이루어져 홈을 따라 미끄러지듯 연결시키도록 되어 있었다. 이런 식으로 조립해 끈으로 단단히 고정하자 길고 가벼운 사다리가 완성되었다.

이들은 사다리의 두 다리를 모래와 건물 잔해가 쌓여 있는 곳에 단단히 세웠다. 시커먼 바닥에 푹 박아 사다리를 꼿꼿이 세운 후, 이내 사다리 윗부분을 공터와 옆집 안뜰 사이로 서 있는 벽 위로 기울여 그리스인 세리포스가 사는 저택의 3층에 매우 조심스럽게 가져다 댔다.

저택의 그쪽 벽면에는 빈틈없이 닫아놓은 덧문 때문에 그 어떤 불빛도 새어 나오지 않았다. 브레삭은 손으로 더듬더듬 사다리를 움직여 사다리 꼭대기가, 작은 직사각형 모양으로 희미하게 보이는 반투명 유리에 가 닿게 했다.

브레삭이 말했다.

"내가 먼저 올라가죠. 알렉상드라, 내가 안으로 들어가면 곧바로 올라와요."

브레삭은 재빠르게 올라갔다.

사다리가 흔들거렸다. 어찌나 심하게 흔들리는지 이 가느다란 골조 위에서 브레삭이 튕겨 나갈 것 같았다.

빅토르가 속삭였다.

"브레삭이 끝까지 갔습니다. 이제 유리 한쪽을 잘라내 창틀을 열 겁니다."

아니나 다를까, 1분 정도가 지나자 브레삭이 안으로 들어가 두 사람을 내려다보며 두 팔을 뻗어 사다리를 붙들었다.

빅토르가 물었다.

"두렵나요?"

여자가 대답했다….

"슬슬 시작되고 있어요. 정말 달콤해요. 다리에서 힘이 빠지거나 현기증이 나지 않아야 할 텐데!"

그리고 올라갔다. 처음에는 재빠르게 올라가다가 갑자기 멈췄다.

'다리가 후들거리고 현기증 때문에 머리가 핑핑 도는 거로군.'

빅토르는 생각했다.

여자는 1분 넘게 멈춰 서 있었다. 브레삭이 작은 목소리로 기운을 북돋아 주었다. 마침내 알렉상드라는 끝까지 올라가 창틀을 넘어 들어갔다.

최근 며칠 동안 빅토르는 브레삭의 집에 머물러 지내며 여러 차례 이런 생각을 했었다.

'이제 두 사람 모두 내 손안에 있다. 고티에 국장의 자택 전화번호를 알고 있으니, 전화 한 통이면 집으로 체포하러 올 거다. 몰레옹은 코빼기도 내밀 수 없지. 체포의 공은 모조리 사교계단속반 형사 빅토르 몫이라 이거야.'

빅토르가 이 해결책을 택하지 않은 것은 뤼팽이 현장에서 검거되길 원했기 때문이다. 뤼팽, 이자는 현행범으로 체포되어 천박한 절도범처럼 감옥에 갇혀야 마땅했다.

그렇다면, 지금이 최적의 순간이 아닐까? 두 공범이 쥐덫에 갇힌 꼴 아닌가?

하지만 빅토르는 아직 결단을 내리지 않았다. 브레삭이 위에서 빅토르를 불렀다. 빅토르는 잠시 기다리라고 손짓을 한 후 중얼거렸다.

"저 친구, 저렇게 급해서야, 원! 그러니까, 당신 여자친구처럼 감방 따위는 두렵지 않다 이건가? 자, 남은 순간을 즐기시게… 열심히 뛰어서… 1000만 프랑을 챙기게나. 그게 자네한테 있어서 마지막 성공이 될 테니. 그런 후, 뤼팽, 너는 수갑 신세다…"

빅토르는 사다리를 올라갔다.

11
불안

1

"이보시오, 왜 그렇게 꾸물댄 겁니까?"

빅토르가 창문에 이르자 브레삭이 물었다.

"아무것도 아닙니다. 그저 귀를 기울이고 있었죠….."

"뭐에 말입니까?"

"나는 항상 귀를 기울이죠….. 항상 귀를 쫑긋 세우고 있어야 하는 법이니까요."

"쳇! 괜히 엄살떨진 맙시다."

브레삭의 어조에서는 그토록 신중을 기하는 데 대한 경멸감이 드러났다.

하지만 그러는 브레삭도 방 구석구석을 향해 꼼꼼히 손전등을 비추며 신중을 기했다. 태피스트리 한 점이 눈에 띄자 브레삭은 의자 위로 풀쩍 뛰어올라 그 태피스트리를 걷어내 반투명 유리 위에 고정시켰다. 이렇게 외부로 통한 구멍이 완전히 차단되자 스위치를 작동시켜 전등을 켰다. 별안간 환해졌다.

그러자 브레삭은 알렉상드라에게 입을 맞춘 후 껄껄 웃더니 발소리를 죽여 날렵하게 앙트르샤와 캉캉, 지그('앙트르샤'는 발레에서 공중으로 뛰어올라 두 발을 교차하는 동작. '캉캉'은 빠른 템포의 음악에 맞추어 다리를 연속해서 번쩍 들어 올리며 추는 춤. '지그'는 바로크 시대에 유행한 빠르고 경쾌한 춤 – 옮긴이) 동작을 섞어 슬쩍 한 바퀴 돌며 춤을 추었다.

알렉상드라는 너그럽게 미소 지었다. 뤼팽이 작전에 들어갈 때 으레 보이는 이 동작이 재미있었던 것이다.

하지만 빅토르는 인상을 구기며 주저앉았다.

앙투안이 기분 좋게 말했다.

"젠장! 앉아 있겠다, 이겁니까? 일은 어떡하고요?"

"이게 일하는 겁니다."

"거참 이상한 방식이로구먼…."

"당신이 겪었던 사건 하나를 떠올려 보시오… 어느 건이었는지 정확히 기억은 안 나지만…. 당신이 밤에 어떤 후작의 서재에서 작업 중이었는데, 그저 서재를 관찰하는 것만으로 비밀 서랍을 찾아내지 않았소…(《두 미소를 지닌 여인》 참조 – 옮긴이). 당신이 춤을 추는 동안, 나는 방을 관찰하는 거요…. 나는 당신 가르침의 추종자니까요, 뤼팽! 그보다 더 나은 가르침은 없거든요."

"내 가르침이라, 그건 빨리 처리하고 보자는 거요. 한 시간 정도밖에 없소."

"전직 형사라는 경비 두 사람이 순찰을 돌지 않는 게 확실합니까?"

브레삭이 단언했다.

"안 해요, 안 한다니까요. 그리스인이 이 방까지 순찰을 돌라고 하면, 경비들이 여기 무언가 감춰져 있다는 사실을 알게 될 거 아닙니까? 더구나 내가 문을 열어 부하들을 들여보내서 경비들이 아무 짓도 못 하게 만들 겁니다."

브레삭은 알렉상드라를 앉힌 후 몸을 기울였다.

"혼자 남아 있어도 무섭지 않겠소, 알렉상드라?"

"괜찮아요."

"오! 10분, 길어야 15분이면 될 거요. 모든 일이 빨리, 지장 없이 진행될 테니. 여기 우리 친구가 당신 곁에 남아 있었으면 좋겠소?"

"아뇨, 아니에요. 가보세요… 나는 쉬고 있을게요…."

브레삭은 저택의 상세 도면을 살펴본 후 조심스럽게 방문을 열었다. 3층 대기실 겸 복도가 나 있었고, 그 복도를 따라가면 두 번째 문이 나왔다. 육중한 문이었는데 그리스인 세리포스가 서재에 머물러 있을 때면 잠가놓는 문임에 틀림없었다. 열쇠는 열쇠 구멍에 꽂혀 있었다. 두 사내는 문을 열고 계단 위쪽에 이르렀다. 계단은 아래에서 비치는 약한 불빛으로 희미하게 밝혀져 있었다.

두 사람은 극도로 조심하며 계단을 내려갔다.

현관에 이르자 브레삭은 켜져 있는 전구에 도면을 가까이 가져가 빅토르에게 경비 두 사람이 기거하는 방을 알려주었다. 이 방을 거쳐야 그리스인 세리포스의 방에 갈 수 있었다.

두 사람은 현관문에 이르렀다.

거대한 빗장 두 개…. 브레삭이 빗장을 잡아당겼다. 오른쪽에 경보 장치를 조절하는 손잡이가 있었다. 브레삭이 손잡이를 잡아 내리고 손잡이 옆에 난 버튼을 누르자, 마이요 대로를 따라 난 작은 정원으로 통하는 철책 문이 열렸다.

그런 후, 브레삭은 문을 밀어 고개를 밖으로 내밀고 매우 나직하게 휘파람을 불었다.

우락부락한 얼굴의 공범 세 명이 시커먼 윤곽을 드러내며 다가왔다.

이미 의논이 다 되어 있었으므로 브레삭은 아무런 지시도 내리지 않았다. 그는 현관문을 닫고 경보장치의 손잡이를 다시 올린 후 빅토르에게 아주 작은 목소리로 지시했다.

"부하들을 경비가 있는 방으로 데려가겠어요. 당신 도움은 필요 없을 겁니다. 그러니 망을 봐요."

그리고 부하들과 함께 사라졌다.

홀로 남자마자 빅토르는 아무도 자기를 방해하지 못한다는 사실을 확인했다. 그리고 경보 장치의 손잡이를 내리고 현관문을 살짝 열어 고정시킨 후, 마이요 대로로 난 철책 문을 여는 버튼을 눌렀다. 이제 누구든 저택으로 들어올 수 있었다. 빅토르가 원하던 바였다.

그런 후 방 쪽으로 귀를 기울였다. 브레삭이 말했던 대로 기습이 순조롭게 진행되었다. 자다가 습격당한 경비 두 사람은 찍소리 한 번 내볼 틈도 없이 재갈이 물리고 단단히 결박되었다.

그리스인 세리포스의 경우도 마찬가지였다. 브레삭은 그 사람 곁에 잠시 머물러 있었다.

빅토르에게 되돌아온 브레삭이 말했다.

"이자한테 알아낼 건 하나도 없습니다. 겁에 질려 지금 반쯤 정신이 나간 상태죠. 그런데 내가 3층 서재 얘기를 꺼내니 눈이 확 뒤집혀지더군요. 그러니 거기 있는 게 확실한 겁니다. 올라갑시다."

"당신 부하들도 같이?"

"절대로 안 될 말이죠. 뒤지는 건 우리끼리만 해야 합니다."

브레삭은 부하들한테 절대로 방에서 나오지 말고 포로 세 사람을 감시하되, 무엇보다 소리를 내서는 안 된다고 엄하게 당부했다. 지하층에서 하녀들이 자고 있었기 때문이다.

그런 후 두 남자는 알렉상드라에게 돌아갔다. 브레삭은 계단 위에 이르러 복도로 난 육중한 문을 열쇠로 잠갔다. 공범들이 와서 방해하지 못하도록 하기 위한 조치였다. 위기가 닥치면 부하들은 문을 두드리면 될 일이었다.

알렉상드라는 그대로 안락의자에 앉아 있었다. 창백한 얼굴이 일그러져 있었다.

빅토르가 물었다.

"여전히 편안하십니까? 무섭진 않고요?"

"느껴져요, 느껴져요! 모공을 통해서 온통 안으로 스며들고 있는 걸요."

약간 갈라진 목소리로 여자가 대답했다.

빅토르가 빙글거렸다.

"행복한 순간이로군요! 제발 계속되길 바라겠습니다!"

브레삭이 입을 열었다.

"하지만 말도 안 돼요, 그 두려움이란 것 말이오. 이봐요, 알렉상드라. 지금 여긴 우리 집이나 마찬가지요. 경비들은 묶여 있고 부하들이 지키고 있으니. 그럴 일은 없겠지만 만에 하나 그쪽에서 문제가 생긴다 해도 여기 사다리가 있지 않소. 이걸 타고 빠져나가면 될 일이오. 하지만 마음 푹 놓고 있어도 돼요. 위험도, 도망칠 일도 없을 테니. 나는 그 어떤 일도 우연에 맡기는 법이 없으니까."

그러더니 브레삭은 즉시 방에 있는 물건 목록을 훑기 시작했다.

빅토르가 말했다.

"문제는 대체 무슨 형태를 취하고 있을지는 모르지만, 1000만 프랑을 담고 있을 만하면서도, 가로 20에 세로 25센티미터의 상당히 납작한 작은 꾸러미를 찾아내야 한다는 겁니다…."

브레삭은 갖고 있는 도면에 적힌 정보를 토대로 차근차근, 나직한 목소리로 물건 목록을 부르며 확인했다.

"서재 위에는, 전화기… 책 몇 권… 결제, 미결제 송장들… 그리스에서 온 편지… 런던에서 온 편지들… 회계장부…. 별것 없군…. 서랍에는 다른 서류랑 편지들. 비밀 서랍은 없습니까?"

빅토르가 잘라 말했다.

"없소."

브레삭은 직접 가구와 서랍 안쪽을 만져본 후 단언했다.

"없군요."

그리고 말을 이었다.

"이자가 보관하고 있는 기념품 선반에는… 딸 초상화… 손녀 초상화(브레삭은 이 초상화 역시 모두 손으로 더듬어보았다). 바느질 상자… 보석함("비어 있고 이중 바닥도 없군" 하고 브레삭이 말했다), 그리스와 터키의 풍경이 있는 엽서 묶음…. 아동용 우표 앨범… 아동용 지도책… 사전들…(브레삭은 말하면서 책장을 넘겨보았다). 그림책… 미사 경본… 장난감 상자… 동전 상자… 거울 달린 인형 놀이용 장롱…."

이런 식으로 방 전체를 샅샅이 살폈다. 모든 물건을 들어 가늠해보고 꼼꼼히 살펴보았다. 벽을 전부 훑었으며 가구들도 세심히 살펴보았다.

빅토르가 꼼짝하지 않은 채 브레삭이 목록을 작성하는 것을 눈과 귀로 무심히 좇다가 말했다.

"새벽 2시군요. 한 시간 후면 날이 밝기 시작할 겁니다…. 젠장, 어떻게 빠져나갈지 생각해봐야 하지 않겠습니까?"

2

"당신, 제정신이 아니군요!"

앙투안 브레삭이 대꾸했다.

이 남자는 자기 성공을 전혀 의심하지 않고 있었다. 브레삭은 알렉상드라에게 몸을 기울였다.

"여전히 편안하오?"

"아뇨, 아니에요."

여자가 중얼거렸다.

"뭣 때문에 마음 졸이는 거요?"

"아무것도… 아무것도 아니에요…. 그냥 여기서 당장 나가
요."

브레삭이 발끈하는 몸짓을 보였다.

"아! 그건 안 될 말…. 그러니 내가 똑똑히 말하지 않았소…
여자들은 집에 가만히 있어야 한다고… 특히 당신처럼, 신경이
예민한 여자는 더더욱 말이오."

"만약 내가 너무 괴로워하면, 우리 나갈 거죠?"

"아! 그건 장담하오. 정말 그래야만 한다고 하면 나갈 거요.
하지만 제발 변덕은 부리지 말아요. 1000만 프랑을 싹쓸이하
러 왔다가, 그게 여기에 있는 걸 뻔히 알면서도 빈손으로 도망
쳐야 한다면, 그런 한심한 일은 없을 거요. 내 사전에 그런 일이
란 없소."

브레삭이 다시 뒤지기 시작하는데, 빅토르가 이죽거렸다.

"우리가 하는 일이란 것이 여자 눈에는 견디기 힘든 모습 아
니겠습니까…. 알렉상드라 양께서 우리가 하는 도둑질에 동조
하는 것도 아닐 게 틀림없고."

"그럼 왜 여기까지 따라왔겠습니까?"

"경찰이 우글거리는 가운데, 무단 침입과 절도라는 위험한
짓을 저지르면서 우리가 어떤 식으로 행동할지 보고 싶어서 온
거죠. 그리고 그 상황에서 자기 자신이 어떤 식으로 행동할지
도 궁금해서요. 한데, 우리의 이번 절도는 편안하고 안전하기

짝이 없는 일이란 말입니다… 구멍가게 주인이 가게 뒷방에서 물건 목록을 작성하는 일이나 마찬가지죠."

그러다 빅토르가 불쑥 몸을 일으켰다.

"들어보시오."

모두 귀를 기울였다.

브레삭이 말했다.

"아무 소리도 안 들리는데요."

빅토르가 대꾸했다.

"그래, 그렇군요…. 무슨 소리가 들린 것 같았는데…."

"공터 쪽에서요? 그럴 리가. 내가 담장에 사슬을 다시 매어 놓았는데."

"아니, 집 쪽이었어요…."

"그건 불가능하잖습니까!"

브레삭이 항의했다.

한참 동안 침묵이 흘렀다. 오로지 브레삭이 잡동사니를 뒤지는 소리만 들렸다.

그러다 실수로 물건을 떨어뜨렸다.

알렉상드라가 질겁하여 몸을 벌떡 일으켰다.

"뭐였죠?"

빅토르 역시 일어서며 말했다.

"들어봅시다… 들어봐요…. 들어보자고요…."

브레삭이 물었다.

"대체 뭘 말입니까?"

모두 귀를 기울였다. 이내 브레삭이 단언했다.

"아무 소리도 안 납니다."

"납니다, 나요! 이번엔 밖이에요. 확실해요."

"거참, 진짜 짜증나게 구네, 빌어먹을!"

브레삭은 자기 협력자가 매 순간 신경을 곤두세우고 있으면서도, 동시에 여유롭게 굴면서 이상한 태도를 보이는 바람에 짜증이 나기 시작했다.

"당신도 나처럼 뒤져보기나 해요."

빅토르는 귀를 쫑긋 세우고 꼼짝하지 않았다. 대로변으로 자동차 한 대가 지나갔다. 옆집 안뜰에서 개 한 마리가 짖어댔다.

알렉상드라가 말했다.

"저도 들려요…."

빅토르가 덧붙였다.

"게다가 당신이 미처 생각 못한 게 있습니다. 나도 오면서 눈치챈 거지만, 이제 곧 달이 뜰 겁니다. 사다리를 기대 놓은 벽 전체가 달빛에 훤히 비칠 거예요."

브레삭이 외쳤다.

"그런 것 따위…!"

하지만 그래도 상황을 살펴보려고 전등을 끄고 태피스트리를 걷은 후, 반투명 유리를 열어 몸을 밖으로 내밀었다.

이와 동시에, 빅토르와 알렉상드라의 귀에 숨죽인 욕설이 들렸다. 무슨 일일까? 밖의 공터에서 대체 무엇을 본 것일까?

브레삭이 들어왔다. 그리고 몇 초 후 어둠 속에서 말했다.

"사다리가 걷혔소."

빅토르가 쉰 소리로 고함을 내뱉고는 창가로 훌쩍 뛰어가더니 마찬가지로 욕설을 내뱉었다. 유리창을 다시 닫고 태피스트리를 다시 덮어놓은 후, 역시 이렇게 말했다.

"사다리가 걷혔군요."

도무지 이해할 수 없는 일이었다. 빅토르는 불을 다시 켜더니, 이 일이 얼마나 끔찍한 상황을 의미하는지 힘주어 말했다.

"사다리가 저절로 치워지는 일이란 없습니다…. 누가 그걸 치웠을까요? 경찰일까요? 그렇다면 우리 위치가 탄로 나고 만 겁니다. 사다리가 어디까지 이어지는지, 그러니까 3층의 이 창문으로 이어지는 걸 보았을 테니까요…."

"그래서?"

"그러니, 분명 이 집으로 쳐들어와 비밀을 알아내려 할 겁니다. 기습이 이뤄질 거예요. 복도 끝 두 번째 출입구는 잘 잠가놓았지요?"

"물론! 물론이오!"

"그걸 부술 겁니다. 문짝 하나가 뭐 대수입니까? 그래, 틀림없어요… 기습이 벌어질 겁니다! 여기서 우리 세 사람 모두 붙잡힐 겁니다. 굴속 토끼들처럼 말이에요!"

브레삭이 항의했다.

"거, 말이면 다 해도 되는 줄 압니까! 내가 여기서 이런 식으로 붙들릴 거라 믿는 겁니까, 이 몸이?"

"하지만 사다리를 누가 걷어 갔으니…."

"창문이 있잖습니까?"

"지금 여기가 3층인데 층 사이가 아주 높아요. 당신이라면 그리로 빠져나갈 수 있을지 몰라도 우리는 못합니다. 더구나…."

"더구나?"

브레삭이 험악하게 내뱉었다.

"아시다시피 외부 덧문에는 경보 장치 선이 연결되어 있어요. 그러니 한밤중에 경보가 울린다고 한번 상상해보라고요…."

브레삭이 불쾌한 눈으로 빅토르를 쳐다보았다. 이 인간은 어째서 행동에 나서는 대신 이런 식으로 곤란한 상황만 과장해서 늘어놓는 것일까?

알렉상드라는 안락의자에 몸을 푹 파묻은 채 두 주먹을 뺨 위에 바짝 갖다 대고 앉아 있었다. 속에서 부글거리는 두려움을 자제하는 데 온 정신을 집중하고 있는 것이 분명했다. 그러느라 꼼짝 않고 입을 꾹 다물고 있었다.

앙투안 브레삭이 조심스럽게 창문 하나를 열었다. 아무런 경보도 울리지 않았다. 그러니 경보는 덧문에 연결되어 있는 것이 확실했다. 브레삭은 덧문 표면에 나 있는 가는 홈들을 위아래로 낱낱이 살펴보았다.

"찾았소! 봐요…. 장치 본체가 어디에 설치되어 있는지는 몰라도, 밖으로 연결된 금속 줄이 여기 있소. 이게 틀림없이 1층에 있을 경보 장치로 연결되어 있을 겁니다."

브레삭은 작은 펜치를 꺼내 황급히 그 줄을 잘랐다. 그런 후 덧문 네 짝을 연결하고 있는 튼튼한 철로 된 빗장을 움직여 걸쇠를 들어냈다.

이제 밀기만 하면 되었다.

브레삭은 살그머니 덧문을 밀었다.

동시에 일어난 일이었다. 방의 천장에 달린 경보 벨이, 단단히 감아놓은 태엽 장치가 힘차게 풀려 나오기라도 하듯 요란스레 울려 퍼지기 시작했다.

3

브레삭은 밖으로 소리가 새어나가는 것을 막으려고 재빨리 덧문과 유리창을 닫은 후, 커튼도 닫아버렸다. 하지만 경보 벨은 방 안에서 귀청을 찢을 듯 엄청나게 큰 소리로, 화가 난 듯 울려 퍼지고 있었다.

빅토르가 차분한 목소리로 말했다.

"줄은 두 개였군요. 밖으로 난 줄 하나는 당신이 잘랐고, 다른 줄 하나는 안쪽으로 나 있었어요. 이런 식으로 집 안에 있는 사람들이 확실히 들을 수 있게 하려는 거지요."

"멍청했군…."

브레삭이 내뱉었다.

이미 방구석에 있던 탁자 하나를 끌어다 벨이 울리는 곳에 갖다 놓은 브레삭은 탁자 위에 의자를 올려놓고 그 위로 기어 올라갔다.

천장 가장자리로 나 있는 쇠시리 장식을 따라 또 다른 경보 벨 줄이 나 있었다. 브레삭이 그걸 잘랐다. 그러자 요란스러운 소리가 멈췄다.

줄을 끊고 내려온 앙투안은 의자와 탁자를 제자리로 옮겨놓았다.

빅토르가 말했다.

"이제는 아무런 위험도 없군요. 벨 소리가 그쳤으니 당신은 창문으로 도망치면 되겠어요."

브레삭이 걸어와 빅토르의 팔을 움켜쥐었다.

"난 내가 가고 싶을 때 갑니다. 그런데 1000만 프랑 뭉치를 찾아내야만 뜰 마음이 생길 겁니다."

"말도 안 돼! 찾아내지 못할 겁니다."

"어째서요?"

"시간이 없으니까요."

"지금 무슨 헛소리를 하는 겁니까! 하는 말마다 하나같이 정신 나간 소리로군. 사다리는 미끄러져서 떨어진 게 틀림없어. 아니면 누가 고약한 장난을 치느라 치웠거나 자기가 쓰려고 가져갔을 테지. 그렇게 겁을 먹을 이유가 실제로는 하나도 없단 말입니다. 경비들은 묶여 있어요… 내 부하들이 지키고 있고. 그러니 우리는 할 일만 열심히 하면 되는 겁니다."

브레삭이 빅토르를 붙들고 흔들어대며 말했다.

"그 할 일, 다 끝났습니다."

브레삭이 주먹을 쳐들어 보였다. 화가 머리끝까지 나 있었다.

"당장 당신을 창문 밖으로 집어 던질… 이 늙은이! 당신 몫은… 한 푼도 없어! 와서 한 일이라곤 하나도 없으니!"

브레삭이 말을 멈췄다. 바깥에서 누군가 휘파람을 불었던 것이다…. 가볍고 짧은 그 진동음은 공터에서 올라오는 것이었다.

"이번에는 들었습니까?"

빅토르가 물었다.

"들었소… 길에서 나는 거겠지… 늦게 지나가는 행인이…."

"아니면 공터에 있던 사다리를 가져간 사람들일 수도 있지요…. 그자들이 경찰을 부르러 간 거고."

견딜 수 없는 일이었다. 구체적이고 현실적인 위험이 닥치고 있었다. 어떤 종류인지, 어디에서 오는지 알 수 없는 위험이 감돌고 있는 것이다. 대체 위험이란 게 있기나 한 것일까? 브레삭은 자문했다. 점점 겁에 질려가는 알렉상드라와 이 빌어먹을 노인네의 이상스러운 행동 때문에 당황하면서 동시에 분노하고 있었다.

15분 정도가 흘렀다. 그동안 정체를 알 수 없는 불안감은 괴괴한 적막과 이들을 짓누르는 위협 가득한 분위기 속에서 강도를 더해갔다. 알렉상드라는 안락의자 등받이에 딱 달라붙어 앉아서 적이 금세라도 나타날 듯 닫힌 문을 뚫어지게 바라보고 있었다. 브레삭은 물건 뒤지는 일을 다시 시작했다가 머릿속이 혼란스럽고 불편해졌는지 갑자기 중단했다.

"일을 잘못 꾸민 겁니다."

빅토르가 말했다.

급기야 브레삭은 분노를 터뜨렸고, 빅토르를 늙은이라고 부르며 비난했다. 그러자 빅토르는 빈정거리는 어조로 했던 말을 반복하며 응수했다.

"일을 잘못 꾸민 겁니다…. 지금 우리가 어디로 가는지도 모

르고 있지 않습니까…? 난장판에 말다툼까지… 정말 뒤죽박죽
이로군…!"

브레삭이 빅토르에게 욕설을 퍼부었다. 알렉상드라가 달려
와 두 사람을 떼어놓지 않았으면 몸싸움이 벌어질 뻔했다.

"여기를 떠나요."

별안간 기운을 차린 알렉상드라가 명령했다.

"어쨌거나, 그래야겠소. 퇴로는 뚫려 있으니."

일을 포기하기로 마음먹은 듯 브레삭이 외쳤다.

남녀가 문 쪽으로 다가가는데 빅토르가 공격적인 어조로 선
언했다.

"나는 남겠습니다."

"그건 안 돼! 당신도 떠나는 거요."

"남겠어요. 나는 무슨 일을 시작하면 끝까지 가는 사람입니
다. 당신이 했던 말을 기억해봐요, 브레삭. '1000만 프랑이 여
기 있소. 그걸 뻔히 알면서도 빈손으로 도망쳐야 할까요? 내 사
전에 그런 일이란 없다'고 했소. 내 사전에도 그런 일은 없습니
다. 난 끈질기게 매달리지요."

브레삭이 빅토르에게 되돌아왔다.

"배짱도 좋군! 이런 식으로 계속 나오는데, 대체 당신의 정확
한 역할이 뭔지 궁금하기 짝이 없군요."

"지금 벌어지는 일에 넌덜머리가 나는 남자 역할이죠."

"그러면 어떻게 하겠다는 거요?"

"이 일을 아예 토대부터 새로 다지겠다는 겁니다. 다시 한 번
말하지만, 일을 잘못 꾸몄어요. 준비도 엉망이고, 실행도 엉망

이었죠. 그러니 내가 다시 시작한다는 겁니다."

"미쳤군! 하더라도 나중에 다시 시작하든가 합시다."

"나중이면 이미 늦어버려요. 당장 다시 시작할 거요."

"이런 제길, 대체 어떻게 말이오?"

"당신은 찾는 법을 몰라요…. 나 역시 마찬가지요. 그런 일을 하는 전문가는 따로 있는 법이지요."

"전문가?"

"이 시대에는 모든 일이 전문화되고 있지요. 내가 가택수색의 명수들을 알고 있소. 한 명을 부르겠소."

빅토르는 전화로 다가가 수화기를 들었다.

"여보세요…."

"이런 빌어먹을, 당신 지금 뭐하는 거요?"

"지금 가능한 단 한 가지 합리적인 일을 하려는 겁니다. 우리는 지금 제대로 된 장소에 와 있어요. 이 기회를 이용해서 이참에 반드시 물건을 챙겨서 떠나야 합니다. 여보세요? 아가씨, 이 번호 좀 연결해주시오. 샤틀레 24-00…."

"대체 그게 누구요?"

"친굽니다. 당신 친구들은 둔해빠진 데다, 당신마저 그자들을 경계하고 있지 않습니까. 내 친구는 단연 일류죠. 순식간에 이 상황을 해결해줄 겁니다. 놀라서 입이 떡 벌어질 거예요. 여보세요…. 샤틀레 24-00입니까? 아! 국장님이시군요. 여기, 마르코스 아비스토입니다. 지금 마이요 대로 98-2번지에 있는 개인 저택 3층에 와 있습니다. 여기로 좀 와주시겠습니까? 안뜰 철책하고 현관문은 열려 있습니다. 자동차 두 대하고 네댓 사람 데려오시고, 거기 라르모나도 끼워주십시오…. 아래층에서 아르센 뤼팽의 공범들이 좀 칭얼댈 겁니다…. 3층에는 뤼팽이 완전히 뻗어 미라처럼 꽁꽁 묶여 있을 거고요."

빅토르는 잠시 말을 멈추었다. 왼손으로는 수화기를 든 채, 오른손으로 두 주먹을 쥐고 달려들려는 브레삭을 향해 브라우닝 권총을 겨누었다.

빅토르가 외쳤다.

"허튼짓은 마시지, 뤼팽. 안 그러면 개 패듯 패줄 테니."

그리고 전화에 대고 말을 이었다.

"아시겠지요, 국장님! 45분쯤 후면 여기로 오실 수 있겠지요. 그리고 제 목소리, 잘 알아들으셨습니까? 잘못 알아들으신 건 아니고요? 네, 마르코스 아비스토. 그러니까… 그 말은…."

빅토르는 잠시 말을 멈추더니, 브레삭을 향해 싱긋 웃어 보이고 여자에게 고개를 숙여 보인 후 권총을 방 반대편으로 던져버렸다.

"사교계단속반 형사 빅토르라 이겁니다."

12
뤼팽의 승리

.

1

　사교계단속반 형사 빅토르! 그 유명한 빅토르가 놀라운 통찰력으로 사건의 뒤엉킨 타래를 차츰차츰 풀어낸 것이다! 초기에 노란 봉투를 갖고 있던 세 사람의 정체를 24시간 만에 밝혀낸 것도 빅토르였으며, 레스코 영감을 찾아내고 도트레 남작을 추적해 꼼짝없이 몰아붙여 결국 자살하게 만든 것, 또 펠릭스 드발의 술책을 좌절시킨 것도 빅토르였다! 바로 그 빅토르가 페루 사람 마르코스 아비스토의 가면을 쓰고 있었던 것이다….

　브레삭은 몸서리 한 번 치지 않고 이 충격을 견뎌냈다. 빅토르가 수화기를 내려놓는 동안 잠시 생각에 잠기더니 이번에는 자기가 권총을 끄집어냈다.

　알렉상드라는 그 몸짓을 눈치채자 겁에 질려 달려들었다.

　"안 돼… 안 돼요…! 그것만은 안 돼요!"

　브레삭이 처음으로 여자에게 반말로 속삭였다.

　"당신 말이 맞아. 어차피 결과는 마찬가지일 테니…."

빅토르가 브레삭을 비웃었다.

"무슨 결과 말입니까, 브레삭."

"우리 싸움의 결과."

빅토르가 자기 회중시계를 쳐다보며 말했다.

"결판은 이미 난 거나 마찬가지입니다. 지금이 2시 반….
40분 후에 내 상관인 사법경찰 수사국장 고티에 씨가 자기 똘
마니들 몇 명을 대동하고 나타나서 뤼팽 나리의 어깨에 손을
턱 올려놓으실 테니까요."

"그래, 하지만 지금부터 그때까지는 어떨까? 경찰 끄나풀 자
식."

"지금부터 그때까지?"

"상황이 역전될 수도 있거든."

"확신하나?"

"자네만큼이나 확신하지. 그럼 지금부터 그때까지, 빅토르
나리…."

브레삭은 두 다리로 균형을 잡고 널찍한 가슴 위로 팔짱을
끼며 버티고 섰다. 상대보다 키가 더 컸으며, 오, 어깨가 구부정
하고 얼굴은 주름진 늙은 형사보다 얼마나 단단하고 혈기 왕성
해 보이는지!

빅토르가 말했다(역시 말을 놓고 있었다).

"지금부터 그때까지. 얌전하게 가만히 있어주시지, 뤼팽….
그래, 그래. 빅토르와 뤼팽의 일대일 대결이라니 웃음이 난다,
이거로군. 나만 상대하면 된다고 믿고 이제 안심하는 게로구
먼. 손가락으로 한 번 튕기면 그걸로 싸움은 끝장날 거다. 이 광

대 자식, 덤벼봐! 근육이니 이두박근이니 하는 건 다 옛말이고, 이제는 머리를 써야 하는 법이야. 한데 정말이지, 3주 전부터 보자니 그 방면으로 뤼팽 자네는 영 비실비실하더라니까! 꼴이 영 말이 아니군! 나한테 실컷 놀아나다니, 그 유명하신 뤼팽께서 고작 이거였나? 천하무적 뤼팽! 거인 뤼팽! 아! 뤼팽, 이제껏 운이 좋아서 제대로 된 적수를 한 번도 만나본 적이 없을 뿐이었나 싶단 말이지…! 나만 한 적수 말일세…! 나만 한 적수!"

빅토르는 자기 가슴을 두드리며 마지막 말을 크게 반복했다.

"나 말일세! 나만 한 적수!"

앙투안 브레삭이 고개를 가로저었다.

"일을 교묘하게 제대로 꾸몄다는 것만은 인정해, 형사 양반. 알렉상드라를 상대로 했던 연기하며… 일품이더군…! 머리핀을 훔친 것도 그렇고… 장물아비 집을 턴 것… 전부 훌륭했어…! 그리고 캉브리주 호텔에서 벌어졌던 그 소동하며, 우릴 구해낸 수법까지…! 빌어먹을, 그런 연기 앞에서 어떻게 의심을 할 수 있었겠어!"

브레삭은 손에 들고 있던 회중시계를 연신 쳐다보았다.

빅토르가 이죽대며 말했다.

"떨고 있군, 뤼팽!"

"내가?"

"그래, 너! 지금은 큰소리치고 있지. 하지만 붙들려서도 그럴 수 있을까?"

빅토르가 별안간 키득키득 웃으며 말을 이었다.

"그래! 아까 겁을 잔뜩 먹었잖아! 내가 원했던 게 바로 그거였지…. 네 배짱이 심약한 여자나 마찬가지라는 걸 보여주고 싶었거든. 네가 그렇게 놀려대던 알렉상드라 앞에서 그 꼴을 보여주고 싶었던 거라고! 응! 사다리가 없어졌다고…? 창가에서 1미터 떨어진 곳에 얌전히 있다네. 내가 창문 발코니로 넘어들어오면서 밀어놓은 그대로…. 아! 그 순간 어찌나 약해지던지! 그 증거가 뭔지 아나. 내가 전화를 걸었을 때 아무런 반응도 보이지 않았다는 사실이지. 또 지금도 반응을 보이지 않는다는 사실, 그리고 결국 수백만 프랑은 찾아내지도 못한 채 문밖으로 달아날 거라는 사실."

빅토르가 갑자기 발을 구르며 소리쳤다.

"덤벼보란 말이야, 이 약해빠진 자식! 자네 애인이 쳐다보고 있잖나! 어디 아파? 좀 얼떨떨한가 보지? 자, 한마디라도 해봐! 움직여보라고!"

브레삭은 잠자코 있었다. 빅토르의 빈정거림 따위에는 관심도 없는 것 같았고, 그런 말은 아예 들리지도 않는 것 같았다. 알렉상드라에게로 시선을 돌린 브레삭의 눈에, 여자가 안락의자에서 일어나 빅토르 형사를 열에 들뜬 눈으로 집요하게 바라보고 있는 모습이 들어왔다.

마지막으로 브레삭이 자기 시계를 쳐다보더니 내뱉듯 말했다.

"25분. 그거면 충분하고도 남지."

빅토르가 대꾸했다.

"아주 충분하지. 1층까지 내려가는 데 1분, 자네 친구들하고 저택을 나가는 데 1분."

브레삭이 음산하게 말했다.

"거기에 1분이 더 필요하겠군."

"뭘 하려고?"

"너를 혼내주려고."

"허헛! 볼기짝이라도 때려주시게?"

"아니, 자네가 말하듯 내 애인이 보는 앞에서 흠씬 두들겨 패주려고. 경찰이 도착하면 흠집이 좀 나고 피투성이로 꽁꽁 묶여 있는 널 발견할 거다…."

"그리고 네 명함이 그 목에 박혀 있고?"

"물론이지, 아르센 뤼팽의 명함…. 전통은 지켜야지. 알렉상드라, 문을 열어주겠소?"

알렉상드라는 꼼짝도 하지 않았다. 흥분해서 마비라도 된 것일까?

브레삭이 문으로 달려가더니 이내 욕설을 내뱉었다.

"젠장, 잠겨 있잖아!"

"뭐라고! 내가 잠그는 걸 눈치 못 챘던 건가?"

빅토르가 놀리듯 말했다.

"열쇠 내놔."

"열쇠는 두 개라네. 이 열쇠하고, 복도 끝에 있는 문 열쇠."

"두 개 다 내놔."

"그럼 너무 쉬워지니 안 될 말씀. 자기 집을 떠나는 선량한 소시민처럼 계단을 내려가서 나가버릴 거 아냐? 그건 안 되지. 잘 알아두게. 네놈하고 출구 사이에는 이 사람, 사교계단속반 형사 빅토르의 의지가 버티고 있다는 사실을 말이야. 결국, 이번 사건의 모든 것이 바로 여기 이 몸이 계획하고 실현시킨 대로 결말을 보고 있어! 뤼팽이냐, 빅토르냐! 험악한 동료 세 명과 공범을 거느리고 있으며 권총과 단검을 지닌 젊은 뤼팽. 그리고 혈혈단신에 무기도 없는 늙은 빅토르. 전투의 증인이자 일대일 결투의 심판으로는, 아름다운 알렉상드라."

브레삭이 굳은 표정으로 결연히 앞으로 나섰다.

빅토르는 한 발짝도 물러서지 않았다. 더 이상 말은 필요 없었다. 시간이 없다. 경찰이 끼어들기 전에 늙은 빅토르를 때려 눕히고 혼쭐을 낸 후, 열쇠를 되찾아야 했다.

두 걸음 더.

빅토르가 웃음을 터뜨렸다.

"덤비라니까! 내 흰머리를 동정하지 말게! 어이, 기운을 내라고…!"

한 걸음 더. 그러더니 별안간 브레삭이 빅토르를 향해 뛰어들었고 온몸의 무게를 실어 단숨에 상대를 깔아뭉갰다. 두 사람은 뒤엉켜 마루 위에서 뒹굴었고, 야만스럽기까지 한 집요한 결투가 벌어졌다. 빅토르는 빠져나가려 했다. 하지만 브레삭에게서 벗어나는 것은 불가능해 보였다.

알렉상드라는 이 광경을 겁에 질려 바라보면서, 이 싸움의 결과에 영향을 미치고 싶지 않다는 듯 꼼짝도 하지 않았다. 누가 이기든 마찬가지라는 것일까? 여자는 불안 섞인 갈망을 느끼며, 결과를 알고 싶어 기다리는 것 같았다.

금세 결판이 났다. 신체적으로는 브레삭이 우월함에도 불구하고, 빅토르의 노령에도 불구하고, 일어선 사람은 빅토르였다. 숨조차 헐떡이지 않고 있었다. 그리고 평소와는 달리 온화

한 얼굴에 미소가 떠올라 있었다. 그러더니 서커스에서 상대방을 '쓰러뜨린' 격투사처럼 으스대는 몸짓을 해 보였다.

상대는 부상을 입었는지 꿈쩍하지 않고 널브러져 있었다.

2

이런 결말을 바라보는 알렉상드라의 얼굴에는 놀라움이 배어 있었다. 단 한 순간도 앙투안 브레삭이 패배하리라고는 상상조차 못 한 것이 틀림없었다. 지금 이렇게 바닥에 널브러져 있는 남자의 몸뚱이는 여자의 상상을 뛰어넘는 광경이었다.

빅토르가 브레삭의 주머니를 뒤져 무기인 권총, 단검을 꺼내며 말했다.

"걱정 마십시오. 누구한테나 확실히 먹히는 나만의 공격술이죠… 주먹이 가슴에 들어가 박히면 뒤로 물러서지도, 앞으로 달려들지도 못하게 됩니다. 하지만 심각한 건 아닙니다…. 단지 고통스럽고 한 시간 동안 제대로 못 걸을 뿐이죠…. 불쌍한 뤼팽…."

하지만 여자는 걱정하고 있는 것이 아니었다. 이미 상황을 받아들이고, 앞으로 벌어질 일과 자기를 또 한 번 어리둥절하게 만든 이 놀라운 인물이 앞으로 어떻게 할지에만 관심이 쏠려 있었다.

"저 사람을 어떻게 하실 작정이죠?"

"뭐라고요? 당연히 넘겨야지요. 15분 후면 수갑을 차겠죠."

"그러면 안 돼요. 그냥 놔주세요."

"안 됩니다."

"제발 부탁드려요."

"저 남자를 위해 그렇게 애원하시는데… 당신 자신을 위해서는 부탁할 게 없나요?"

"나는 아무것도 필요 없어요. 나는, 원하시는 대로 하세요."

조금 전만 해도 공포로 덜덜 떨고 있었고 지금도 위험을 코앞에 두고 있는 처지였으면서, 이 말을 하는 알렉상드라는 의외로 침착했다. 차분한 눈 속에는 일종의 도전, 심지어 오만함이 내비쳤다.

빅토르가 여자에게 다가갔다. 그리고 나직한 목소리로 말했다.

"내가 원하는 대로? 그건 당신이 떠나는 겁니다. 한시도 지체하지 않고 당장."

"싫어요."

"내 상관들이 여기 도착하면 저도 당신을 책임 못 집니다. 떠나십시오."

"싫어요. 이제껏 당신의 행동을 보면, 당신은 자기 편한 대로 경찰과는 상관없이, 심지어 경찰에 반대해서까지 행동하는 사람이에요. 나더러 도망치라고 하니, 그럼 앙투안 브레삭을 구해주세요. 그러지 않으면 저는 남겠어요."

빅토르가 짜증을 냈다.

"그러니까 저 사람을 사랑한다, 이겁니까?"

"그런 문제가 아니에요. 저 사람을 구해주세요."

"안 돼요, 안 됩니다."

"그럼 저는 남아 있겠어요."

"떠나십시오!"

"남을 거예요."

빅토르는 화가 나서 소리를 질렀다.

"그렇다면, 당신한테 안된 노릇이군요! 하지만 무슨 일이 있어도 절대로 저자를 구해주는 일은 없을 겁니다. 아시겠습니까? 한 달 전부터 이 일에만 매달려 왔어요! 이 일에 내 삶을 걸었단 말입니다… 저자를 체포해서…! 정체를 밝히는 일…! 저자를 증오하느냐고요? 그럴지도 모르죠. 하지만 내가 느끼는 건 무엇보다 극단적인 경멸입니다."

"경멸이라고요? 왜죠?"

"왜냐고요? 말씀드리죠. 진실을 전혀 알아채지 못하신 것 같으니. 하지만 너무도 자명한 일 아닙니까!"

그때 브레삭은 몹시 창백한 얼굴로 가쁜 숨을 몰아쉬며 간신히 몸을 일으켰다. 그러더니 다시 풀썩 쓰러졌다. 남자가 오로지 도망칠 궁리만 하고 있으며, 자기가 돌이킬 수 없이 패배했다는 사실을 인정하고 있는 것이 뻔했다.

빅토르는 두 손으로 알렉상드라의 머리를 붙들고 위압적인 어조로 또박또박 말했다.

"날 쳐다보지 마십시오…. 그렇게 애걸하는 눈으로 나한테 물어보지 말아요…. 날 쳐다볼 게 아니라… 저자를 보십시오… 저 남자가 바로 당신이 사랑했던 자입니다. 아니, 당신은 저 사람의 전설과 꺾을 수 없는 용기, 끝없이 샘솟는 그 능력을 사랑했지요. 그러니 저자를 외면하지 말고 똑똑히 쳐다봐요! 그리고 저자가 당신을 실망시켰다는 사실을 인정하란 말입니다. 이보다 더 나은 것을 기대했겠지요, 아닙니까? 뤼팽 같은 사람은 적어도 저런 꼴은 아니란 말입니다!"

빅토르는 패배한 상대방을 향해 손가락을 뻗으며 표독스럽게 웃었다.

"뤼팽 같은 자라면 배내옷을 입은 애송이처럼 저렇게 당했겠습니까? 사건 초반부터 저자가 벌인 실수에 대해서는 그냥 넘어갑시다. 처음에는 당신을 통해서, 나중에는 뇌이의 저 사람 집에서 내가 저자를 어떻게 속여 넘겼는지에 대해서는 말이오. 하지만 오늘 밤 이곳에서 저자가 뭘 했지요? 두 시간 전부터 내 손에 좌지우지되는, 영락없는 꼭두각시가 아니었습니까! 저게 뤼팽이라고? 가게 물품 목록을 작성하는 식료품상이라면 모를까. 번뜩이는 구석이라고는 도무지 찾아볼 수 없어요! 제대로 된 생각 하나 못 해냈단 말입니다! 내가 자기를 갖고 놀면서 일부러 겁을 주는 데도, 얼간이처럼 횡설수설밖에 더 했습니까. 저 꼴을 좀 봐요. 토끼처럼 하찮것없는 당신의 저 뤼팽을 보란 말이오(프랑스어로 토끼는 '라팽lapin'이고 뤼팽은 'Lupin'이다. 끝 음절이 일치하는 것을 이용한 말장난 - 옮긴이). 내가 배를 좀 간질여줬더니 토할 것처럼 저런 창백한 꼴이 되어서는! 패배라고요? 뤼팽은, 진정한 뤼팽은 절대 패배를 인정하지 않습니다. 완전히 절망적인 상황에서도 다시 일어서지요."

빅토르가 몸을 일으켜 세웠다. 별안간 키가 더 커져 있었다.

알렉상드라가 바짝 다가서서 바들바들 떨며 속삭였다.

"무슨 말씀을 하시려는 거예요? 뭣 때문에 저 사람을 비난하는 거죠?"

"저자를 비난하는 건 바로 당신입니다."

"내가…? 내가요…? 무슨 말인지 모르겠어요…."

"아니요. 진실이 당신을 조여오고 있습니다…. 정말 저 남자가 당신이 생각하듯 그런 위대한 면모를 지니고 있다고 믿으십니까? 당신이 사랑하던 사람이 저자였습니까? 아니면 보다 위대한 다른 남자… 저 천박한 건달과는 비교가 안 될 진정한 우두머리를 원하는 겁니까?"

그러더니 자기 가슴을 내리치며 덧붙였다.

"우두머리란, 몇 가지 특징으로 알아볼 수 있습니다! 우두머리는 그 어떤 상황에서도 우두머리입니다! 당신은 어떻게 이 정도로 눈이 멀 수 있는 겁니까?"

여자는 갈피를 잡지 못하고 되풀이했다.

"무슨 말씀을 하시려는 거예요? 만약 제가 잘못 알고 있는 게 있다면 말씀해주세요. 그게 뭐지요? 저 사람은 누구죠?"

"앙투안 브레삭이오."

"그럼 앙투안 브레삭, 그건 누구죠?"

"앙투안 브레삭, 단지 그뿐이지요."

"아녜요! 다른 사람이기도 해요! 그게 누구죠?"

빅토르가 냅다 거칠게 소리를 질렀다.

"도둑이죠! 한 인물의 신원을 빼앗은 도둑이란 말입니다! 돈도 재능도 없으면 이미 널리 알려진 이름을 속여 뺏는 게 더 편리한 법이지요! 그래서 하루아침에 화려하게 등장하는 겁니다! 겉모습으로 현혹하는 거지요! 어둠 속에서 누군가 한 여자에게 슬그머니 말합니다. '나는 뤼팽이오'라고. 그런데 그 여자가 과거 때문에 삶이 피폐하고, 강렬한 감각을 추구하며, 특별하고 불가능한 무엇인가를 찾아 헤매고 있었으니, 그 사람은 제 능력껏 최선을 다해 뤼팽 노릇을 한 겁니다. 언젠가 당신이 현실을 깨닫고 허수아비처럼 내던져지기 전까지 말이오."

여자가 수치심에 얼굴을 붉히며 중얼거렸다.

"오! 그럴 리가…? 그게 정말인가요…?"

"고개를 돌려 저자를 보십시오. 제가 처음부터 간청했듯 말입니다. 그러면 당신도 확신하게 될 겁니다…."

여자는 고개를 돌리지 않았다. 현실이 확연히 보였던 것이다. 그리고 열렬한 눈길로 빅토르를 바라보았다. 마치 자기도 모르게 혼란스러운 다른 생각이 마음속으로 서서히 스며들기라도 하듯….

"떠나십시오. 브레삭의 부하들이 당신을 알아보고 지나가게 내버려 둘 겁니다…. 아니면, 사다리가 여기 내 손에 닿으니…."

"그래 봤자 무슨 소용이죠? 그냥 기다리겠어요."

"뭘 기다린다는 거죠? 경찰을요?"

여자가 고통스러운 어조로 말했다.

"나한텐 다 마찬가지예요. 하지만… 부탁이 하나 있어요."

"뭐지요?"

"1층에 있는 세 사람, 거친 사람들이에요…. 경찰이 도착하면 싸움이 벌어질 거예요… 다치는 사람도 나올 테고…. 그래선 안 돼요…."

빅토르는 브레삭을 쳐다보았다. 여전히 움직이지 못하며 고통스러워하는 것 같았다. 빅토르는 문을 열고 복도 끝까지 달려가 휘파람을 불었다. 부하 셋 중 한 사람이 황급히 올라왔다.

"당장 떠나시오… 경찰이 오고 있소…! 떠나면서 정원 철책문을 반드시 열어놓으시오."

그런 후 빅토르는 서재로 되돌아왔다.

브레삭은 꿈쩍도 하지 않았다.

알렉상드라는 그에게 다가가 있지 않았다.

두 사람 사이에는 눈길도 오가지 않았다. 두 이방인일 뿐이었다.

2~3분이 흘렀다. 빅토르는 귀를 기울였다.

자동차 엔진 소리가 요란하게 들렸다. 자동차 한 대가 저택 앞 대로변에 멈춰 섰다. 이내 두 번째 차가 도착했다.

알렉상드라는 안락의자 등받이를 붙들었다. 손톱이 천을 파고들었다. 얼굴은 창백했으나 그래도 평정을 유지하고 있었다.

1층에서 사람들의 목소리가 들리더니 이내 잠잠해졌다.

빅토르가 속삭였다.

"고티에 씨하고 경찰들이 방으로 들어갔습니다. 경비 두 사람과 그리스인을 풀어주고 있을 겁니다."

이때, 앙투안 브레삭이 간신히 힘을 내어 일어나 빅토르에게 걸어왔다. 그 얼굴은 두려움보다는 고통으로 더욱 일그러져 있었다. 그리고 알렉상드라를 가리키며 더듬거렸다.

"저 여자는 어떻게 됩니까?"

"그건 신경 쓰지 말게, 전직 뤼팽 나리. 더 이상 자네 소관이 아니니까. 자네 몸이나 생각하시지. 브레삭은 가명 맞지?"

"맞습니다."

"진짜 이름은, 누가 그걸 찾아낼 수 있을 것 같나?"

"불가능합니다."

"살인은 저지른 적 없고?"

"없습니다. 비미쉬한테 칼을 휘두른 것 빼고는. 더구나 그게 내가 한 일이라는 증거도 없어요."

"절도는?"

"확실한 증거는 하나도 없어요."

"결국 감방 몇 년이라 이거군."

"그뿐입니다."

"그래도 싸지. 그런 후에는…? 뭐로 먹고살 건가?"

"국방부 채권."

"자네가 숨겨놓은 곳은 확실한가?"

브레삭이 미소 지었다.

"도트레가 택시 안에 감춰놓은 것보다는 더 낫지요. 찾는 건 불가능해요."

빅토르가 브레삭의 어깨를 두드렸다.

"그럼, 됐네. 잘됐군. 나, 나쁜 사람 아닐세. 뤼팽이라는 훌륭한 이름을 훔쳐서 그 대단한 위인을 자네 수준으로 끌어내린 데 정나미가 떨어졌을 뿐이지. 그건, 용서 못 해. 그래서 널 잡아넣을 거야. 하지만 택시 건에서 눈썰미가 좋았으니, 취조 중에 너무 떠들어대지만 않으면 고발하진 않겠네."

계단 아래쪽에서 목소리가 들렸다.

빅토르가 말했다.

"이제 오는군. 현관을 뒤진 후에 올라올 거야."

빅토르는 별안간 기쁨에 사로잡힌 듯, 놀랍도록 날렵한 몸짓으로 춤을 추기 시작했다. 머리칼이 희끗희끗한 점잖은 노신사가 앙트르샤를 날리며 빈정대는 모습은 너무도 우스꽝스러웠다.

"이것 보라고, 친애하는 앙투안. 바로 이게 뤼팽의 스텝이지! 아까 자네가 깡충대던 거랑은 차원이 다르다고! 아! 신성한 불꽃이 있어야지. 진짜 뤼팽이 느끼는 그 흥분이 있어야 하는 법이라네. 홀로 적들한테 둘러싸여 있으면서 경찰이 다가오는 소리가 들리는 가운데, 누군가 금방이라도 경찰들 앞에서 나를 가리켜 보이며 '저자가 뤼팽이다! 사교계단속반 형사 빅토르는 없다. 오로지 뤼팽만 있다. 뤼팽과 빅토르는 동일 인물이다! 뤼팽을 잡으려면 빅토르를 잡아라'라고 말할지도 모르는 이런 상황에서 말이지."

그러더니 브레삭 앞에서 우뚝 멈춰 서서 말했다.

"자넬 용서해주겠네. 이런 순간을 내게 맛보게 해주었다는 이유 하나만으로 자네 형기를 2년으로 줄여주겠네. 아니, 감옥살이 1년만 하게. 그럼 '내가 1년 후에 탈옥시켜주겠네.' 알겠나?"

브레삭이 멍하니 더듬거렸다.

"당신, 누구시죠?"

"글쎄, 그렇다니까. 이 사람아!"

"네? 뭐가요? 당신, 빅토르가 아닙니까?"

"빅토르 오탱이라는 사람이 있긴 있었지. 식민지 공무원이었는데 치안국 형사로 지원했다네. 하지만 죽어버렸고, 마침 내가 경찰에서 근무하며 한번 놀아볼까 하는 참에 그자 서류가 내 손에 들어왔지. 단, 이 일에 대해서는 입 다물게. 알았나? 그저 뤼팽 취급을 당하게, 그게 나아. 그리고 뇌이의 자네 집에 대해서나 알렉상드라에게 불리한 말은 한마디도 하지 말게. 알겠나?"

목소리가 점점 가까워졌다. 이 목소리들 너머로 좀 더 작은 다른 목소리가 들려왔다.

고티에를 맞으러 가던 빅토르가 지나가며 알렉상드라에게 슬쩍 말했다.

"얼굴을 손수건으로 가려요. 두려워하지 마십시오."

"아무것도 두렵지 않아요."

고티에가 라르모나와 다른 경찰 한 명을 대동하고 황급히 달려왔다. 그리고 문턱에서 멈춰 서서 만족스러운 얼굴로 현장을 바라보았다.

"이런, 이런, 빅토르. 드디어 된 건가?"

고티에가 명랑하게 외쳤다.

"됐습니다, 국장님."

"이 사람이, 뤼팽인가?"

"바로 그 사람이지요. 앙투안 브레삭이라는 가명을 쓰고 있습니다."

고티에는 잡힌 남자를 지긋이 바라보더니 상냥하게 미소를 지었고, 경찰에게 수갑을 채우라고 명령했다.

고티에가 중얼거렸다.

"허헛! 기분 무지하게 좋군. 아르센 뤼팽을 체포하다니. 그 유명하고 만능에 천하무적이라는 아르센 뤼팽이 덫에 걸려 갇히다니! 경찰의 대단한 승리 아닌가! 뤼팽한테는 흔한 일이 아니지. 하지만 이렇게 되고 말았군. 아르센 뤼팽이 사교계단속반 형사 빅토르에게 체포되다. 젠장! 이거 오늘 보통날이 아니로구먼! 빅토르, 이분께서 얌전히 구셨나?"

"어린양처럼 순했지요, 국장님."

"어째, 몰골이 좀 그렇군."

"몸싸움을 좀 했습니다. 아무것도 아니었죠."

고티에는 알렉상드라 쪽을 돌아보았다. 여자는 몸을 수그린 채 손수건을 눈에 대고 있었다.

"그런데 빅토르, 이 여자는?"

"뤼팽의 애인이자 공범입니다."

"극장의 그 여자? **라 비코크**와 보지라르가의 그 여자 말인가?"

"네, 국장님."

"축하하네, 빅토르. 그야말로 일망타진이로군! 나중에 자세히 얘기해주게. 물론 국방부 채권은 뤼팽이 확실하게 숨겨놔서 흔적도 없겠지?"

"지금 제 주머니 속에 있습니다."

이렇게 말하며 빅토르는 봉투에서 국방부 채권 아홉 장을 꺼냈다.

브레삭이 기겁하여 제자리에서 펄쩍 뛰었다. 그리고 빅토르에게 소리를 질렀다.

"못된 놈!"

"드디어! 드디어 반응을 보이시는군! 찾아낼 수 없는 은닉처라고 했던가? 자네 집의 옛 도관… 그걸 찾아낼 수 없는 곳이라고 부른 건가? 이런 애송이를 봤나! 첫날 밤에 찾아냈는데."

빅토르는 앙투안 브레삭에게 다가가 그만 들을 수 있도록 아주 나직이 말했다.

"입 다물고 있게… 보상해주겠네…. 감방 생활 7~8개월, 그거면 돼…. 출소하면 두둑한 퇴역 군인연금에 담배 가게, 그거면 되겠나?"

그러는 사이 다른 경찰들이 도착했다. 이들 손에 풀려난 그리스인이 경비 두 사람의 부축을 받아 선 채로 두 팔을 휘두르며 소리를 질러댔다.

그리고 브레삭을 보자마자 이렇게 외쳤다.

"저자가 그놈이오! 나를 때리고 재갈을 물린 놈! 저자가 맞아요!"

그러더니 이내 질겁하며 말을 멈추곤 다리를 휘청거려서 사람들이 부축해주어야 했다. 그리스인은 기념품 선반으로 손을 뻗은 채 더듬거렸다.

"저들이 내 1000만 프랑을 훔쳐 갔소! 우체국 우표 앨범! 그 귀한 수집품을! 그걸 1000만 프랑에 팔 수 있었을 텐데. 사들인 값보다 스무 배는 더 되는 값으로…. 저놈 짓이오, 저놈이오…! 놈을 뒤져요…! 비열한 놈…! 1000만 프랑이…!"

3

경찰이 브레삭의 몸을 수색했다. 어리둥절했던 브레삭은 아무런 저항도 하지 않았다.

빅토르는 두 사람의 시선이 집요하게 자기를 짓누르는 것을 느꼈다. 알렉상드라는 손수건을 걷고 고개를 들었고, 브레삭은 멍하니 빅토르를 쳐다보고 있었다. 1000만 프랑이 사라졌다…. 하지만, 그렇다면…? 브레삭의 머릿속이 점점 또렷해졌고, 몇 마디를 중얼거리는 듯했다. 금방이라도 머릿속에 떠오른 범인이 누구인지 큰 소리로 말해서 자신을 변호하고 알렉상드라를 변호하려는 듯이.

하지만 빅토르의 위압적인 시선에 눌려 브레삭은 침묵을 지켰다. 고발하기 전에 정황을 깊이 생각하고 완전히 이해해야 했는데, 브레삭은 1000만 프랑이 어떻게 사라졌는지 도무지 이해할 수 없었다. 자기 혼자만 뒤지다 결국 아무것도 찾아내지 못했고, 그사이 빅토르는 꿈쩍도 하지 않았으니.

빅토르가 고개를 가로저으며 단언했다.

"세리포스 씨가 그리 말씀하시다니 놀랍군요. 제가 앙투안 브레삭의 신임을 얻어 여기로 함께 들어왔고 그자가 뒤지는 동안 끊임없이 감시하고 있었습니다. 그런데 저 사람은 아무것도 못 찾아냈거든요."

"하지만….

"하지만 브레삭한테 공범 세 명이 있었는데 그자들이 도망쳤습니다. 제가 인상착의를 알고 있는데, 그자들이 돈을, 아니

세리포스 씨가 말씀하시는 그 앨범을 가져간 게 틀림없습니다."

브레삭은 어깨를 으쓱했다. 공범 세 명이 이 방에 들어오지 않았다는 사실을 잘 알고 있었으니까. 하지만 아무 말도 하지 않았다. 할 말은 아무것도 없었다. 한편에는 사법 당국이 강력하게 버티고 있었고… 다른 편에는 빅토르가 있었다. 브레삭은 빅토르를 택한 것이다.

이리하여 새벽 3시 반에 모든 상황이 종료되었다. 조사는 나중으로 미뤄졌다. 대신 고티에는 앙투안 브레삭과 그 애인을 경찰청으로 데려가 곧장 취조에 들어가기로 했다.

뇌이 경찰서에 전화로 연락을 취했다. 서재는 열쇠로 잠그고 경찰 두 명을 그리스인 세리포스의 경비들과 함께 저택에 남겨두었다.

고티에와 형사 두 명은 브레삭을 경찰청 차량 한 대에 태웠다. 빅토르는 라르모나와 다른 경찰 한 명과 함께 알렉상드라를 데려가기로 했다.

마이요 대로로 출발할 때 지평선이 하얗게 밝아오고 있었다. 날은 아주 쌀쌀해서 피부가 아렸다.

불로뉴 숲을 가로지른 후 앙리 마르탱 거리를 타고 센 강둑에 이르렀다. 먼저 떠난 차는 다른 길로 갔다.

알렉상드라는 여전히 손수건으로 얼굴을 숨긴 채 의자 한구석에 몸을 파묻고 앉아 있었다. 옆의 창문이 열려 있어서 덜덜 떨고 있었다. 빅토르는 창문을 올려 닫았다. 잠시 후, 경찰청에 거의 이르렀을 때 빅토르는 운전사에게 차를 세우라고 명령하고 라르모나에게 말했다.

"추워 죽겠구먼…. 몸 좀 녹이면 좋겠는데, 어떻게 생각하나?"

"물론 좋지."

"그럼 커피 두 대접만 갖다 주게나. 나는 여기서 꼼짝 않고 있겠네."

파리 중앙 시장에 나온 채소 재배업자들의 차량이 포도주 가게 앞에 주차되어 있었고 가게 문은 살짝 열려 있었다. 라르모나는 서둘러 차에서 내렸다. 이어 빅토르는 다른 경찰도 보내 버렸다.

"가서 라르모나한테 크루아상도 같이 가져오라고 해주게. 어서, 서두르게!"

그런 후 빅토르는 경찰차의 운전석과 뒷자석을 가로막고 있는 창문을 밀어 팔을 뻗었고, 운전사가 뒤를 돌아보자 턱에 무서운 기세로 주먹을 날려 기절시켰다. 그러고는 보도 반대쪽으로 난 문을 열고 차에서 내려, 앞문을 열고 기절한 운전사를 차 밖으로 끌어내 길바닥 위에 내려놓고 운전석에 앉았다.

강둑에는 인적이 없었다. 아무도 이 장면을 보지 못했다.

빅토르는 재빨리 차에 시동을 걸었다.

차는 리볼리가를 통해 샹젤리제 대로로 가 다시 뇌이 도로로 접어들었고 브레삭의 작은 저택이 있는 룰 거리까지 갔다.

"열쇠 갖고 있습니까?"

무척 차분해 보이는 알렉상드라가 대답했다.

"네."

"여기서 한 이틀 정도 마음 푹 놓고 머물러 있어요. 그런 후, 누가 됐건 친구 집으로 가서 숨어 있어요. 그랬다가 나중에 외국으로 떠나요. 그럼 안녕히."

빅토르는 다시 경찰차를 타고 여자 곁을 떠났다.

이 순간, 사법경찰 수사국장은 빅토르의 행태와 그가 용의자와 함께 도주한 사실을 보고 받았다.

당장 빅토르의 거처로 가보았다. 아니나 다를까, 빅토르의 늙은 하인은 그날 아침 짐을 챙겨 자기 주인과 함께 경찰청 차량을 타고 이미 떠나고 없었다.

그리고 차는 뱅센 숲 한복판에 버려진 채 발견되었다.

이게 대체 무슨 상황일까?

석간신문들은 이 사건의 전모에 대해 전했으나 그럴싸한 가설 하나 제시하지 못했다.

다음 날, 아르센 뤼팽의 그 유명한 메시지가 아바스 통신(아바스 에이전시Agence Havas. 뉴스 통신업의 개척자인 샤를 루이 아바스가 1835년 설립한 외신 전달 회사로 프랑스의 대표적 통신사인 AFP의 전신 – 옮긴이)을 통해 전 세계에 알려지고 나서야 이 수수께끼가 풀렸으며, 이로 인해 사람들은 온통 환희와 흥분의 도가니에 빠졌다.

그 메시지의 정확한 내용은 다음과 같다.

해명

이제 대중에게 사교계단속반 소속 빅토르 형사의 임무가 끝났음을 알려야 할 것 같다. 최근 국방부 채권 사건과도 연관된 바 있던 그의 임무는 무엇보다, 아르센 뤼팽을 추적하는 일이었다. 아니, 사법 당국과 대중이 더 이상 모르고 있어서는 안 되므로 여기에서 보다 정확히 밝히자면, 그 임무는 아르센 뤼팽이라는 존경받아 마땅한 이름과 그 빛나는 인물을 사칭한 앙투안 브레삭이라는 사람의 정체를 밝히는 것이었다. 사교계 단속반 형사 빅토르는 이와 같은 작태에 분개하고 있음을 증명이라도 하듯, 더없이 집요하고 열정적인 태도로 이 임무를 수행해냈다.

지금 빅토르의 활약 덕분에 가짜 뤼팽은 감옥에 갇혀 있으며, 임무를 완수한 사교계단속반 형사 빅토르는 사라졌다.

하지만 경찰로서 자신의 명망에 조금이라도 흠집이 생기는 것을 인정할 수 없던 빅토르 형사는, 감탄을 금치 못할 수준까지 양심을 끌어올려 국방부 채권 아홉 장을 자기가 지니고 있기를 거부하고 이것을 내게 맡기며 경찰청에 넘기라고 당부했다.

1000만 프랑을 발견한 일은 그야말로 빅토르의 대단한 공적으로, 이에 얽힌 세세한 사항을 모두 밝힘으로써 의자에 가만히 앉아 꼼짝하지도 않고 이 기묘하리만치 어려운 문제를 해결해낸 능력과 천재성을 속속들이 알려야 할 것이다. 세리포스가 지닌 문건에 기재된 짤막한 문구를 바탕으로 조사를 펼치던 앙투안 브레삭은 'A. L. B. 문건'이라는 문구를 '알바니아 문건'이라고 해석했다. 사건 당일 밤, 브레삭이 미리 입수해놓은 몇 가지 정보를 바탕으로 마이요 대로에 있는 저택 3층에서 물건 목록을 큰 소리로 열거하면서, 극진히 보관되어 있던 기념품 가운데 '그림 앨범… 아동용 우표 앨범'이 있다고 말했다. 그러자 기적과도 같이, 그 몇 개의 단어만으로 사교계단속반 형사 빅토르의 주의 깊은 지성에 환한 불이 켜졌다!

그렇다. 그 즉시 빅토르는 앙투안 브레삭의 해석이 잘못되었으며, A. L. B.라는 세 단어는 다름 아닌 앨범Album이라는 단어의 첫 세 글자임에 틀림없다는 사실을 깨닫는다. 세리포스의 재산 절반에 해당하는 1000만 프랑은 알바니아 문건에 담겨 있던 것이 아니라, 그저 어린이 앨범 속에 수집된 극도로 희귀한 우체국 우표라는 형태로 보관되어 있었던 것이다. 이는 금전적 가치로 치면 1000만 프랑이었다. 수수께끼를 밑바닥까지 순식간에 꿰뚫는 통찰력, 그 직관이 정말 놀랍지 않은가? 몸싸움을 벌이며 이리저리 어수선하게 오가는 사이, 빅토르는 손놀림 한 번으로 아무도 모르게 우체국 우표 앨범을 집어 주머니에 넣었다.

이 손놀림이야말로 사교계단속반 빅토르 형사에게 1000만 프랑을 챙길 반박할 수 없는 권리를 부여하는 것이 아닐까? 내 의견에 따르면 그렇다. 하지만 빅토르의 의견은 그게 아니었다. 그만큼 섬세하고 감정적으로 세련된 양심의 소유자인 것이다. 그래서 빅토르는 국방부 채권과 함께 우체국 우표 앨범을 나한테 전했고, 이로써 그의 손에는 직업상의 그 어떤 오점도 남지 않게 되었다.

나는 우편으로(엄청난 빚을 갚는 심정으로) 국방부 채권을 사법경찰 수사국장인 고티에 씨에게 보낸다. 더불어 빅토르 형사가 보내는 각별한 감사의 인사도 함께 전한다. 1000만 프랑에 대해서는, 세리포스가 이미 엄청나게 부자인 데다 하등 쓸모없는 우표 수집물 형태로 이 재산을 부당하게 보유하고 있었으므로, 내가 직접 이 재산을 마지막 1상팀에 이르기까지 남김없이 시중에 유통시키는 게 마땅하다고 생각한다. 본인은 이 임무를 충실하게, 엄밀히 이행할 것을 다짐한다. 마지막 1상팀에 이르기까지….

한마디만 더. 사교계단속반 빅토르 형사가 이 싸움을 그토록 혈기왕성하게 이끌어갔던 것은 예의 때문에… (아니, 그보다는) 기사도적 열정 때문이었다고 나는 믿는다. 극장에서 처음 만나는 순간부터 줄곧 찬탄해 마지않았던 한 여인을 향한 열정. 그 여자는 아르센 뤼팽의 이름을 보란 듯 흔들어대던 사기꾼 앙투안 브레삭의 피해자였다. 내 생각에도 그 여자에게 고귀하고도 흠 없는 정직한 부인으로서의 삶을 되돌려주는 것이 정당하다고 보인다. 내가 그 여자를 풀어준 것도 바로 그 이유 때문이었다. 지금 안전한 은신처에 피신해 있는 부인께서, 여기 사교계단속반 형사 빅토르와 페루 사람 마르코스 아비스토의 작별 인사와 더불어, 이 사람의 존경 어린 마음을 받아주시기를 바라는 바다.

— 아르센 뤼팽

이 편지가 전해진 다음 날, 사법경찰 수사국장은 등기우편으로 국방부 채권 아홉 장을 받았다. 거기에 동봉된 종이에는 엘리즈 마송이 도트레 남작에게 살해된 정황에 대한 간략한 설명이 경찰들 앞으로 적혀 있었다.

아르센 뤼팽이 직접 유통시키겠다고 했던 1000만 프랑에 대해서는 더 이상 아무런 소식도 들을 수 없었다.

그다음 주 목요일 오후 2시쯤, 알렉상드라 바실리예프 공주는 몸을 숨기고 있던 친구 집에서 나와 한참 동안 튈르리 정원을 산책한 후 리볼리가로 접어들었다.

옷차림은 단출했으나 그 오묘하고도 훌륭한 미모가 여지없이 사람들의 눈길을 끌었다. 여자는 그 눈길을 피하지 않았다. 자기 모습을 숨기려 들지도 않았다. 두려워할 것이 무엇이란 말인가? 알렉상드라를 의심할 사람들은 없었다. 영국인 비미쉬도, 앙투안 브레삭도 입을 열지 않았으니까.

3시에 알렉상드라는 작은 생 자크 공원으로 들어섰다.

오래된 탑의 그늘 아래에 있는 벤치에 한 남자가 앉아 있었다.

처음에 알렉상드라는 망설였다. 저 사람일까? 페루 사람 마르코스 아비스토와도, 사교계단속반 빅토르 형사와도 거의 닮지 않았는데! 마르코스 아비스토보다 얼마나 더 젊고 우아한지! 경찰 빅토르보다 얼마나 민첩하고 기품이 있는지! 무엇보다, 저 젊음, 저 상냥하고도 매혹적인 표정에 알렉상드라는 마음이 흔들렸다.

결국 여자는 앞으로 다가섰다. 두 사람의 눈길이 마주쳤다. 착각이 아니었다. 바로 그 남자였다. 다른 남자였지만, 그래도 그 사람이었다. 알렉상드라는 아무런 말없이 남자 곁에 앉았다.

둘은 그렇게 나란히 앉아 한동안 말없이 머물러 있었다. 무한한 감동이 그들을 한데 묶었다 갈라놓는 가운데, 두 사람 모두 이 마법 같은 순간을 허물어뜨릴까 봐 두려웠던 것이다.

드디어 남자가 입을 열었다.

"네, 극장에서 처음 본 당신의 모습, 바로 그 모습 때문에 내 행동이 결정되고 말았습니다. 이 사건을 끝까지 물고 늘어진 건, 오로지 그 사랑스러운 모습을 뒤쫓기 위해서였지요. 하지만 당신께 다가가기 위해 해내야 했던 이중 역할 때문에 얼마나 고통을 받았는지 모릅니다! 정말 저열한 연극이었죠! 게다가, 그자 때문에 어찌나 화가 나던지…. 그자를 증오했습니다. 동시에 그자가 내 이름을 갖고 속인 여인에 대한 호기심과 애정이 점점 커져가는 걸 느꼈죠…. 일종의 짜증 섞인 감정이었지만, 마음 깊은 곳에서는 사실, 사랑이었습니다. 깊고 열정적인 사랑. 지금껏 당신께 그 감정을 바칠 권리가 없었는데, 이제 바치겠습니다."

남자는 말을 멈췄다. 대답을 기다리는 것은 아니었다… 심지어, 대답 따위는 원치 않았다. 자기 자신을 위해 자기 생각을 이야기한 후, 이제는 알렉상드라를 위해 말하기 시작했다. 여자는 자기 마음속으로 스며드는 이 부드러운 말에 단 한 번도 반박하지 않았다.

"당신을 보며 가장 마음 깊이 감동받은 부분, 또 당신 마음 상태를 조금이나마 이해할 수 있게 해주었던 부분은, 바로 당신의 본능적인 신뢰심이었습니다. 나는 바로 그 신뢰를 훔치고 있었죠. 부끄러웠습니다. 하지만 당신은 자기도 모르게, 자신도 인식하지 못하는 은밀한 이유 때문에 내게 다가서고 있었죠… 그 이유는 특히… 당신 존재 깊숙한 곳에 자리 잡고 있는, 보호받고자 하는 욕구였습니다. 당신은 그자한테 보호받지 못하고 있었습니다… 당신이 이따금 반드시 느껴야만 했던 그 위험하다는 감각이, 브레삭 곁에서는 도저히 견딜 수 없는 불안감이 되어가고 있었습니다. 하지만 나의 보호를 받는 처음 그 순간부터, 당신 내부의 모든 것이 차분해졌습니다. 들어보십시오. 지난 밤 당신은 극도로 공포에 사로잡혀 있었다가, 빅토르 형사가 상황을 주도하기 시작하는 그 순간부터 긴장을 풀고 더 이상 고통스러워하지 않았습니다. 그리고 빅토르 형사가 실제로 누구인지 깨닫는 순간부터, 당신은 감옥에 가지 않으리라는 사실을 알았지요. 그래서 경찰이 오는 소리를 들으면서도 두렵지 않았죠. 경찰차에 올라타는 당신은 거의 미소 짓고 있었습니다. 당신이 느끼는 두려움에는 이제 기쁨만이 있었던 거지요…. 그리고 그 기쁨은 저와 같은 감정에서 온 겁니다, 맞지요? 별안간 마음속에서 깨어난 것 같지만, 이미 당신을 지배하고 있는 그 감정…. 맞지요? 내가 착각하고 있는 것이 아니지요? 이 모든 것이 당신 마음속 진실 그대로가 아닙니까?"

여자는 반박하지 않았다. 수긍하지도 않았다. 하지만 그 아름다운 얼굴에서 느껴지는 평온함이란…!

날이 저물 때까지 두 사람은 나란히 앉아 있었다. 밤이 되자 여자는 남자가 이끄는 대로 따라갔다… 어디로 가는지도 모르고….

두 사람은 행복했다.

알렉상드라는 정신적 균형을 되찾기는 했지만, 아직도 삶에 대해 완전히 정상적인 개념까지는 되찾지 못했으며, 특히 자신의 동반자가 영위하는 불법적인 삶의 방식에 굳이 영향을 끼칠 생각 따위는 하지도 않았다. 이 동반자는 불법을 저지르면서도 너무도 친절했으며, 탈선을 저지르는 방식은 참으로 재미있었고, 감옥에 갈 짓을 저지르면서도 신의에 넘치는 나머지 아무리 기발한 약속이라도 반드시 지키는 것이었다!

뤼팽은 브레삭에게 했던 약속을 지키려 했다. 그래서 8개월 후 브레삭이 레 섬의 형무소에서 일터로 호송될 때, 자기가 약속했던 대로 브레삭을 '탈옥시켜'주었다. 또 브레삭이 했던 약속대로 영국인 비미쉬도 풀어주려 했다.

그런가 하면 어느 날, 뤼팽은 가르슈에 갔다. 신혼부부가 다정하게 얼싸안고 시청을 나서고 있었다. 부정한 아내와 이혼하여 자유의 몸이 된 귀스타브 제롬과, 위안을 찾은 미망인 가브리엘 도트레 남작부인이었다. 여자는 사랑에 빠져 가슴이 두근거리는 신부의 모습으로 사랑하는 귀스타브의 팔에 다정하게 매달려 있었다.

신혼부부가 '운전석 내장형' 고급 자동차에 올라타려고 할 때, 아주 우아한 신사 한 사람이 다가와 신부 앞에 몸을 수그리며 멋지고 새하얀 꽃다발을 건넸다.

"저를 못 알아보시겠습니까, 부인? 접니다, 빅토르. 분명 기억하시겠지요…? 사교계단속반 형사 빅토르, 일명 아르센 뤼팽이기도 하지요…. 이 몸이 바로, 귀스타브 제롬이 부인께 남긴 그 매력적인 인상을 눈치채고서 부인의 행복을 일구어낸 장인匠人이지요. 그래서 여기 이렇게 진심 어린 축하를 전하러 온 겁니다…."

그날 저녁, 우아하기 그지없는 이 신사는 알렉상드라 공주에게 이렇게 말했다.

"내가 한 일이 만족스러워요. 사람은 가끔 어쩔 수 없이 저지르는 악행을 보상하기 위해서 기회가 닿을 때마다 선행을 베풀어야 하는 법이지요. 나는 확신해요, 알렉상드라. 그 사랑스러운 여인 가브리엘이 기도할 때, 선량했던 사교계단속반 빅토르를 잊지 않을 거라고 말입니다. 그 사람 덕분에 끔찍한 도트레가 더 좋은 세상으로 쫓겨 갔고, 저항할 수 없이 매력적인 귀스타브가 그 자리를 대신 차지했으니 말이오. 이 일로 내가 얼마나 기쁜지 당신은 모를 겁니다…!"